여자의 시간

여자의 시간

신단향 소설집

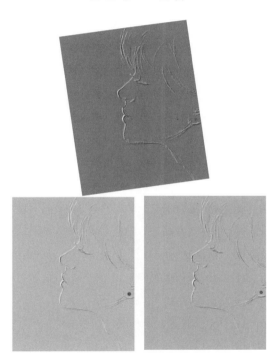

도서
출판 북인

제발 훨훨 바람처럼 자유롭거라

어긋난 삶의 연속이라면서
자갈길을 터덜대는 우마차처럼
힘겨워 게거품을 줄줄 흘리는 황소의 둥그런 눈망울처럼
삶은 그렇게 길들여진 곳으로 가게 마련일진데
그래서, 이 글 속의 주인공들은 황소의 순한 눈빛을 닮았다

비 오는 밤에
태풍의 전야처럼 바람은 간간이 불어도
화기에 습한 실내 온도는 에어컨마저 미미하여 숨조차 헐떡인다
후덥지근한 밤은 어둠을 짙게 물들여가고
나는 아직 알에서 깨어나지 못한 채
웅크리고서 이 글들을 조심히 내민다

제발 훨훨 바람처럼 자유롭거라

2024년 7월 장마
용신로 상록객잔에서

Contents

장사꾼일기초

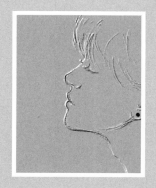

장사꾼일기초

난초

　남편은 난초를 무척 좋아한다. 제희는 난초에 물을 준 적이 없을 정도로 무관심하지만, 남편은 까다로운 난초를 잘 키워 제때 꽃을 피우게 한다. 난초 때문에 멀리 여행도 못 가고 잠도 설칠 것이다. 제희는 남편의 취미를 다행으로 생각한다. 여느 남자들처럼 술과 여자를 좋아하는 것보다 훨씬 건실한 취미가 아닌가. 제희가 난초에 무관심한 것은 남편의 취미를 존중해주기 위해서이다. 난초를 키우는 것도 모자라 어느 날부터인가 다육이와 화분을 사 모으기 시작하여 베란다에는 실내 정원으로 면적을 메워가고 있다. 꽃이라도 피면 꽃잎을 쓰다듬으며 사람에게 대하듯 수고했다고 말하며 꽃처럼 웃는다.

　어느 날 문득 키가 자란 듯 보이는 나무에도 잘 자라주어 고맙다며 물을 흠뻑 주고는 제희에게 다가와 아이처럼 자랑하곤 한다. 제희는 남편의 어리광 같은 화초 사랑을 귀담아듣지 않는다. 해야 할 말이 있는데, 머릿속에는 어떻게 설득력 있는 말로 남편을 설득할까 그것만이 고민거리다. 남편을 미소 띤 얼굴로 쳐다본다. 남편도 웃고 있다. 화초가 준 기쁨이 의외로 큰 모양이다. 기분이 좋은 남편. 다시 말 걸어볼까? 한껏 기분이 좋아진 남편의 얼굴이 시무룩해질 것이 안쓰럽다. 요즈음 그러잖아도 맥이 빠져 있는 남편은 화초에서라도 기뽐을 찾는데 제희는 꿀꺽 침 한번 삼키며 나오려던 말을 참는다.

경험도 없는 제희가 장사를 결심한 것은 남편의 실직 때문이다. 회사의 간부직에 있던 남편이 명예퇴직을 당하고 실의에 빠져 있다. 남편의 실직이 회사의 경영 상태가 최악으로 치달아 부도 직전에 이른 탓이라는 것을 모르지 않는다. 그동안 남편이 힘들게 직장을 다녀 편히 지낼 수 있었기에, 제희가 생활을 꾸려나갈 때가 온 것이라 생각한다. 아침밥을 먹고 신문을 하릴없이 들척이는 남편에게 제희는 조용히 다가가 말을 꺼낸다. 나, 장사해보려고. 남편은 뜨악한 표정을 짓는다. 당연히 믿지 못하겠다는 얼굴이다.

아무나 못하는 게 장사라지만 태어날 때부터 장사 재주를 익혀서 나온 것도 아닌 바에야, 열심히 하면 될 것 아니냐는 설득에 남편은 묵묵히 신문만 들여다보고 있다. 긍정도 부정도 아닌 남편의 태도가 조금 답답하지만, 그렇다고 무작정 기다릴 수 없는 일이다. 아이들 학비와 생활비가 가장 문제다. 살림만 하던 제희가 꺼낸 장사 제의에 남편은 못미더울 것이다. 그렇다고 가만히 앉아 그나마 조금 있는 예치금을 대책 없이 쓰다간 얼마 못 가 다 떨어질 것이다.

장사

나, 장사 할 거야. 제희는 남편에게 엄포를 놓고 만다. 미적거리며 남편의 승낙만 기다리다가는 아무것도 할 수 없겠다는 생각이 들어서다. 묵묵히 난초에 물을 주던 남편은 한참 있다가 말한다. 무슨 장사 하려고? 노하우가 있는 사람들이야 장사가 쉽겠지만, 그렇지 않으면 잘못될 수도 있을 텐데. 남편은 혼잣말처럼 중얼거린다. 제희에게 한 말이 아니라 자기 자신에게 한 말인지도 모른다. 제희는 장사의 종목을 생각해둔 것은 있지만 섣불리 말할 수 없다. 장사를 할 것인지 말 것인지 결정도 내리기 전에 남편에게 섣불리 말하기가 두려워서다.

어떠한 말을 완벽한 계획을 세우지 않고 대충 말부터 꺼냈다가는, 가뜩이나 소심한 성격의 남편은 더욱 마음을 움츠릴 것만 같다. 궁여지책으로 무엇이라도 생계 유지를 해야 할 것이니 하루라도 미적거릴 이유도 없다. 일단, 선택한 종목의 시장조사를 해야 한다. 남편은 더 이상 캐묻지 않고 화초 가꾸는 일에 몰두한다. 남편과 아이들의 저녁밥을 챙겨준 후, 밖으로 나선다. 술 취한 사람들이 삼삼오오 지나며 큰소리 지른다거나, 비틀거리는 모습을 보니, 제희의 가슴에는 서서히 두려움이 밀려온다. 아이들이나 뒷바라지하며 아들 승국이의 상위대학 입학을 꿈꾸고 싶었는데. 이제는 그럴 수가 없다는 사실이 참담하게 느껴진다. 승국은 기대만큼 학교생활을 잘하고 있다. 성적도 1등급 수준이다. 예민한 감정을 느낄 수 있는 나이에 접어든 승국과 딸 한별을 생각하면 장사고 뭐고 하고 싶지 않다.

밤거리의 네온 불빛을 보면서 이제는 화려한 간판의 주인이 되어야 한다는 망설임도 있다. 별천지 세계와 같은 장사의 길이 제희에게 다가온 것이 서글프기도 하다. 가끔 인터넷이나 TV에서 '소자본으로 창업하기'란 프로가 있어도 별 신경을 쓰지 않던 것이 후회되기도 한다. 이 집 저 집을 기웃대며 길 지나가는 제희의 귓가에 웅성거리는 소리가 들린다. 남녀 아이들의 아우성과 서로 윽박지르는 듯한 말소리와 함께 난투극을 벌이고 있고, 여자아이들은 겁에 질린 표정으로 싸움을 말리고 있다. 맞는 쪽과 때리는 쪽. 패싸움의 승부는 쉽게 나지 않을 듯, 둘 다 얼굴에는 피가 흐르고 있다. 무엇 때문에 싸우는지 알 수 없으나 여자아이들은 울면서 오빠, 라는 말만 외칠 뿐 싸움을 적극적으로 말리지도 못한다. 제희는 발길을 멈춘 채 안타까운 얼굴로 그들을 바라본다. 잠시 후, 경찰차가 앵앵거리는 깊어가는 밤이다.

가게

　제희가 적극적으로 가게를 얻으려고 다니자 남편은 심란한지 말수가 적어진다. 묵묵히 화초 잎을 물수건으로 닦던가, 산책하러 나가서는 한참이나 후에 돌아오곤 한다. 제희는 부동산중개소를 찾아다니며 이 가게 저 가게를 기웃거리기 바쁘다. 용기를 내지 못하고 있는 남편을 언제까지 기다릴 수는 없다. 그렇다고 선뜻 나설 용기가 있는 것도 아니다. 한편으론 두려움과 서러움이 겹쳐온다. 과연 잘 운영해나갈 수 있을지 의문까지 생긴다. 그렇게 상가 주변을 며칠 돌아다니다보니 마음에 드는 곳이 있긴 하다. 음식 솜씨를 보여줄 능력도 없고, 재치 있게 손님을 맞는 장사의 노련함도 없지만, 장사 경험이 쌓이다보면 좋아질 것 같은 생각은 든다.

　산책을 다녀와 화초의 색 바랜 잎을 떼고 있는 남편에게 다가간다. 제희는 누레진 낙엽을 따는 척한다. 무슨 말이 나올 것인지 감지하고 있는 사람처럼 남편의 어깨가 움츠러드는 것 같다. 어쩌면 초라해져 버린 자신에게 화가 났는지도 모를 일이다. 그녀는 될 수 있으면 안심하라는 심정으로 말을 건넨다.

당신, 나랑 어딜 좀 가야겠어. …. 남편은 말이 없다. 제희는 재차 말한다. 그동안 가게를 봐둔 곳이 있어. 당신과 함께 갔으면 해. 도움이 될까 싶어서. 뭐 하는 가게인데? 대학로에 있는 호프 체인점인데 당신이 보고 괜찮으면 계약했으면 해. 정전 가위가 바닥에 떨어진다. 남편은 아무 말 없이 다시 가위를 집어들었으나 표정이 굳은 것을 볼 수 있다. 술집이라는 생각에 놀란 표정이다.

사람은 환경에 잘 적응하는 동물이다. 작업 점퍼를 걸치고 모자를 눌러쓴 남편은 그럴듯한 회사의 간부였다는 것조차 잊어버린 모양이다. 인부를 불러 가게를 수리하고 시장을 다니고, 청소하고, 할 일이 생긴 것에 흥미를 느끼는 듯하다. 남편은 목소리가 커지고, 인부들에게 꼼꼼하게 일을 봐달라고 다그치기도 한다. 뭔가 큰 다짐을 한 사람처럼 결기가 보인다. 자신이 가보았던 치킨집이나 생맥주집의 실내 디자인을 설명하거나, 종업원의 상냥한 태도에 따라 서비스 평가가 달라지더라는 경험까지 소개하느라 침이 마른다.

아들

제희는 가게를 연 후 장사의 재미에 빠진다. 연변에서 온 주방아줌마의 음식 솜씨도 괜찮았고 아르바이트로 둔 아이들도 부지런하다. 남편은 바쁜 초저녁에는 가게 잡일을 거들다가 바쁜 시간이 지나면 집으로 들어간다. 승국이와 한별이를 챙기기 위해서다. 남편의 서툰 손놀림으로 식사나 간식거리를 챙겨주느라 아이들에게 미안하기도 하지만 어쩔 수 없는 노릇이다. 제희는 될 수 있으면 자신이 집에서 일할 때와 남편이 아이들을 챙길 때 차별을 느끼게 하지 않으려 세심함을 잊지 않을 뿐이다.

엊그제 난 하나가 말라서 죽었어, 내가 제일 아끼던 놈인데, 요즈음 내가 좀 무관심했다고 상심이 컸었나봐. 남편은 무심하게 말한다. 제희는 안타까운 생각이 들고 남편이 정신없이 바빴다는 것을 알지만 무슨 말이든 해줄 수가 없다. 평소 남편이 아끼던 화초라는 데 위로의 말을 찾을 수가 없다. 남편은 사실 가게에서 해야 할 일이라곤 이젠 별로 없다. 힘쓸 일이면 남자 아르바이트생을 시키면 되고 주방이 바쁘면 제희가 들어가서 주방아줌마를 도와주면 된다. 처음에는 남편이라도 옆에 있어 마음이 든든했던 게 사실이다. 날이 갈수록 장사에 익숙해지고 있어 바쁠 때만 잠시 남편이 가게 일을 도와주어도 되는 정도다. 가끔 포스기에 매출 품목을 찍어야 하는데 깜빡 잊고 체크하지 못하는 것만 빼고는 일이 익숙해져가고 있다.

남편은 장사와는 별개인 사람처럼 행동하기도 하고, 성격이 예민해서 젊은 손님이 예의 바른 태도가 보이지 않으면 화를 내기도 한다. 마치 자신이 학교의 훈육주임이라도 된 듯, 건방지다는 둥, 싹수가 없다는 둥, 마음에 드는 것이 없다는 얘기를 줄줄이 늘어놓는다. 그럴 때마다 제희는 남편의 옆구리를 툭 치며 상관하지 말라는 눈짓을 한다. 그러자니 점점 남편의 간섭이 귀찮아지기 시작하고 큰일이 없는 한 아이들과 집에서 지내라고 내몰곤 한다.

왜 그러니? 아빠 집에 없어? 왜 그래? 딸 한별이가 가게로 왔다. 제희는 아이들이 가게에 오는 것을 싫어했고, 예고도 없이 들어오니 당혹스럽다. 아빠와 집에 있어야 할 시간에 딸아이 혼자서 가게를 찾아오니 제희는 조금 불쾌한 생각이 들기도 한다. 머뭇거리는 한별이의 어깨에 손을 얹으며 어쩐 일이냐고 물었으나 아이는 울먹이기까지 한다. 아빠는 집에 없어! 제희의 신경이 곤두선다. 응? 어디 가셨어? 몰라. 그럼, 넌, 왜 울어? 오빠가 때렸어. 나도 숙제하느라 바쁜데, 자꾸 자기 심부름시키기에 짜증낸다고. 조그마한 어깨를 들썩이며 울고 있는 한별이를 감싸안으며 막막한 생각이 든다.

말도 없이 남편은 어디로 간 것일까? 주방아줌마에게 가게를 맡기고 일찍 집으로 들어온 제희는 집안 곳곳을 살펴본다. 책을 펴놓은 채 잠을 자는 승국이의 책상 서랍을 열어본다. 깊은 서랍 속에 숨겨진 듯 들어 있는 성인잡지와 반나체의 여성사진. 서랍에 담겨 있던 낙서장에는 문장가의 글귀처럼 다정다감하면서 차분한 글씨체로 빼곡하게 소설 형식으로 쓰여 있다. 누구를 주기 위해 쓴 것인지, 아니면 공부가 지루해 혼자 낙서하면서 써본 것인지는 알 수 없다. 노트 한 권의 절반을 써내려간 것으로 보아서는 혼자 상상력으로 쓴 것 같다. 제희는 무언가 모를 써늘함이 느껴져 가슴이 철렁 내려앉는 기분이다. 사춘기를 무난히 넘기려면 남편과 제희의 세심한 주의가 필요할 터인데 걱정이 앞선다. 승국이 나름대로 진통을 앓고 있는 것이 틀림없다. 그래서 말이 없어지고 짜증만 자꾸 부린다는 생각이 든다.

물

자주 물을 줘야 하는 잎들은 신음이 들리는 듯 말라가고 있다. 잎마저도 누렇게 줄기가 꼬여 있다. 간신히 선인장 종류들만 고개를 들고 있다. 제희는 처음으로 남편이 하던 일을 해본다. 물을 듬뿍 주어야 할 것과 그렇지 않은 것의 구분도 없이 모두에게 골고루 듬뿍 뿌려준다. 함성을 지르며 화초들이 미소로 화답한다. 물줄기를 맞으며 일제히 잎들이 기지개를 켠다. 잎사귀 끝으로 물방울을 뚝뚝 떨어뜨리며 환한 미소로 화답하는 것이 느껴진다. 남편의 미소를 알 것도 같다. 시장 어귀에서 장애인이 엎드려서 찬송가나 유행가를 부르며 장사하는 사람에게, 별로 필요하지 않은 물건을 동정심에서 팔아주겠다고 선뜻 물건을 골랐을 때, 터무니없이 비싸다 느끼면서도 나보다 몸이 불편한 사람에게, 무언가를 베풀어주었을 때, 우쭐했던 기분과는 다르게 상쾌하다.

서빙

제희가 주방에서 설거지를 도와주고 있을 때 밖에서 시끄러운 소리가 들려온다. 물 묻은 손을 앞치마에다 쓱쓱 닦으며 황급히 나선다. 아이들의 여름방학이 막 끝난 직후여서 자리를 메우고 더 이상 앉을 자리가 없다. 웃으며 즐겁게 얘기하는 사람들, 친구들과 즐겁게 장난치며 술잔을 높이 쳐드는 사람들, 각자의 자세들로 즐겁게 대화를 나누고 있는 틈 사이에서 서빙을 보던 남자 종업원이 민망한 얼굴로 서 있는 것이 보인다. 손님은 무어라 큰소리로 야단을 치며 화가 잔뜩 난 모습이다. 종업원 아이를 뒤로 감싸며 제희가 손님에게 다가간다. 큰소리치던 손님은 제희를 보자 대뜸 종업원의 뺨을 후려친다. 느닷없이 얻어맞은 종업원 아이는 억울하다는 표정으로 눈을 부라리며 얼굴을 실룩거린다.

손님께서 바쁘게 가는 제 발을 걸었잖아요. 그러니 당연히 제가 넘어질 수밖에 없잖습니까? 제가 뒤뚱거리면서 쟁반에 담긴 음식물들이 쏟아질 걸 모르고 그러셨다는 말씀이십니까? 얼굴이 벌겋게 달아오른 종업원은 더는 못 참겠다는 기세다. 하! 이 자식 좀 봐라. 지가 넘어지면서 내 옷을 이렇게 더럽혀놓고 나한테 덮어씌우네? 아까도 그랬잖아요. 손님께서 발을 내미는 걸 제가 피해서 가니까 그 자식 용케도 피하네, 그러셨잖아요. 제희는 종업원 아이에게 물러나 있으라고 말하고 어깨를 두드려준다. 그 아이가 옆에 있어봐야 손님의 기세를 안정시키는 것에는 유리할 것이 없다.

제희는 다른 종업원 아이를 불러 술과 안주를 가져오라 한다. 그리고 아이를 대신하여 정중히 사과한다. 죄송합니다. 대신 사과드립니다. 음식값은 받지 않을 테니 편히 드세요. 좀처럼 성질이 누그러들 것 같지 않은 손님은 더욱 화를 내며 목소리를 높인다. 이 아줌마가! 이 기분에 술이 들어가겠어? 이 옷이 얼마짜리인 줄 알아요? 양념 묻은 이 옷을 입고 재미가 있겠느냐고? 남자는 아래위로 눈을 부라린다. 나이로 치면 한참 동생 같지만 남자의 태도에 제희 역시 기가 꺾인다. 제희는 미소를 잃지 않으며 말한다. 그러니 술값을 받지 않겠다고 하잖아, 삼촌. 그걸로 세탁을 하셔. 새로 술과 안주를 드릴 테니 기분 푸세요. 우리 아이는 알아듣게 혼낼 테니까. 그렇게 해. 알았죠? 반말과 존댓말을 적당히 섞으며 친근하게 말하는 게 요령이다 싶다.

나 참. 더러워서, 그럼 저놈 불러서 정중히 사과하라고 하세요. 손님이 빈틈을 보이면 파고들어야 한다. 제희는 얼른 아이의 등을 떠밀어 사과를 시킨다. 아줌마, 확실하게 맛난 걸로 서비스하세요. 술이나 빨리 가져다주고. 나, 성질 많이 죽었다. 옛날 같으면, 다 죽었어. 알았어, 삼촌. 그러면서 사는 거야. 저 애도 아르바이트생인데, 어린 게 열심히 일하잖아. 손님의 표정은 눈에 띄게 누그러진다. 제희는 그만하길 다행이란 생각이 든다. 싸우다가 정든다는 말은 술잔 속에서도 통하는 법인가보다.

남편의 외박은 이틀째 이어지고 있다. 남편은 도대체 전화도 안 받고 어디에 있는 걸까.

술

엄마! 빨리 집으로 와 보세요. 오빠가 이상해요! 영문도 모르고 황급히 집으로 향한다. 한별이의 겁에 질린 얼굴 뒤로 승국이는 침대에 누워 비몽사몽으로 헛소리를 하고 있다. 형! 미안해요. 형! 미안해요. 승국은 온몸이 벌겋게 달아오른 것으로 보아 술을 마신 듯하다. 그러한 승국을 처음 본 한별이가 놀란 것은 당연하다. 제희 역시도 조금은 놀랄 일이지만 고등학교 이학년이면 지네들끼리 그럴 수도 있으려니 하고 스스로 자책해본다. 어쩌면 승국이가 알아서 자신의 문제를 해결해주기를 바라는 마음에서인지도 모른다. 장사하다가 말고 황급히 달려와야 하는 자신의 처지에 더욱 화가 날 뿐이다. 승국이의 모습이 앞으로도 반복될 것이라는 생각에 걱정이 앞선다.

가족사진

다음날, 평소처럼 아침밥 챙기며 승국이의 방문을 열어본다. 승국이는 전날 밤 모습 그대로 곤히 자고 있다. 국을 끓인다. 그리고 승국이를 깨운다. 야단칠까 말까 망설이다가 제희는 불쑥 저도 모르게 볼멘소리가 불거져 나온다. 너 요즈음 뭐하고 다니기에 학교에서 맨날 늦게 오는 거야? 엊저녁엔 뭐한 거야? 누구랑 술 먹었어? 고등학생이? 선배 형들이 술을 못 먹는다고 해도 자꾸만 먹어라 해서 먹었어. 선배들에게 뭘 잘못한 게 있어? 알 거 없어! 다신 술 안 먹으면 되잖아? 제희는 불끈 화가 치밀어오른다. 고분고분하고 싹싹하던 아이가 요즈음 와서 퉁명스러워지는 태도가 여간 불쾌한 것이 아니다. 남자가 되어가는 과정인가 싶다가도 이런 태도를 그냥 두었다가는 나중에 큰일을 치를 것 같다.

승국이가 현관문을 꽝 닫으며 밖으로 나간다. 고조된 분위기에 한별이도 시무룩한 얼굴로 학교로 간다. 내친김에 그녀는 남편이 자는 안방으로 간다. 남편은 아직 이틀간의 외박을 제희에게 설명한 바가 없다. 남편은 아침운동도 나가지 않고 있다. 오전에는 잠만 자다가 오후가 되면 주위 공원 한 바퀴 돌고 오는 것이 고작이다. 남편은 깨어 있다. 덮고 있던 이불을 걷으며 제희는 앙칼지게 말한다. 당신 탓이야. 아이가 저러는 거 당신이 밖에서 생활하고 내가 집에서 살림

살 땐 아이가 저러지 않았잖아. 이제 내가 밖에서 생활하고 당신이 집에서 아이들 돌봐야 하는데 당신은 집이고 가게고 하나도 관심 없고 도대체 어디 뭐하고 나다니는 거냐고. 남편은 대꾸가 없다. 그냥 눈만 감고 있다.

제희는 더욱 화가 난다. 대수롭지 않은 일로 제희가 괜히 혼자 날뛰는 것 같다는 표정이다. 무언가 모를 어두운 예감에 제희는 몸서리가 쳐진다. 어두운 터널 속에서 제희 자신만 살아남기 위하여 가족의 굴레를 움켜잡고 발버둥치는 것 같다. 마치 가족들은 그러한 꼴을 저 멀리서 관망이나 하면서 즐기는 것 같다는 느낌이다. 제희는 문득 남편도 아이들도 모두 자신에게서 마음이 떠나고 있는 것은 아닌지 간담이 서늘해진다. 그럴 것 같으면 이깟 장사는 해서 무얼 하나. 나 하나만 잘살자고 밤에 나가 손님들에게 굽실거리며 자존심을 죽이는 건가. 도대체 가족들이 왜 이러는지 이해가 가지 않는다.

남편의 무관심한 태도, 승국이의 불손한 태도와 한별이의 눈치보는 모습이 한꺼번에 밀려와 눈물이 북받친다. 장사를 하면서 다가오는 스트레스도 제희로서는 감당하기 힘든 일이다. 가족들마저도 화합이 되지 못한다는 것이 더욱 서러움으로 다가온다. 울고 있는 그녀의 모습을 보기가 민망한지 남편은 일어나 베란다로 나간다. 제희도 따라나가 한마디 더 붙인다. 제발, 아이들 좀 신경써. 그래도 남편은 말이 없다. 베란다의 화초들은 절반이 죽어 있다.

외박

　전화를 받자 한별이의 나긋한 목소리가 들려온다. 한별이의 나긋
한 목소리의 원인이 궁금하였지만 기분은 좋아진다. 모처럼 듣는 아
이의 명랑한 목소리. 한별이는 오빠의 늦은 귀가와 아빠의 부재를 의
식했는지 부쩍 말이 없고 어두운 표정을 짓기 일쑤다. 가족끼리 모여
앉아 함께 식사를 나누어본 지도 꽤 오래된 것 같다. 서먹한 가족 간
의 분위기 때문에 제희 역시 점점 지쳐가고 있을 즈음이다.

　한별이는 친구 집에서 자고 학교 가면 안 되냐고 묻는다. 다 큰 아
이가 왜 남의 집에서 잠을 자며 눈치를 보려하느냐는 제희에게 전화
번호를 일러주겠으니 안심하라며, 아무도 없는 집에 혼자 들어가 있
기가 무섭다는 말에 제희는 거절할 수가 없다. 그 후로도 한별이는
종종 그렇게 친구 집에서 자고 학교로 가겠다고 했고, 전화번호를 알
려준다는 것으로 안심시킨다. 제희 자신도 어렸을 때 친구들과 옛날
이야기를 번갈아하다보면 시간이 훌쩍 지나고, 무서운 야담엔 머리
카락이 쭈뼛거려 어두운 시골 골목길을 지나갈 수가 없을 때 흔히 친
구 집에서 잤던 기억이 난다. 한별이도 그런 거려니 저맘때는 친구들
과 있는 걸 좋아할 때려니 생각이 든다.

　어릴적, 제희의 친구 집은 소를 여러 마리 키우고 있었다. 쇠죽을
끓인 친구 집의 방은 항상 따뜻하고 포근했으며, 쇠죽 끓는 냄새와
여물 써는 작두 소리가 너무나 좋았다. 친구로서는 늘 집에서 하는
일이라 지겨웠겠지만, 재미로 보는 제희에게는 신기하여 집으로 와
늘 어머니에게 우리도 소를 키우자고 졸랐다. 어머니는 기가 찬다는

표정으로 소를 너가 키울 것이냐며 물었다.

　수업을 마치고 집으로 돌아와 몇몇 동네 아이들이 소를 몰고 산으로 갔었다. 가끔은 제희도 친구 따라 소꼴 먹이러 가는 아이들의 행렬에 끼였다. 아이들은 산등성이에 소를 놓고 마음껏 풀을 뜯어먹게 하고 놀이를 했다. 책을 읽고 있는 아이도 더러 있었지만, 대부분 숨바꼭질이라든가 가재를 잡는다던가 아니면 밀이나 콩서리를 했다. 여름 태양 아래서 땀을 흘리면서도 산 위에서 불어오는 바람은 늘 상쾌하여 덥다는 것을 느낄 수 없었다. 불을 피워서 근처에 있는 밀이나 콩 등을 익혀서 손으로 비벼 알갱이를 톡 털어 입안으로 넣을 때의 쫀득한 맛은 맛도 맛이려니와 숯검정이 된 친구의 손과 얼굴이 더욱 재미있었다.

　농사일이 바쁜 철이면 소에게 풀 먹이러 가는 아이들의 행렬도 사라졌다. 연신 궁둥이를 두들겨 맞으면서 밭을 갈고 논을 매다가 힘이 들어 가쁜 숨을 몰아쉬며 입에서는 흰 거품을 질질 흘리면서도 주인에게 항의 한마디 없는 소가 불쌍하기도 했다. 어쩌다가 송아지를 낳게 되어 어미 소의 일하는 곳까지 따라와 젖을 달라고 울면 송아지를 바라보는 커다란 어미 소의 눈에는 눈물이 맺히곤 했다. 송아지와 어미 소가 번갈아가며 함께 음메! 울었다. 배가 고파도 일이 끝날 때까지 조금만 참으라고 타이르는 듯했다. 소를 보려고 친구 집을 드나들며 기독교 집안이던 친구의 권유 때문에 교회 주일학교도 빼먹지 않고 함께 가곤 했던 기억이 새롭다.

　친구 집에 가서 자고 오겠다는 한별이를 더구나 전화번호까지 메모해준 열성에 어렸을 때 친구 사랑을 생각해서 크게 신경을 쓰지 않아도 될 것 같다. 가게의 매출은 날로 줄어들고 있다. 대학가의 방학 철도 그러려니와 경기가 침체하고 있다는 뉴스가 연신 방송되고 있다. 남편은 기원과 찜질방을 옮겨가며 자주 외박을 감행한다. 새벽까지 장사하고 아이들을 학교에 보내는 일상이 반복되어 잠을 설치는 제희로서는 몸이 녹초가 되어 사소한 일에는 신경이 가지 않는다. 영업이 끝나고 청소를 마친 주방아줌마가 농담 몇 마디를 건넨다. 기분이 처져 있는 제희의 눈치를 살피던 주방아줌마의 배려일 것이다.

잠든 사이

잠결에 전화벨 소리가 들리지만 내버려둔다. 전화벨 소리는 또다시 울린다. 눈을 감은 채 더듬더듬 전화기를 찾아서 볼멘소리로 전화를 받는다. 안녕하세요? 한별이 담임입니다. 정신이 번쩍 든다. 볼멘소리로 전화 받은 것이 미안해진다. 반사적으로 벌떡 일어나 공손하게 대답한다. 네, 안녕하세요? 학교에 찾아가 뵙지 못해서 죄송합니다. 그런데 선생님께서 어쩐 일이세요? 와보면 아시겠지만, 지금 학교로 좀 나와주셨으면 합니다. 학년 초에 선생님께 인사도 드릴 겸 한번 찾아가본 적은 있었지만, 낮에는 잠을 자야 하는 제희에게는 낮에 어디 나다닌다는 것은 사치가 되어버린 지 오래다.

선생님은 다소곳한 자세로 의자에 앉아 성적표를 정리하고 있었고 제희보다 몇 살 아래인 듯하다. 표정과 자세로 보아서는 여성 중에도 여성스러움을 한껏 지닌 얌전하고 수수한 인상이다. 그녀의 입에서는 좀처럼 욕설이나, 세속적인 농담 같은 건 내뱉지 않을 것같이 맑고 순수해보인다. 저로서는 말씀드리기가 어렵습니다만 그래도 어머님께서 알고 계셔야 할 것 같고 또 그것을 알려드리는 게 저의 의무인 것 같습니다. 그렇지 않아도 한별이가 성적이 자꾸 떨어진다 싶어 어머님 한번 뵙고 싶었습니다. 그런데 아이 중에 한 명이 이혼한 아버지하고만 사는 아이가 있는데, 아버지가 야근하러 나가면 아이들끼리 모여 그곳에서 그룹을 짜서 남학생들과 놀았던 모양이에요.

선생님은 제희가 가져간 음료수 하나를 꺼내어 제희에게 권하더니 자신도 하나 꺼내어 마신다. 제희가 눈이 둥그레 입을 다물지 못하고 있는 것을 진정시키기 위해서인 것 같다. 제희는 담임선생님의 황당한 말에 가만히 앉아 있기가 거북스러워진다. 당장 교실로 달려가 한별이의 머리채를 잡아당기고 싶은 마음이 생긴다. 선생님의 말은 이어진다. 그런데 아이들이 다른 학교 남학생 아이들과도 단체로 놀았었나봐요. 우리 학교 남학생들과 다른 학교 남학생들이 그곳에서 패싸움했다나봐요. 어젯밤에요. 지나던 사람들이 신고하고, 파출소에서 학교로 연락이 오고 부모님들이 가서 데려와, 오늘 아침에 풀려났어요. 남학생들은 정학이 확정되었고, 여자아이들은 훈계만 하는 걸로 결정했다는군요. 그러나 또다시 그런 일이 없으라는 법은 없으니, 어머님께서 한별이를 잘 타일러주셨으면 합니다.

교무실로 들어설 때 밖에서 몇몇 남학생이 벌을 서고 있었는데 그 아이들인 모양이다. 벌서고 있는 남학생 중에는 제법 키가 큰 아이도 있었지만, 한별이보다 키가 작은 아이도 있다. 저 어린것들이 무엇을 안다고 가르쳐주지 않아도 본능에 휩싸여 남자와 여자의 이성을 깨우쳐가는지 모를 일이다. 제희는 소꼴을 먹이러 들에 가는 아이들을 따라가고 싶었던 자신의 일이 생각난다. 그때도 동네 남자아이들이 산에 가기 때문이었을까? 바위 돌을 들어올려 가재를 잡아 구워주던 오빠들이 있어서 더욱 즐거웠을까?

산 중턱 바위에 걸터앉아 산꼭대기 위로 지나가는 뭉게구름을 바라보며, 불투명한 미래를 꿈꾸고, 상쾌하고 시원한 바람이 제희의 얼굴을 쓰다듬어줄 때 기분이 좋아서이기도 했다. 산 위에서 내려다보는 사람은 개미만 했고 집은 성냥갑만 했었다. 어미 소의 젖을 먹기 위해 어미 곁을 맴돌며 우는 송아지가 떠오른다. 그러다가 어미의 젖이 없어도 생활할 수 있으면 남이 되어버리는 동물들처럼. 이제 한별이도 독립을 꿈꿀 나이가 된 것인가. 하지만 아이는 아직은 독립할 수 있는 시기도 아니려니와 어미 소를 쫓아다니는 송아지와 같은 처지임을 모르진 않을 것이다.

저녁 준비가 거의 끝나갈 무렵 전화벨이 울린다. 한별이다. 학교에서 있었을 얘기가 염려스러워 아이는 집에 못 들어오고 있는 눈치다. 남편은 한별이에게 아무 일도 아니라는 듯, 조용하게 어서 집으로 들어오라고 타이른다. 제희의 급한 성질로는 목소리를 키우고 회초리를 들고 한별에게 분풀이 할 것이라고 예상했는지, 남편은 자신이 알아서 타이를 테니 나서지 말라 이른다. 고개를 제대로 들지 못하고 한별이가 들어온다. 남편은 한별이의 어깨를 툭툭 두드리며 말한다. 우리 한별이 학교 갔다왔어? 미소를 지어준다. 이윽고 승국이도 따라 들어온다.

모처럼 가족이 둘러앉아 어색하고 화가 부글거리는 저녁 식사를 한다. 제희는 기운이 빠져 가게도 나가고 싶지 않아 주저앉아 있다. 가족들과 한가로운 저녁 시간을 누려볼 심사이기도 하다. 남편은 식사하면서 어색한 기분을 삭이려는지 평소처럼 세심하게 아이들에게 이것저것 음식을 집어주기도 했지만, 눈치 빠른 승국이는 한별에게 말을 툭 던진다. 너, 미쳤어! 공부나 열심히 할 것이지. 승국은 핀잔을 주고 얼른 제 방으로 들어가버린다. 식사 후, 한별의 방에서 남편은 한별이와 진지한 대화를 하는 모양이다. 제희는 TV 채널을 이리저리 돌려보기도 하고, 한별이의 방에 귀를 기울이다가 승국의 방에도 기웃거린다. 승국이는 잠을 자는지 드러누워 있다. 제희는 한별에게 억눌렸던 감정이 승국에게 와락 쏟아진다.

초저녁인데 벌써 자려고 누워 있으면 어떻게 해. 공부는 좀 하는 거야, 마는 거야? 엄마, 귀찮아. 나는 좀 그냥 내버려둬. 내 일은 내가 알아서 할 거니까. 공부 잘해야 출세한다는 말 다 옛날 말이야. 그렇다고 일부러 열등생이 되어야 해? 누가 그렇게 일부러 그런데? 엄마 잔소리 그만 듣고 싶으니 하는 말이지. 아빠처럼 참고 기다려주면 안 돼? 아빠는 참고 기다려주는데 닦달한다니 제희는 피가 거꾸로 서는 것 같다. 엄마는 누구 때문에 밤 장사를 하며 어린 손님들에게 굽실거리는데? 엄마 혼자 잘 먹고 잘살려고 그래? 누가 엄마 보고 그러래? 고삐에 묶인 어미 소가 밭을 갈다가 송아지를 바라보며 목이 터져라 울부짖는 모습이 순간적으로 지나간다. 제희는 서러움에 눈물이 핑 돈다.

통장

남편의 핸드폰 컬러링은 여성 트로트 가수의 노래다. 반사적으로 안방 문갑 위에 놓여 있는 남편의 전화기를 들어본다. 액정화면에 뜨는 전화번호는 여자 이름이다. 가슴이 두근거린다. 머리가 쭈뼛거리며 곤두선다. 예리한 예감이 스쳐간다. 가만히 전화기의 통화 버튼을 누르고 귀에다 댄다. 자기야! 어디야? 가슴이 뛰어 말할 수가 없다. 전화기를 닫는다.

전화는 다시 울린다. 최근 기록을 눌러 전화번호를 메모한 후, 제희는 남편의 통장을 찾아본다. 늘 놓아두던 그곳에 남편의 통장은 얌전히 있다. 한편으론 조금 안도의 숨을 내쉬긴 하지만 확인해보기 위해 통장을 열람해본다. 남편의 사기를 돋우기 위해 비상금으로 얼마 예치해두던 돈의 절반 이상은 빠져나가고 없다. 몇 십만 원씩 인출된 것은 그렇다 치더라도 몇 백만 원씩 인출된 돈의 액수는 궁금하지 않을 수 없다. 제희는 통장과 도장을 자신의 서랍에 감춰버린다.

손님

손님인 척하고, 종업원 아이에게 전화를 걸게 하고 위치를 파악하여 찾아간 곳은 아담하게 꾸며진 7080라이브카페다. 여자는 실내 분위기에 어울리게 얌전한 모습으로 어느 손님과 마주 앉아 있다. 그러나 여자의 웃음은 직업적인 여성의 웃는 모습을 벗어나지 못하고 있다. 주인과 밭을 갈면서 매 맞는 어미 소의 심정으로 제희는 여자를 바라본다. 황소는 왜 젖을 줄 수 없고 가족을 돌보지 못할까.

통장이 왜 이렇게 됐어? 이 돈 다 어디로 간 거야? 당신, 집에서 아이들도 돌보지 않을 거면 가게에서 장사해. 이젠 내가 집에 있을 테니까. 아, 돈? 너무 걱정하지 마. 급하다고 해서 잠시 빌려준 거니까. 누구를? 받을 자신이 없으면 아예 지금 솔직하게 얘기해. 그리고 통장을 채우란 말 않을 터이니, 이젠 집 밖을 나가지 말고. 아니면, 지금 당장 통장을 채워넣던가. 아니야. 받을 수 있다니까. 근데 그게 누군데? 얼굴이 붉어진 남편은 말을 더듬으며 손까지 내저으며 말한다. 알 거 없어. 여하튼 채워넣을 거니까 걱정하지 마. 명심해. 이젠 내가 집에서 아이들 돌보고 가끔 가게에 나갈 거니까 가게에서 당신이 장사해. 남편은 침묵으로 긍정도 부정도 하지 않는다. 남편과의 대화를 머릿속으로 떠올리며 멍하니 여자를 바라보다 제희는 밖을 힘없이 나온다.

며칠이 지난 후, 여전히 제희는 가게에 나갔고, 남편은 약간 자제하는가 싶더니 기원에 간다며 밖으로 나선다. 그 후로 남편의 외박이 사라진 것은 불행 중 다행이다. 아울러 한별이의 외박도 사라진 셈이다.

훈계

늦은 시간이다. 한차례 손님이 다녀가고 한가한 시간이 되어 주방 아줌마와 마주 앉아 그녀의 딸 자랑을 듣고 있다. 남편과 떨어져 여자 혼자 키우는 아이인 만큼 그녀에겐 더없이 소중한 딸일 것이고 정성스럽게 키우려는 마음이 읽힌다. 새벽 2시쯤이다. 전화벨이 요란스럽게 울린다. 승국이 친구라고 인사말을 정중히 건네기는 하지만 술에 젖은 음성이다. 그러나 다급한 목소리로 또박또박하게 말하는 승국이의 친구는 승국이가 시청 앞 네거리에서 드러누워 일어나지 않는다는 사실이다. 술에 취한 승국이는 엄마 아빠가 데리러 와야지만 일어나겠다고 고집을 부린다고 한다. 내 부모들은 얼마나 나를 사랑하는지, 몇 분 만에 다급하게 와줄 것인지 알고 싶다고 하더라는 것이다.

패씸하기도 하고 어처구니가 없다. 그냥 자리에 털썩 앉아 울고만 싶다. 그렇다고 그런 아이에게 나 몰라라 하며 내버려두자니 마음에 상처를 줄 것 같다. 남편을 급하게 부른다. 승국이는 차도에 누워 자는 듯이 드러누워 있다. 친구들이 인도에서 서성이고 있는 것이 보인다. 차들은 슬금슬금 승국이를 비켜서 지나가고 있으나, 음주운전 차나 속력을 가속하여 밟는 차가 지나간다면 위험했을 것이다. 다행히 승국이는 다친 곳은 없다. 제희는 보도블록에 앉아 울음을 터트리고야 만다. 아이의 처지에선 갑작스럽게 달라진 가정환경과 학교 성적에 대한 부담감이 있어 어떠한 돌파구가 필요했으리라 생각이 들지만, 제각기 밀려오는 가족들의 방황을 어찌 막아야 할지 그저 난감하기만 하다.

남편이 승국이를 들쳐메고 차도를 걸어나온다. 제희는 승국이의 친구들에게 고함을 친다. 술을 판 가게가 어디야? 고등학생들이 이게 할 짓이야? 입시 준비해야 할 애들이 이게 무슨 짓들이야? 한번만 더 이렇게 술들을 먹으면 그때는 가만 안 둘 거야. 다음 날 아침, 일요일이기도 하여 승국이가 일어날 때까지 내버려둔다. 제희는 한숨도 못 잔 셈이다. 남편과, 승국과 한별이를 앞으로 어떻게 대해야 할지 앞이 캄캄하다. 제희는 가족들이 일어날 때를 기다려 늦은 아침 준비를 한다. 가족들이 식사하는 동안 제희는 혼자 말처럼 아이들에게 타이르듯 말을 꺼낸다.

민들레 홀씨가 바람에 날릴 때는 그 씨앗이 다른 장소로 날아가 뿌리를 내리고, 또다시 꽃을 피우고, 홀씨를 터트려 또 바람에 날려보내듯, 어미 소가 송아지에게 젖먹이기를 거부할 때는 송아지가 여물을 먹을 수 있기 때문이고 자작나무로 코뚜레를 하고 어디로 팔려갈 때는 자립할 수 있다는 능력이 됐다는 것이지. 사람에게는 법이라는 게 있어서 미성년자를 넘어서도 능력을 갖추지 못하면 자립을 하고 싶어도 할 수가 없는 거야. 그러기 위해서는 남보다 부지런할 필요도 있고, 자기 계발의 노력과 인내도 필요하겠지. 요행으로 살 수도 있겠지만 그것이 얼마나 가겠어. 그러기 위해서 잠을 설치며 공부하는 것이고. 학교에서 공부를 못했지만, 사회에서 잘사는 사람도 그 사람 나름대로 비굴함을 참으며 노력을 했기 때문이야. 그냥 꿈이 이루어지는 사람은 없어. 그러려면 너에겐 학교가 사회야, 어떤 특기가 되었든 노력하지 않는 사람이 사회에서 어떻게 열심히 살아갈 사람이라고 인정이 되겠어. 명심해. 민들레가 괜히 바람에 홀씨를 날려보내는 것이 아니야. 하물며 식물도 자식을 튼튼하고 실하도록 영글게 해서 가볍게 바람에 실려 떠나보내는데, 아빠 엄마도 너희들을 건실한 청년으로 모범적인 사회생활을 할 수 있는 튼실한 민들레 씨앗으로 이 세상에 보내고 싶은 게 소망이야. 부모는 자식의 밑거름일 뿐이니까. 가문을 묻고 집안 내력을 따지는 것도 그러한 정신적인 뿌리를 보기 위해서야. 그러니 너희들의 행동과 자세가 곧 부모의 자세이고 얼굴이야. 너희가 올바르게 자라주면 부모의 얼굴까지 돋보이는 것이고, 족쇄같이 느껴지겠지만 우리에겐, 서로 간에 의무와 책임이 있고 신뢰를 바탕으로 살아가는 거야. 신뢰가 깨어진다는 건 우리가 깨어지는 것과 똑같은 거야.

제희는 아이들이 마음을 알아주기 바라는 마음으로 될 수 있으면 천천히 명료하게 말하려고 노력하며 말을 끝낸다. 그렇지만 화가 난 것을 억지로 참으며 이성을 잃고 하는 말이라 어떻게 말이 전달되었는지 알 수가 없다. 두서도 없이 한 말을 또 하게 되면서 자신에게 다짐이라도 하려는 것 같다. 엄마로서, 자식으로서, 서로 간에 약속이라도 해두자는 결의를 심는 건 아닌지. 남편은 아무 말 없이 밥만 먹고 있다. 제희는 눈길을 돌리며 굳은 결심이라도 하듯, 밥술을 뜬다. 그러나 목이 메여 밥을 먹을 수가 없다. 숟가락으로 밥그릇을 몇 번 뒤적이다 방으로 향한다. 침대에 몸을 눕히자 그제야 잠이 찾아든다. 베란다의 행운목이 바람에 흔들리며 정오의 햇살을 마음껏 빨아들이고 있다.

소꼴

　친구네 소가 달아났다. 아이들과 숨바꼭질하다가보니 고삐 풀린 소가 어디로 갔는지 알 수가 없다. 해가 질 무렵 집으로 가려는데 친구의 소가 없어져, 울상이 되고 말았다. 다급한 마음으로 온 산을 뒤졌다. 친구는 울면서 허둥지둥거리며 산둥성이도 넘었다. 누렁아! 친구가 외치자 어디선가 소 우는 소리가 어렴풋이 산 저쪽에서 들려왔다. 산을 뒤지는 동네 아이들과 친구의 음성을 듣고서 어미 소가 대답을 했던 것이다.

　애써 소를 찾아 의기양양하게 동네를 내려왔을 때 동네가 또 소란스러웠다. 소 꼴 먹이러 간 아이들이 날이 캄캄해도 오지 않는다고 몇몇 부모들은 산 입구까지 손전등을 들고 올라오는 중이었다. 어머니에게 호되게 야단맞은 제희는 다시는 산에 오르지 못하고, 산에 간 아이들이 올 때까지 혼자 놀아야 했다. 동생을 등에 업고 동네 어귀를 어슬렁거릴 수밖에 없었다. 고개는 자꾸만 산 쪽을 돌리며 아이들이 먼빛으로 보이지 않나 눈을 크게 뜨고 바라보곤 했다.

노래방

　장사가 거의 끝나갈 무렵 구석 자리에서 제희는 주방아줌마와 술을 마신다. 속상하고 울화가 터지는 것을 참을 수가 없어 술이라도 먹어야 속이 좀 풀릴 것 같아서다. 아르바이트생 아이들에게 간판 불 끄고 청소하라 말하곤 술을 따른다. 여느 때와 같이 주방아줌마는 딸아이 이야기만 연신 하고 있고, 제희의 머릿속으로는 집안 걱정뿐이다. 기운 빠진 얼굴로 술을 마시면서, 주방아줌마의 이야기를 한쪽 귀로 흘리면서 멍하니 앉아 있다. 어느새 밖은 희끄무레하게 밝아오고 있고 울컥 설움이 솟아오른다.

남편의 복직은 조금의 가망도 없는데, 어쩌자고 가족들은 자신의 마음을 몰라주는지 화가 나서 견딜 수가 없다. 어쩌라는 거야. 머리채를 흔들며 소리를 지른다. 딸과 장난치던 이야기며 토닥토닥 다투던 이야기를 하던 주방아줌마가 벌떡 일어선다. 내친김에 제희와 주방아줌마는 노래방으로 향한다. 우울한 기분에 노래방을 가봤자 슬픈 노래만 부르게 된다. 눈물을 글썽이며 제희가 노래 부른다. 역시 이제는 자신의 신세 한탄이 되어버린 주방아줌마도 드라마 주제곡으로 유행을 떨쳤던 서글픈 노래를 부른다. 가게에서 소주를 마신 그녀들은 노래방에서 맥주를 마신 탓인지 술이 취한다. 노래의 발음도 제대로 정확하게 불리지 않는다.

쌀통

이게 뭐야? 살림살이 이깐 게 무슨 소용이 있어. 집구석의 인간들이라고는 다 엉망으로 돌아가는데 왜 나만 가게나 집에서나 미친년처럼 바동거려야 하냐고! 울컥, 울음이 터진다.

주방에서 아침을 준비하려던 제희는 화가 치밀어 식사 준비를 할 수가 없다. 쌀통을 엎질러버린다. 쌀통에 담겨 있던 쌀이 우르르 쏟아진다. 양푼을 던져버리고 냄비도 던져버린다. 싱크대 위에 놓여 있던 밥솥을 들어 던져버린다. 와장창하는 소리에 남편이 부스스한 얼굴로 달려와 이제는 밥그릇들을 던지려는 제희의 손을 잡는다. 놔! 이 손 놔! 다 부숴버리고 끝내자고. 같이 열심히 살던가, 식구들 모두 뿔뿔이 흩어지던가. 이렇게는 이제 못 살겠어! 방에 들어가. 됐어! 자기는 뭐하러 자!

승국이와 한별이가 각자의 방에서 나온다. 제희의 고함지르는 소리를 잠결에 들은 모양이다. 웬일이야. 안 먹던 술을 다 먹고. 방에 들어가서 얼른 자. 남편이 제희를 번쩍 안아 침대 위에 눕힌다. 제희는 다시 벌떡 일어나 고함을 지른다. 나도 이제 더 못 참겠어. 당신 그 돈 다 어디에다가 썼냐고? 엄마가 속상해서 저러니깐 너희들이 이해해라. 아빠가 밥 차려줄 터이니 밥 먹고 학교 가거라. 네. 침울한 얼굴로 승국이와 한별은 동시에 대답한다. 제희의 혀 꼬부라진 목소리는 문 닫은 안방에서 들려온다. 남편과 아이들은 제희가 엎질러놓은 쌀통을 일으켜 쌀을 쓸어담고 있을 것이다. 커튼 너머로 밝은 햇살을 듬뿍 담은 하루가 밀려오고 있다.

케이크를 품다

케이크를 품다

술은 자각을 둔하게 한다. 하루 종일 예민하게 손님 눈치를 살피느라, 아니면 빵을 굽기 위해 계량컵을 들고 밀가루를 반죽하고 빵의 모양을 내느라 피곤해질 때 술기운은 나를 느슨하게, 또는 자신을 잊을 수 있게 하여 좋다. 얼마만큼 정연이도 술이 오르는 듯해 보이고 나도 술이 오른다. 정연이는 스르르 눈이 풀리고, 손거울을 보니 내 얼굴은 홍당무처럼 불그죽죽하다.

나는 며칠 전부터 고민하고 있던 눈 내리는 케이크에 대해 열심히 정연에게 설명한다. 정연이는 실행할 수도 없는 일에 힘을 빼고 있다고 빈정거린다. 나는 오기가 나서 더욱 열을 올려 설명한다. 눈가루는 빵가루를 얼려서 잘게 갈고 어떻게 하면 되겠지만, 케이크 위에 눈이 뿌려지도록 한다는 것이 쉽지 않단 말이야. 진지하게 말하는 나에게 관심도 없다는 시큰둥한 얼굴이던 정연이는 말한다. 언니, 저기 언니 스타일이 앉아 있어. 저 남자 딱 언니 스타일이지, 그치? 야! 저게 무슨 언니 스타일이야! 차라리 노숙자 양반 목욕시켜 앉혀놓고 내 스타일이라고 하는 게 낫겠다. 술이 이미 오른 나도 어느덧, 정연이의 농담과 화제를 바꾸고 싶어하는 수법에 혹해서 넘어가버린다.

옆자리엔 남자 둘이 앉아 있다. 그들도 무슨 일인지는 모르겠으나, 서로 진지한 얘기를 나누고 있다. 한 사람은 상사인 듯 나이가 좀 들어보이고, 마주 앉은 사람은 몇 살 아래인 것 같다. 가끔 정연이와 내가 앉아 있는 쪽을 힐끔 쳐다보긴 하지만, 여자나 홀리기 좋아하는 그런 사람은 아닌 듯하다. 조금 늦은 저녁 시간에 손님이라곤 그들과 우리가 전부다. 저렴하게 파는 활어횟집에서 송어회 한 마리 시켜놓고 소주잔을 기울이는 우리가 그들에게 곱게 보이지는 않을 것이다. 나는 뒤돌아 앉아서 그들을 볼 수 없는 게 다행이다 싶다. 그러나 정연이는 그들과 마주 앉아 있으므로 그들의 행동을 볼 수 있다.

나지막한 목소리로 정연이는 히죽 웃으며 말한다. 언니야, 돌아보지 말고 내 말만 들어. 건너 쪽에 앉아 있는 놈 있지? 내가 언니 스타일이라고 했던 놈 말이야. 응. 흐흐, 에휴! 더러워 죽겠어! 왜? 생긴 건 희멀겋게 생긴 게, 젓가락으로 이빨을 쑤셔가며 회를 주워먹고 그런다? 별걸 다 관심쓴다. 가자. 이러다 시비 생기겠다. 가만있어봐. 저 이들 오늘 꼬드겨서 클럽이나 가자고 그래? 아! 됐어! 나 지금 머리 아파 죽겠어. 집에 가서 자고 싶어.

정연이는 나보다 네 살 어리다. 그녀는 반월공단의 회사 경리로 있을 때 알게 됐다. 회사 내의 남자에게 실연당했던 그녀는 그래도 마음이 편하다는 핑계로 나와 술자리를 가끔 원했고, 역시 상처의 자리가 한 구석을 차지한 나도 그 자리를 즐겼다. 그리고 우리는 똑같이 사표를 내고 그 회사를 나와버렸다. 상처를 입게 한 그 회사가 서로 지겨웠기 때문이다. 그 후 나는 제과학원에 다녔고, 정연이는 다른 회사로 옮겼지만, 나와 동업을 하기 위해 그곳을 또 그만두었다. 우리는 돈을 똑같이 나누어 가게를 구했고, 이익금도 똑같이 나누기로 했다. 빵 굽는 기술은 내게 있지만, 그 뒤의 허드렛일은 정연이 차지가 되었다. 그리고 나는 말주변이 없어 손님에게 상냥하지 못하지만 정연이는 싹싹한 성품으로 손님과 곧잘 얘기를 나눈다.

밖에는 몇 미터 앞이 보이지 않을 만큼 안개가 자욱하다. 정연이와 나는 서로 손을 잡고 나지막이 노래를 부른다. 그러다가 정연이가 말한다. 우린 전생에 어떤 사이였을까? 후후! 이것아, 머슴과 마님이었겠지. 왜? 연인이었으면 원수가 됐을 거고, 형제였으면 먼 나라로 떨어트려 놓았을 테니까. 그럼 누가 마님이었을까? 그거야 모르지. 그거 알아보려고 너와 내가 붙어 있나보다. 후후! 저만치서 안개가 뭉실뭉실 밀려온다. 우리는 안개에 감싸여 있다. 뿌옇게 시야도 밝히지 않는 안개의 거리. 그러나 내가 아니, 우리가 걸어가는 만큼 시야는 마치 헤드라이트를 받는 것처럼 주위가 밝다.

정연이가 욕실로 화들짝 뛰어들어간다. 화장실이 급한 모양이다. 두 칸의 방으로 된 투룸에서 우리는 살고, 우리는 그 집을 '제비집'이라고 부른다. 물소리가 난다. 샤워를 하나보다. 화장실에 가고 싶은 걸 참고 있던 내가 문을 밀치고 들어간다. 하얀 정연의 살결이 유리벽 너머에서 비친다. 쭉 빠진 몸매에 알맞은, 아니 조금 큰 젖무덤과 보조개가 파인 엉덩이, 곧은 다리의 여자 몸매로는 상급이다. 가끔 정연이가 샤워하는 모습을 볼 때마다, 예쁜 몸매라고 생각해본다. 그러면서도 나는 한번도 그녀에게 몸매가 예쁘다고 말해본 적은 없다. 그것은 어쩌면 같은 여자로서 질투심에서 오는 것인지 모르지만 우쭐해질 모습이 거추장스러워서다. 그것에 불만이라도 품은 것처럼 가끔 정연이는 내 앞에서 알몸으로 어슬렁거린다. 꼴 보기 싫으니 빨리 옷 입어! 여자가 정숙하지 못하게! 정연이는 있는 대로 인상을 쓰며 내게 짜증을 부린다. 몸매가 마릴린 먼로에게 뺨 맞을 것처럼 탱탱하네. 나는 웃음으로 순간을 모면한다. 정연이도 따라 웃는다.

냉장고엔 반쯤 남겨진 소주 병과 아직 따지 않은 소주 한 병이 있다. 조금 부족했던 술 기분을 채우기 위해 먹다 남긴 반찬과 사과 하나를 깎아놓고 식탁에 앉는다. 욱신거리던 머리도 집으로 오니 말끔히 사라진다.

의문스러운 마음으로 그에게 전화했다. 전화를 받는 그의 목소리는 냉랭했다. 나는 반사적으로 상한 자존심을 되돌리려 고함을 질렀다. 차단기가 왜 뜯어져 내려진 채로 있느냐, 영업시간인 줄 모르냐며 따졌다. 화를 낸 나에게 그는 의외로 부드럽고 차분한 목소리로 말했다. 다른 일 보느라 그렇게 됐는데 깜빡 잊었네. 미안. 그는 상냥하게 말했다. 그의 말을 무시한 채 전화를 끊었다. 나름대로 차단기를 끼워 올려보았지만 잘 끼워지지 않았다. 그가 왔다. 술에 취한 모습이었다. 내 가게를 어질러놓고 술을 마시다니 한심하다는 생각이 들었다. 그를 못본 척 외면해버렸다. 그는 몇 번을 미안하다며 미소를 지었다. 한때 그는 나를 사랑한다고 했었고, 나 또한 그를 사랑한다고 했었다. 그렇지만 한순간의 일로 우리는 맹렬히 싸웠다. 오해의 불씨였든 또는 아니든 우리는 헤어지자는 말없이 서로 어색한 사이가 되어버렸다. 그는 자신을 불신한다고 화가 났고, 나는 그 불신을 갖게 한 원인에 대하여 화가 났다. 나는 그에게 사과를 요구했고 그도 나에게 사과를 요구했지만, 우리는 서로의 자존심과 알 수 없는 연결고리의 어색함 때문에 조금씩 뜸해지고 있었다.

붉고 게슴츠레한 얼굴로 그는 연신 실수를 무마하려는 얼굴로 웃었다. 웃는 그의 얼굴은 마치 활짝 피어난 해바라기꽃 같았다. 쑥스럽고 화가 난 나는 아무 말도 못 하고 멍하니 쳐다만 보았다. 어느 사이 어둠이 깨금발로 조심히 다가오고 상점마다 간간이 간판 네온이 켜져 있었다. 술에 불콰한 그는 나의 옆으로 바짝 다가와 방문 앞에 걸터앉았다. 가게 문을 열어야 한다는 다급한 마음에 그의 느긋한 태도가 미웠다. 고개를 푹 숙이고 있던 그는 아직도 나를 사랑하냐고 물었다. 나는 그 말의 뜻이 생소했다. 기다리고 있었던 말이긴 하지만, 못 들은 척한 나는 일상의 일들로 화제를 바꾸며 말했다. 요즈음 며칠째 근무도 않고 있는 것 같던데 왜 그러냐고 했다. 그는 며칠째 일과 시위하는 중이라 말했고, 생활이 짜증난다고 했다. 며칠 쉬었으니 근무하러 갈 거라고도 했다. 어린 소년처럼 나에게 투정을 부리는 그가 한없이 안쓰러웠다. 밉다고 생각했던 마음은 한순간에 일그러지고, 그를 어루만져주고 싶었다.

그러던 그는 슬그머니 방문 앞 문설주에 기대어 잠이 들었다. 코를 골며 방문 앞에서 비스듬히 자고 있는 그를 보자 감당할 수 없는 연민이 울컥 쏟아져나왔다. 안쓰러운 생각에 흔들어 깨우며 방에 들어가서 자라고 했다. 그는 나의 말을 기다렸다는 듯, 벌떡 일어나더니 내가 자고 일어났던 잠자리에 누웠다. 시트 위에는 홑이불이 흐트러져 있었다. 홑이불을 들어 자신의 몸을 덮고서 아무 일 없었던 듯 다시 곤히 잤다. 그가 자는 동안 나는 간판 불을 점검할 겸, 아는 이를 찾아서 부탁이라도 해볼 겸, 주위를 둘러보러 나갔다. 간판 불을 켤 수 없는 가게는 하루 영업을 포기해야만 했다. 방황하는 영혼의 날개 깃을 접어 마치 둥지를 찾은 것 같은 그의 단잠을 내 투정으로 깨울 수 없었기 때문이었다.

어제 저장해둔 케이크 만드는 법을 인쇄하여 시장 봐온 물건들을 풀어헤쳐놓고 싱크대 위에 프린트지를 붙인다. 그리곤 찬찬히 읽어본다. 사십 년 동안 빵을 구워온 사람의 비법을 눈으로 읽는데 문소리가 난다. 밖에 잠깐 나갔다온다던 정연이가 들어오는가보다. 곁눈질로 쳐다보는 나에게 정연이는 엉거주춤한 걸음으로 들어오다가 멋쩍은 미소를 짓는다. 그리고 찡그린 얼굴로 변한다. 아이, 씨! 왜? 정연이는 또 웃는다. 웃을 수밖에 없다는 얼굴로 여전히 웃으며 말한다. 나, 똥꼬 매워 죽겠어! 화장실에서 견디느라 혼났어. 어쩔 수 없이 나도 웃는다. 그러기에 땡추먹지 말랬잖아! 나 봐, 난 괜찮은걸? 정연이는 이제는 아예 한 손으로 뒤를 감싸쥔다. 소주 안 먹었으면 매운 고추도 안 먹었잖아.

그러나저러나 고민이다. 최근에 선보인 케이크는 반응이 별로다. 평소에 케이크를 구워왔던 것에 재료만 조금 달랐을 뿐이다. 까다로운 재료들은 별로 없다. 케이크를 만들면서 박하나 허브 향 또는 꽃가루 향 같은 것을 넣어보면 어떨까 고민이다. 그러나 크리스마스를 겨냥하여 만드는 케이크라면 이것만의 장식으론 조금 부족할 것 같다. 일단 정성스럽게 만든 케이크를 장식장에 밀어넣고 케이크 위로 눈이 내리게 하는 좋은 방법은 없을까? 라는 생각에 또 골똘해진다. 산타나 썰매는 재료를 반죽해서 식용 색을 입혀 만들면 되겠지만, 케이크 위로 내리는 눈과 썰매를 어떻게 하면 좋을지 고민스러웠다. 눈이 오는 케이크. 특별한 양념을 만들어 눈을 뿌리는 방법은? 온종일 나는 그 생각에만 골몰 중이다. 머리가 지근거린다. 전자 장치도 어렵고 새로운 양념의 개발도 어려운 문제다. 그것은 인터넷을 뒤져봐도 소용없다.

아이가 보고 싶다. 학교를 갓 졸업한 난 사회초년생으로 입사했다. 서툰 화장과 어색한 정장 차림으로 성실히 회사에 출근했다. 자아만을 내세우며 자신의 영역 안으로 대책 없이 접근하는 건 싹수가 없다고 생각하는 사회생활이 서서히 실망스러워져 갈 즈음이었다. 학교생활에서는 전혀 느낄 수 없는 냉랭한 회사에서, 나는 동떨어진 섬에서 혼자가 된 느낌으로 출근하고, 퇴근하고를 반복했었다. 가끔 대머리가 훌떡 벗어진 부장님의 친절한 눈초리가 무엇인지, 같은 사무실의 김 주임과 양 주임의 농담의 의도가 무엇인지도 몰랐다. 그냥 사회생활을 잘하려면 공손히, 같이 웃어주면 되는 줄 알았다.

경리과장님, 저의 사무실에 필기도구랑 A4 용지가 다 떨어졌는데 가지러가도 되겠습니까? 나는 경리과에 전화했다. 경리과장은 사십 대 후반을 맞은 중년 남자로 늘 웃음이 유들유들했다. 어쩌면 내 어머니와 동년배쯤으로 보였다. 그래서 나는 경리과장 앞에 서면 더욱 조심스러웠고, 철이 덜 든 아이만 같아 주눅이 들었다. 소문으로는 이십 년 넘게 같은 부서에서 경리직을 보며 빼돌린 돈이 어마어마할 것이라 땅 부자에다 빌딩도 소유하고 있다고 했다. 그러나 오랫동안 경리 일을 본 경리과장의 노하우는 다른 어떤 이를 내세울 엄두도 없이 잘 처리한다고도 했다. 회사의 입지출이 경리과장의 손을 통해서 결정되니 아마 사장님의 친척쯤이나 되는지도 몰랐다. 예외 없이 경리과장은 유들거리는 웃음으로 나를 맞아주었고, 계장에게 물품을 챙겨주라고 했다. 뒤돌아서는 나의 등 뒤로 경리과장은 말했다. 아! 미스 정! 퇴근 시간에 여기로 좀 와줄 수 있어?

당황한 나는 경리과장을 밀었다. 퇴근 시간이라 사무실마다 텅 비어 있었고, 고함을 질러 누가 온 대도 나 역시 이곳에 있다는 수치감에 땀만 솟아났다. 잠가버린 자재창고 안은 무덥진 않았으나, 나의 몸은 땀으로 젖어 있었고, 덫에 걸린 생쥐 같았다. 경리과장의 육중한 몸은 나를 힘껏 껴안아 숨마저 쉴 수가 없었다. 완강하게 버티면 버틸수록 더욱 조여드는 힘. 치마가 올려지고 속옷이 내려졌다. 나를 잃어가는 순간이었다. 억울했다. 이렇게 초라한 곳에서 아무런 애정 없이 비곗덩어리 같은 남자에게, 아니 세상의 때란 때는 다 묻은 음흉한 남자에게 제단도 차려질 사이 없이 제물이 되어 나는 무너지고 있었다.

이럴 때 이 사람에게 눌려 질식해버렸으면 얼마나 좋을까. 엄마의 놀라는 얼굴이 지나가고, 친구들의 비웃음이 지나갔다. 두고 봐! 널 복수할 테다. 껌을 씹듯 나는 잘근 씹었다. 사악한 뱀 한 마리가 내 몸속으로 기어들어와 온몸을 휘젓고 있는 불쾌감에서 전신이 떨려왔다. 그 순간 내가 나 아니기를 기도했다. 사지는 뻣뻣하게 굳어지고 있는 것 같았다. 굶주린 사자가 때 맞춰 먹이를 만났을 때의 식욕이 그랬을까? 잔뜩 긴장해서였던가. 폭식하는 자의 습관처럼 생각보다 빨리 나에게서 떨어져 나갔다. 바지를 추스르면서 말했다. 너의 이력서를 봤어. 너의 엄마는 나와 같은 고향 동창생이었어. 내가 너의 엄마를 무척 좋아했지. 나와 결혼하자고 몇 번을 말해도 너의 엄마는 내가 가난하다는 이유로 나를 좋아해주지 않았어. 하긴 그땐 참 초라했었지. 얼굴이 잘생긴 것도 아니었고 집안도 지지리 가난했고. 그래서 열심히 돈을 모았어. 너의 엄마를 너무도 꼭 빼닮은 널 보고 그때의 감정이 되살아 잠을 잘 수가 없었어. 너의 엄마가 알면 기분이 어떨까? 옛날 너의 엄마를 사모했을 때, 너의 엄마를 안아보는 게 소원이었어. 지금 꼭 너의 엄마를 안은 것 같은 착각이 들어 기분이 좋아. 앞으로 내가 잘해줄게. 우리 이렇게 종종 만나자. 그리고 미안하다.

집으로 돌아온 나는 몇 시간을 욕실에서 몸을 닦았다. 경리과장의 손길이 지나간 곳은 더욱 세게 비누칠하여 문지르고 또 문질렀다. 그때서야 울음이 났다. 샤워기를 틀어놓고 나는 흐느끼며 울었다. 그리고 온몸이 얼얼해질 때까지 씻고 또 씻었다. 엄마의 얼굴을 민망스러워 고개를 들고 바라볼 수가 없었다. 아니 엄마가 미웠다. 엄마 때문인 것 같았다. 며칠 동안 몸에서 열이 났다. 다리가 후들거리고 아팠다. 영문을 알 수 없는 엄마는 자꾸만 물었다. 어디가 아프냐!

어스름한 저녁나절 해가 진 후의 한가한 초저녁 길을 나는 지나갔다. 언젠가 한번 와봤던 것 같은 길, 상가의 전등불은 이미 켜지기 시작했다. 어쩌면 그와 여행을 갔던 어느 길일지도 몰랐다. 대문 앞에 아름드리 소나무가 서 있는 변두리 도시 샛길, 집들이 촘촘히 있는 골목길을 걸어 미로 같은 언덕길을 지나고 풀밭을 지났다. 동네를 벗어나자 언덕 아래엔 또 다른 동네가 있었다. 호기심에 마을로 들어가봤다. 도로는 잘 닦아진 흙길이었다. 도로 길가에는 풀들이 자라고 수로가 나 있었다. 언뜻 내 고향에서도 이런 길을 본 적 있다고 생각해봤다.

사무실 책상 앞에 놓여 있는 전화기가 울렸다. 전화받는 것이 요즈음 와서 두려워졌다. 옆 책상의 김 주임과 양 주임의 눈치가 더욱 보여 전화받기가 거북스럽기도 했다. 가끔 야근할 때면 간식거리를 슬쩍 밀어주는 그들에게 미안했다. 이따가 퇴근하고 저번에 그곳으로 와. 내가 먼저 가 있을 테니 넌 천천히 와. 반쯤 명령적인 말투였다. 나는 아무런 대꾸도 못하고 전화를 끊었다. 마치 감전된 로봇처럼 경리과장이 오라면 오고 가라면 가는 무미건조한 생명체였다. 생리가 끊어졌지만, 그것이 임신인 줄 몰랐다. 이상하다 싶어 병원엘 갔을 땐 이미 중절할 수 없는 시기가 되어버렸다. 구태여 중절하고 싶은 마음도 없어졌다. 아이를 낳아서 되돌려주고 싶었다. 그리고 경리과장의 표정을 보고 싶었다.

이제껏 나를 가지고 논 것에 대한 보답으로 한평생 멍에를 짊어주어 후회하도록 해 주고 싶었다. 임신했다는 사실을 말하지 않았다. 조금씩 배가 불러왔지만 아직은 회사에 다닐 만했고, 어느 날 물었다. 너 살이 찐 거니? 뚱한 눈으로 바라보았지만 나는 웃기만 하였다.

압박붕대로 배와 가슴을 감싸고 다닌 지 몇 달이 지났다. 나는 경리과장의 헤 벌어진 입으로 주먹을 넣고 싶다고 생각하며, 내일 사표를 내겠다는 말로 끝맺었다. 다음날 나는 눈물을 흘리며 사표를 썼고 집에서도 나왔다. 변두리 어느 조그마한 방을 얻어 처음으로 독립을 시도했었다.

잘 크겠지? 잘 크고 있을 거야! 지금은 학교에도 다니겠구나. 나이가 들어 외로워서일까. 요즘 와서 부쩍 아이가 궁금해졌다. 아이를 재워두고 집을 빠져나올 때 담담한 목소리로 경리과장에게 전화했다. 오기로만 가득 차 있던 나는 아이에 대한 불쌍한 마음은 조금 들었지만 가슴 끓는 아픔 같은 건 없었다. 그보다 낯선 곳에서 내가 살아가야 하는 것이 더 아득했다. 그러나 잘 살아야 했다. 언젠가 아이를 만나게 됐을 때 초라한 모습을 보일 순 없는 것이니까. 반월공단에서 직장을 둔 친구에게로 오던 날은 몹시 추워 바람마저 쌩쌩 불었다.

나의 옆으로 푸른 스웨터를 입은 아주머니가 지나갔다. 나는 그 아주머니에게 마을이 정말 평화로워 보인다고, 나도 이런 곳에서 살고 싶다고 말했다. 빙그레 웃던 아주머니는, 나도 이 동네가 예뻐서 아이 낳고 살게 되었다며, 종종걸음으로 넓적 돌 징검다리를 건너 마을로 들어갔다. 돌 틈 사이로 흐르는 물은 너무도 맑았다. 나는 그 아주머니와 걸음을 맞추려했지만 아주머니 걸음은 나보다 빨랐다. 멍하니 아주머니 뒷모습을 쳐다보며 왠지 부럽다고 생각했다. 마을 입구에서 흘러가는 개천은 맑다가 못해 푸른 빛을 띠었으며, 산 밑 응달진 곳, 깊이 고여 있는 호수처럼 고인 개천 위로 연꽃이 한가롭게 떠 있었다. 깎아지른 듯한 절벽의 바위엔 이끼가 파랗게 젖어 있었다. 담쟁이 같은 수초도 듬성듬성 자라고 파란 이끼 위로 수초와 억새가 엉켜 싱그럽게 햇볕을 받고 있었다. 징검다리 사이로 개천은 졸졸 흘러가고, 햇살은 한가로웠다. 반듯하고 넓적한 징검다리는 동네와 동네를 이으며 아담하게 놓여 있었다. 아주머니는 개천을 건너 자기 집을 찾아 골목으로 사라져갔다. 마을의 또 한 아주머니가 징검다리를 건너갔다. 나는 멈칫 서서 그들을 먼발치서 바라보기만 했다.

젖은 머리칼을 수건으로 질끈 동여맨 정연이가 나의 맞은쪽에 털썩 앉는다. 혼자만 술을 마시고 있느냐는 듯이 눈을 흘긴다. 술은 나의 예민한 신경을 둔화시키는 유일한 탈출구다. 아무런 표정도 없는 나를 본다. 눈가가 젖어 있는 나에게 정연이는 말없이 잔을 가져와 자신에게도 술을 따른다. 정연이는 요즘 무척 외로움을 타는 것 같다. 회사에서 알고 지내던 남자와 헤어진 이후로 걸핏하면 술을 찾는다.

두꺼운 종이로 견본을 만들어본다. 하트와 별 모양, 그리고 네모 모양, 랩으로 종이를 감싸고 그 안에 갖은 재료로 반죽한 것을 넣어본다. 하트 모양에는 허브 향을, 별 모양에는 붉은 비트나 푸른 녹차를, 네모 모양에는 잘게 썰어 말린 과일을, 건강을 찾는 요즈음 사람들의 기호에 맞게, 그다지 달지 않고, 될 수 있으면 설탕을 쓰지 않기로 했다. 노릇하게 갓 구워진 따끈한 스펀지케이크를 조금 떼어 맛을 음미해본다. 정연이에게도 한 입 넣어준다. 오물오물 씹어서 맛을 보던 정연이 얼굴이 밝아진다. 대박이야. 언니. 맛이 좋아! 그런 것 같다. 특이한 맛을 찾으려는 손님들에겐 어쩌면 먹혀들 것 같은 생각이 들기도 한다. 일단은 알갱이가 조금씩 씹히는 크림은 종전대로 쓰기로 하고, 아직은 생소한 맛에 대한 손님들의 반응도 보아야 하고, 갑자기 케이크가 맛이나 장식이 어설프게 틀려버리면 외면당할지도 모를 일이기 때문이다.

크림 위에 과일과 조화를 예쁘게 장식하여 진열대 제일 한가운데에 넣는다. 긴장이 풀리자 갑자기 피로가 몰려온다. 주방에서 설거지하는 정연이를 두고 나는 나른하게, 구석지고 칸막이 쳐놓은 곳에 쪼그리고 누워서 생각한다. 크림 위의 장식을 어떻게 해보지? 벌떡 일어나 메모지와 볼펜에 그림을 그려본다. 산타할아버지와 썰매와 사슴, 그리고 눈이 쌓인 나무, 눈. 눈이라. 눈가루를 곡물가루로? 어떻게 대체를 하지? 그것만 생각해낸다면 또 다른 것에도 많이 쓸 수 있을 텐데. 웨딩에서도 생일잔치에서도 오색 가루가 장식 위에 뿌려지는 케이크가 쓰일 곳은 얼마든지 많을 테니까. 그래서 만든 케이크가 널리 퍼지면, 그 아이 입으로도 케이크의 맛이 전해질 수도 있을 테니까. 엄마가 만든 것인지는 몰라도 엄마의 마음처럼 포근한 느낌으로 먹을 수 있겠지. 누구를 닮았을까?

갈 곳을 잃어버린 나는 골목길을 따라 걸었다. 햇살을 따사로이 받는 토담집 한 채를 뒤쪽 산비탈에서 발견했다. 황토벽을 잘 바른 조그마한 초가집은 방 하나와 부엌, 아래채 헛간을 가진 집이었다. 햇살은 온 집을 따뜻하게 어루만지고 있었다. 마당가에는 백일홍이 미풍에 한들거리며 햇살을 한껏 머금고 붉게 피어 있었다. 저 집엔 누가 살고 있을까? 길보다 집이 훨씬 높아 돌을 쌓아 돋운 담 없는 마당은 깨끗하게 쓸려 있어 적요마저 감돌았다. 언젠가 그는 쉬고 싶다고 말했다.

누구에게 띄우지도 않을 편지를 쓴다. 띄워봤자 답장도 없겠지만, 보낼 곳도 없다. 그리운 누군가가 있다는 것은, 적어도 나에겐 소중한 기억인지도 모른다. 늘 막연히 어디서 전화가 와도 그 남자이었으면 좋겠다는 생각이 든다. 문득 스쳐지나가는 사람에게 그 남자의 향기를 찾고 싶고, 그 남자의 닮은 모습을 찾고 싶다. 나는 언젠가 그리움이란 단어에 습관처럼 갇혀버리게 될지도 모른다. 지난 모든 일이 나른한 몽상 속에서 헤매고 있다. 그 남자가 언제나 내 마음속에 자리잡고 있어, 외로움 같은 건 없다. 하지만 예전처럼 내 옆자리에 없다는 것이 늘 안타깝다. 그럴 때면 함께 이 도시에 있다는 것이라도 유일한 내 위안이었을 수도 있는데. 그 남자와 나는 친밀하게 어울릴 수도 없었다. 같은 사무실에서 같은 업무를 보며, 남들에게는 아닌 척, 모르는 척 능청을 떨어야 했다. 전날 밤에 전율이 오싹 다가오는 시간을 즐겼으면서도, 사무실에서는 아무 일도 없었던 듯, 상관도 없는 사람처럼 냉대하는 눈빛을 서로 보여야 했다. 말로야 쉽지만 그런 행위는 하루도 아닌 365일을 그렇게 지내야 했던 난 무척 힘이 들었다. 때로는 불쑥 나도 모르게 응석어린 어투가 나오는가 하면, 때로는 친밀한 몸동작이 불거져나오기도 하여 그도 나도 움찔하기도 하였다. 그 남자는 이혼남이었고 나는 과거가 있긴 하지만 미혼이다. 남들이 안다고 해서 별 탈이 있는, 부적절한 관계는 아니지만 그래도 남들의 재미있어하는 말장난에 오르내린다는 것은 불쾌했다.

사내에서 그러한 우리의 관계를 아는 사람은 정연이었다. 정연이가 사귀었던 유부남인 과장과 결별하고, 정신적으로 갈등을 느끼며 나와 술자리를 하게 되면서, 자연 그 남자와의 관계가 들통난 것이다. 유부남이었던 과장은 부인과 이혼을 하면서 정연이와 함께 살고 싶다고 했으나, 부인에게 발각이 난 후론 상황이 바뀌었다. 그는 퇴근 시간에 맞춰 집으로 달려갔고, 정연이는 멍하게 바라보아야 했다. 그는 늘 바쁘다며 정연이를 피했다. 나 역시 똑같은 사연은 아니지만, 유부남인 경리과장과 아픈 기억이 되살아나, 나는 정연이를 토닥거려주었다. 그러한 나에게 그녀는 언니처럼 가족처럼 다가왔다. 싫지는 않았다. 가족들과 멀리 떨어졌고 거의 연락조차도 하지 않는 나의 처지로는 오히려 반갑기도 했다.

나와 그 남자와 멀뚱한 시간의 공백을 어느 순간부터 정연이가 메우기 시작했다. 그러면서 우리는 자주 싸우기 시작했다. 때에 따라서 정연이는 그 남자가 마치 자신의 남자친구인 양, 짙은 교태와 농담을 걸었고, 그 남자 역시도 싫어하지 않고 받아주었다. 나는 가만히 웃어주지만, 속으론 얼굴이 붉어오고, 정연이도 그 남자도 미웠다. 고함이라도 질러 혼내고 싶었다. 그러나 겉으로는 어쩔 수 없이 호호거리며 웃어야 했다. 팔짱을 끼고 매점에 가서 아이스크림을 사오고, 함께 구내식당에 가고. 나는 멀찌감치 뒤따라갔다. 정연이는 흘끔 돌아보며, 뭐 해 빨리 안 오고. 그 사람과 앞질러갔다.

정연이가 그러는 행동을 왜 거절하지 않고 받아주냐. 그러는 내 말에 그 남자는 친근하게 다가오는 그 애에게 어떻게 그렇게 해. 그렇지 않아도 이제 겨우 웃음을 찾은 애에게. 그 남자가 하는 항변이었다. 오히려 내가 심술쟁이가 되어버린 기분이었다. 벌칙으로 우리 앞으로 일주일 동안 말하지 맙시다. 회식이 있었던 날 밤이었다.

아침이면 햇살이 방문을 두드리고, 저녁이면 별빛이 속삭이는 소담스러운 저 집에서 그와 쉴 수 있으면 좋겠다고 생각해봤다. 건너다 본 마을의 집들은 집집마다 깔끔하게 정돈되어 있고, 가구는 십여 채 조금 넘었다. 기와지붕 위로는 붉고 푸른 색이 칠해져 있었다. 산이 마을을 둘러싼 아담하고 깨끗한 동네를 벗어나 집으로 오려는 길은 마을 뒷산으로 난 길이었다. 이미 점점 어둠은 깔려오고 나는 불안했다. 가도 가도 길이었다. 이 길로 집에 가려면 산을 넘어야 하고, 밤이 지나야 할 것 같았다. 포근하면서 눈처럼 부드러운 흙길이지만 어쩔 수 없었다. 그가 잠에서 깨어나기 전에 빨리 집에 가야 하는데 이곳에 온 것이 후회스러웠다. 너무 멀리 온 것이다. 오던 길을 다시 돌아가는 것이 더 빠를 것 같았다. 다시 돌아서 걸었다. 아름드리 소나무와 길옆의 가시, 더는 지름길은 찾을 수가 없었다. 오늘 하루 일과가 자꾸만 초조해왔다.

정연이가 베개를 들고 나의 방으로 왔다. 벌칙의 일주일이 지난 며칠 후, 그 남자와 내가 함께 자고 있었다. 정연이는 돌연 우리의 방으로 들어와 가운데 자리 발치에 드러누웠다. 귀찮기도 하려니와, 당황스럽기도 하여 왜 그러냐고 물었다. 무서운 꿈을 꾸어 혼자 잘 수가 없어. 오히려 정연이가 짜증을 부렸다. 그 남자는 웃으며 말했다. 그래그래. 그는 주섬주섬 자리를 비켜주며, 정연이에게 이불을 덮어주었다.

나는 정연이가 섬뜩해지기 시작했다. 무슨 마음으로 그러는지 이해가 가지 않았다. 남녀가 함께 자는 곳에 부모였어도 껄끄러운 법인데, 성숙한 여자애가 연인이 자는 방으로 불쑥 들어올 수 있다는 것이 이해가 가지 않았다. 더구나 정연이 때문에 잦은 말다툼을 하고 있던 차에 그러한 행동은 썩 기분이 좋은 것은 아니었다. 웅그리고 있는 정연이도 자는 것 같지는 않았다. 나는 가슴에 무언가가 들끓어 더욱 잠이 오지 않았다.

방문을 열고 나왔다. 냉장고 문을 열어 찬물을 컵 가득 따라 단숨에 다 마셨다. 거실이라 해봐야 식탁 하나 딸랑 있는 공간에서 멍하니 서성거렸다. 도대체 저 아이가 왜 저럴까. 응석일까. 질투일까. 내가 방으로 들어가지 않으면 어쩌면 불편해서 나올지도 모른다는 생각에 베개를 가지고 나와 거실에서 누웠다. 그리곤 깜빡 잠이 들었다. 얼마를 잤을까? 나는 기척이 없는 방으로 가봤다. 그 남자와 정연이는 잠들어 있었다. 일요일이라 깨울 이유는 없었으므로 나는 다시 그 자리로 가 누웠다. 정말 기분이 묘했다. 그렇다고 해서 드러나게 화를 낼 수도 없었고, 가만두고 보려니 기분이 찜찜했다.

다시 누웠지만 이미 잠은 달아났고 아침밥이나 준비할 생각으로 밥통을 열어보고 해장할 국을 끓였다. 명태포와 콩나물을 넣고 소금으로 간을 맞췄다. 식탁에 앉아 조간신문을 읽다가 국이 끓어오르자 파와 마늘을 넣고 계란을 풀어넣었다. 식탁 위에 밥을 차려놓고 그들을 깨웠다. 그 남자가 일어났다. 기척이 나는 소리에 정연이도 일어났다. 해장국을 몇 숟가락 뜨던 그 남자가 정연에게 농담처럼 웃으며 말했다. 너 왜 간밤에 우리 방으로 온 거야? 정연이는 어이없다는 듯 말했다. 하 참! 내가 그 방 가면 안 돼? 나는 웃지 않았고 그 남자는 웃었다.

나는 그 남자가 다중적인 사람처럼 느껴졌다. 정연에게 웃을 수 있는 그의 여유가 싫었다. 그렇게 정연에게 우유부단하게 굴지 말라고 했지만, 그렇지 못했던 것에 그 남자 마음까지도 알 수가 없다는 생각이 들었다. 남자들은 모든 여자가 자기 여자인 줄만 안다고 하더니 그런 것 같았다. 정연이도 아마 그런 생각일까? 모든 남자가 자기가 얼씬하면 다 좋아해줘야 한다고 생각할까? 그렇지 않으면 서운하고 화가 나는 걸까? 마치 나르시스처럼 우물이 아닌, 거울에 비친 자신의 모습을 바라보며, 나보다 더 잘난 여자는 없다는 심사에서일까? 그래서 모든 남자가 자기를 용서해주는 거란 생각이 들어서일까? 아니면 그 남자를 좋아하는 걸까? 머리가 욱신거리고 혼동이 왔다. 차츰 그 남자에게 신경이 날카로워지고 불신으로 잦은 싸움이 생겼다. 조그마한 그의 말과 행동에도 껄끄러워만 보이고 집착으로 변해갔다. 그 남자도 아마 그만큼 힘들었을지도 모른다. 말하지 않고 지내는 날도 그만큼 잦아졌다. 그렇지만 정연을 버릴 용기도, 더구나 그 남자를 버릴 용기도 더욱 없었다. 나는 신경질적인 내 감정을 누구에게도 표현할 수가 없었다. 자존심이 상했다. 그러나 정연에게도 그 남자에게도 그전처럼 허물없이 대하기에는 내 마음이 자꾸만 움츠러들었다.

한참을 걸었다. 간신히 멀리서 보이는 불빛 도시가 보인다. 산을 깎아 축대 벽을 쌓은 곳에서 보도블록 위로 풀쩍 뛰어내렸다. 리어카로 노점상을 하는 할아버지와 할머니가 얘기를 나누는 상품 진열대 위로 넘어졌다. 할아버지는 리어카에 짐을 챙겨 먼저 들어간다는 인사를 하며 떠나고, 나는 할머니에게 미안하다는 사죄를 드렸다. 할머니는 미소 지으며 괜찮아. 그리곤 바삐 장사 마칠 준비를 하고 있었다. 미안한 마음에 무엇을 파나 살펴보았다. 이월된 싸구려 화장품들이었다. 사과하는 뜻으로 무엇 하나 팔아주고 싶었다. 할머니는 그러한 나에게 아무런 관심도 두지 않고 계속 짐만 챙겼다. 하지만 이것저것을 찾아도 마음에 드는 것이 없어 난감해하고 있을 때 여자 서넛이 몰려왔다. 부유한 집안의 사모님들 같았다. 즐겁게 얘기를 나누며 서로 물건을 들어보며 괜찮으냐고 묻곤 하였다. 나는 가진 돈이 없어 은근슬쩍 분첩과 파우더를 만지며, 그 여자들이 할머니의 화장품을 팔아주길 곁눈질로 살폈다. 그가 잠에서 깨어나기 전에 그에게 빨리 가봐야 하는데 마음은 자꾸만 초조해져 오고 있었다.

언니, 나 어떻게 생각해? 요즈음 말이 별로 없는 나에게 정연이는 마음이 상했나보다. 불판 위에서 지글거리는 삼겹살을 뒤적이며 꺼내고 싶지 않은 말을 꺼내듯 묻는다. 내 앞에 놓여 있는 소주를 마른침 삼키듯 홀짝인다. 배춧잎 집어 매운 청양고추를 뚝 잘라 노란 배추 고갱이 위에 얹고 생마늘과 삼겹살을 얹어, 입을 크게 벌려 쑤셔넣는다. 배추쌈이 너무 컸다. 청양고추의 매운맛과 마늘의 톡 쏘는 맛이 함께 어우러져 머리가 쭈뼛거리고 입안이 뻣뻣해져 온다. 혀끝에서부터 목까지 매운맛으로 나는 울상이 되어 거의 기절할 것만 같다. 물을 마시고, 콜라를 마시고, 소주 한잔 또 마신다. 소금을 한 꼬집 혀 위에서 녹인다. 머리에선 땀이 흘러내린다. 매운맛이 조금 가시자 정연을 빤히 본다. 너, 뭐라고 했어? 나는 천천히 다시 묻는다. 콜라를 시켜서 잔에 따라주고, 소주를 마셔보라. 계란찜을 먹어보라. 하던 정연이가 나를 빤히 쳐다본다. 그게 말이야, 정연아, 내가 요즈음 말이야, 케이크, 아, 그 케이크 때문에 신경이 쓰여서 너 돌아볼 정신이 없네? 야! 언니가 좀 너에게 무신경하다고 해서 넌 또 뭐냐! 삐치기나 하고. 오빠랑 그렇게 된 게 나 때문이야? 나는 오빠랑 언니가 잘되길 부추겼을 뿐인데, 내 노력은 고사하고 오빠가 요즈음 집에 안 오니 기분이 안 좋아. 네가 왜? 모르겠어, 그냥 그래! 나 때문인가 싶기도 하고. 왜, 너 때문이냐? 근본적으로 그 남자에겐 절제의 능력이 없어. 끊고 맺는 것이 평소엔 강하다 싶다가, 여자에게만은 우유부단한 그 처세술이 싫어! 회사에서도, 여직원들에게 친절하게 굴려고 하는 거 못 봤어? 나는 말을 돌린다. 어차피 헤어져야 할 거면 정연이 탓으로 돌리고 싶지 않다. 그러나 정연이가 그런 모습만 내게 보여주지 않았으면 이렇게 잦은 싸움과 생각보다 빨리 끝내 버리진 않았을 것이다. 그건 그래! 당연하다는 듯이, 기분이 조금 풀린 정연이는 목소리를 높여 말한다. 이모! 여기 소주 한 병 더 주세요. 빈 병을 추겨올린다.

다음 날도 얼큰한 얼굴로 그가 나의 가게로 왔다. 나는 그를 속으론 반가워하면서 겉으론 달가워하지 않았고, 왜 왔느냐는 듯 그를 쳐다봤다. 옆에 서 있는 그를 못 본 체했다. 손님으로 온 어느 군인에게 보란 듯이 나는 친절하게 굴었고 다정하게 웃는 군인과 나를 바라보던 그는 화를 냈다. 그리고 군인이 허리춤에 차고 있던 단검을 빼앗아 군인의 가슴에 찔렀다. 가슴에 칼을 맞은 군인은 피를 흘리며 그 자리에서 쓰러졌다.

자꾸만 옆자리의 남자가 말을 걸어올 듯하더니 소주병을 들고 우리에게로 다가온다. 나는 못 본 척 고개를 숙인다. 한 손으론 소주잔을 만지작거리며 다른 손으로 안주를 집는다. 남자는 허리를 굽실거리며, 소주 한잔 권하고 싶어 왔다며 정연에게 잔을 들어 마시란다.

정연은 나에게 눈을 한번 찔끔거리더니 말한다. 내가 아저씨 잔을 왜 받아요? 앞에 놓였던 술잔을 들어 마시곤, 남자에게 잔을 들어올린다. 남자는 흔쾌히 잔을 따르며 앉아도 되겠냐고 유들거린다. 나는 정연의 표정을 한번 힐끗 보고는 고개를 끄덕인다. 정연이는 새초롬한 표정을 짓더니 방긋이 웃는다. 남자가 목덜미 뒤로 손을 쓱쓱 문지르며 저기, 동행이 있는데 오랄까요? 이왕 너도 앉았는데 하나 더 오면 어떠냐. 싶은 생각에 말한다. 나는 네, 그러세요. 남자들 나이는 정연이 또래쯤으로 보이고, 어느 회사 영업직에 있노라며 명함을 건네준다. 이미 술은 그들도 우리도 취했고, 그들은 자신들의 영업이 목적이었겠으나, 남녀가 섞인 술자리는 고조되어 건배 잔이 하늘 높이 몇 번을 오간다. 나는 긴장되던 나날의 연속을 풀기라도 하려는 암캐처럼, 잔을 권하고 원샷!의 팔을 올린다. 그리곤 술잔을 망설이거나, 말의 의미가 어긋나면 얌마! 똑바로 못해? 그들은 복창한다. 넷! 시정하겠습니다. 정연이는 또래의 남자들이라 그런지 조금은 자세를 바로잡으려 노력하고 술에 취할수록 눈이 또록또록해진다. 그러다가 가끔 장난 섞인 말투로 애교도 부린다.

옆에 앉은 남자가 자꾸만 나의 무릎 위로 손이 온다. 딴청을 피우며 무릎을 비키면 또 손이 따라온다. 아! 이놈아야! 손 좀 제자리 못 갖다놓니? 이 손을 오늘 안주해서 먹어버릴까? 손을 버쩍 들어 불판 위로 가져간다. 그는 뜨겁다며 손을 움츠리더니 이제는 아예 나의 허리를 휘감는다. 앞에 앉은 정연이와 남자는 재미있다는 얼굴로 바라보고 있다. 내 옆에 앉아 있는 남자도 술에 취해 반쯤 감긴 눈으로 빙그레 웃으며, 휘감았던 팔에 힘을 더 준다. 술에 취해 있는 나는 화가 울컥 치민다. 벌떡 일어나 소주잔을 그의 얼굴에 뿌린다. 소주가 눈에 들어갔는지, 남자는 얼굴을 감싸쥐고 고개를 숙인다. 나는 화가 풀리지 않는다. 쓰라린 눈을 뜨지 못하고 있는 남자의 머리칼을 움켜쥐고 내동댕이친다. 그래도 화가 풀리지 않아 남자의 등짝을 발로 찬다. 상놈의 새끼, 그러지 말라고 했지? 건드려서 좋은 사람 봤어? 가뜩이나 요즘 심사가 꼬여 있는 판에 너 잘 걸렸어. 마음이 꽉꽉해서 소주 한잔 같이 나눠줬더니. 꼴값까지 떨고 지랄이야! 야! 너, 유부녀 성희롱죄 들어봤어?

허풍까지 쳐가며 고함을 지르며 때릴 것처럼 견준다. 주인아줌마가 달려오고, 정연이와 옆의 남자가 말린다. 나는 속으로 후련함을 느낀다. 답답했던 가슴이 나의 고함과 함께 빠져나가고 있는 것이 보인다. 나는 더 힘껏 고함을 친다. 시커먼 연기가 내 몸속에서 빠져나가고 있다. 정연이의 옆에 앉았던 남자가 잘못했다며, 내일 전화 달라고 정연에게 말하고 멀뚱해진 남자를 일으켜 세운다. 일어난 남자는 당황스러운지, 허참! 을 연발하며 나에게 헛발길질을 하다가 친구에게 이끌려간다.

그가 미웠다. 당황한 나는 이게 무슨 짓이냐고 그를 때리며 울었다. 나의 가게에서 이런 일이 생기면 경찰들이 나에게도 심문할 터인데 일부러 나 보란 듯이 왜 이런 일을 저지르느냐며 발버둥쳤다. 울고 있는 나에게 그는 묵묵하게 내가 저지른 일, 내가 책임질 터이니 걱정하지 말라고 했다. 그리고는 다급한 말투로 112에 신고하라고 했다. 자수하면 죄가 가벼워질 것이니 어서 신고하라며 다시 주문하듯 말했다. 나는 손이 떨려 전화기 버튼을 몇 번을 거듭해도 제대로 누를 수가 없었다. 이웃 가게에 달려가 그곳에서 전화하려 했지만 마찬가지로 가슴이 떨려 버튼을 누를 수가 없었다.

귀퉁이 자리에서 정연이는 몇 십 분 전화를 하고 있다. 며칠 전 술자리에서의 남자다. 벌써 친숙해졌는지, 하대의 말투로 콧소리를 섞어가며 헤헤거리고 있다. 손님이 계세요! 라고 부를 때까지 정신이 없다.

나는 전자부품 가게며, 철물점을 정신없이 뛰어다닌다. 가녀린 철사로 등고선을 만들어 사슬 줄로 연결하고 초콜릿을 입힌다. 그리고 좀 더 굵은 대롱을 색종이 테이프로 감아 장식하여 삼각대를 만들고, 그 위에 등고선 철사를 얹어 은하수 전등을 철사에 연결하여 전기코드를 꽂게 하였다. 지렛대로 세워진 삼각선 위에 바람개비를 달고 그 위에 조그만 통을 달았다. 하얀 눈가루를 담을 통이다. 통의 밑동이 열리면 언 눈가루는 흐트러지며 날릴 것이다. 눈처럼. 마치 모래시계의 모래처럼 서서히 흘러내릴 것이다. 산타할아버지가 사슴을 끌면 눈이 내린다. 나무 위에도, 크림 눈이 쌓인 길 위에도. 나는 무언가에 매달리고 그 일에만 정신을 쏟아부을 때가 가장 행복하다. 앞으로 내가 어떻게 살 것인가라든가, 내가 처신해야 할 행동 아니면, 이웃들이나 친구들의 부딪침까지도 잊어버리고 몰입할 수 있을 때, 그

때가 나는 좋다. 아무것도 하는 일 없고 무의미하게 나날을 맞이하고 있으면 우울의 구렁텅이에서 헤어나지 못하고 아마 유언장을 몇 번이고 썼다가 지웠을는지 모른다. 설령 지금 만들고 있는 모형이 사람들에게 무시받는다고 해도, 내가 살아 있다는 것을 느낄 수 있는 생동감 그 자체이다.

이웃 가게 주인 여자가 도움을 주려하였으나 자꾸만 다른 번호 버튼인 114만 누르게 되어, 답답한 마음에 우왕좌왕할 뿐이었다. 발만 구르며 어찌할 바를 몰라하는 나를 본 그가 신고했다. 재빠르게 경찰들이 와서 그는 수갑을 차고 갔다. 나는 경찰의 참고인조사가 거슬려 그의 면회를 갈 수가 없었다. 무서웠다. 그의 주변 친구들 여럿이 면회를 다녀왔다며 나에게로 왔다. 면회한 신청 용지라며 로또복권 용지만 한 쪽지들을 잔뜩 내놓았다. 그것을 본 나는 그에게 미안했다. 남들도 면회하는데 나 혼자 그를 찾아가지 못한 것이 죄스럽기도 하였다.

별 모양의 케이크 위에 장식을 얹는다. 아직은 조금 미숙한 것 같긴 하지만 그래도 그럴싸하다. 삼각대 위에 제일 큰 별과 작은 별, 붉은 옷을 입은 산타할아버지, 푸른 색의 나무, 충전에 의해 돌아가는 바람개비, 이제 눈가루만 완성하면 된다. 한숨이 나온다. 사과와 파인애플 등의 말린 가루와 과당과 꿀을 넣어 졸여서 냉동 건조하였던 것을 꺼낸다. 믹서에 조금 거친 쌀가루처럼 간다. 또다시 나는 한숨을 내쉬며 조심스럽게 장식에 달린 통에 넣는다. 입구를 막고 있던 종이테이프를 뜯고 거꾸로 세운다. 눈이 산타할아버지 위로 내리고 있다. 뭔가 석연치 않은 것 같지만 그래도 조금은 흡족하다. 미숙하다 싶은 건 차츰 보완하면 되는 거야! 그렇게 혼자 위로한다. 가장 쉬운 방법으로 뻥튀기 가루는 어떨까도 생각해본다.

정연이에게 오라고 손짓한다. 전화를 받다 말고 오빠, 잠깐만, 하고 호들갑스럽게 그녀가 주방으로 들어온다. 정연이 눈이 휘둥그레진다. 어머나! 언니! 를 연발하며 정연이는 손뼉을 친다. 언니! 드디어 해냈어, 언니가! 나는 자랑스럽게 웃고 있었지만, 정연의 호들갑에 비해 석연치가 않다. 귀찮은 것을 싫어하는 요즘 사람들에게 분리된 모형을 짜맞추어야 하는 건 결점이란 생각이다.

나는 장식을 떼어내고 케이크를 들어 정연의 머리 위에 내리꽂는다. 가만있을 리 없는 정연이가 그것을 들어 나의 얼굴에 덮어 씌워버린다. 삽시간에 케이크 조각들이 가게 안에 널브러진다. 정연이 얼굴과 내 얼굴이 케이크 크림으로 범벅이다. 우리는 마치 정신병동의 무질서한 사람들처럼 가게 안을 뛰어다니며 케이크 조각을 서로에게 던진다.

씩씩거리는 숨고르기를 하며 케이크를 잔뜩 묻힌 얼굴로 마주 보고 앉아 키득대며 웃다가 말한다. 이제 우리 한 며칠은 잠 실컷 자고, 그 며칠 후엔 여행이나 다녀오자. 그리고 또 열심히 일하자. 가운뎃손가락을 똑! 소리를 내며 정연이는 말한다.

오케이! 그리곤 전화기의 버튼을 누른다. 오빠? 우리 오늘 축하 파티하자. 그리고 케이크 큰 놈으로 오빠가 하나 개시해줘! 이건 아직 시판을 안 한 거지만 특별히 오빠한테만 선보일 테니까. 영광으로 생각해야 해. 언니 그렇게 할 거지? 즐거운 얼굴로 내가 고개를 끄덕였다. 나 역시 누구에겐가 평을 듣고 싶다. 그런데 팔아주겠다면 더 좋은 일이다. 언니가 그렇게 해주겠대. 이따가 퇴근하고 이리로 와, 알았지? 정연의 오빠가 열어주는 자축파티 자리에 앉아 술이 조금 오른 나는 마음이 우울해져 온다. 나의 가장 가까운 사람이 아닌 둘의 데이트 자리에 끼어서 이게 뭐냐. 싶은 자존심의 꼬랑지 끝에서 괜히 불거져 나오는 울화 같다.

이웃 여자에게 가게를 맡기고 면회를 가려했으나 손님이 몰려왔다. 이웃 여자는 자신의 집에 손님이 없자 그 손님들을 자신의 집으로 끌고 가기 위해 힐끔거리며 자신의 가게로 앞질러갔다. 나는 나의 부탁은 들어주지 않고 손님만 데려가려 하니 서운하다고 말했다. 그 여자는 호들갑스러운 웃으며 모자라는 사람처럼 허둥댔다. 난감해 하는 나에게 친구 중 한 사람이 혼자 말처럼 웅얼거렸다. 무슨 일을 저지르려고 계획적으로 가게로 온 건가봐요. 군인 복장 한 놈들이 흉악범이거나 간첩일 거래요. 공작금인지 훔친 돈인지 얼마나 많은지, 우리에게 몇 십만 원씩 용돈하라며 건네주더군요. 가방에 돈이 가득하더라고요. 그의 친구들은 나를 안심시키려는지 빈정거리는 건지 알 수가 없었다. 그를 구박했던 나 자신이 후회스러웠다. 가게 문을 닫아놓고 그에게로 갔다. 나를 빤히 쳐다보던 그는 괜찮으니 걱정하지 말라고 했다. 세상이 뭐 별거 있어? 괜찮아 뭐, 될 대로 되겠지. 사람 좋아 보이는 웃음을 보이며 오히려 나를 달래었다. 난감하고 기가 찼다. 사람들이 괜한 걱정한다고 혀를 끌끌 차며 내 옆을 지나가고, 조사실의 형사들은 부상당한 군인 복장을 한 자들을 조사 중이라면서 나를 쳐다보고 벙글거렸다. 그는 분명 강도나 간첩이라도 잡은 듯 의로운 일을 한 것 같았다.

정연이는 들어오지 않는다. 둘을 남기고 나는 먼저 집에 들어왔지만, 텅 빈 제비집이 허전해서인지 도무지 잠이 오지 않는다. 눈은 모래알이 들어간 것처럼 쓰라렸으나, 머리는 새벽이 가까워져 올수록 또렷해진다. 베개 두 개를 포개어봐도, 베개를 끌어안아봐도, 다리 사이에, 발밑에 넣어봐도 그럴수록 잠은 멀리 달아난다. 정신은 뒤통수를 얻어맞은 사람 마냥 띵하게 안개가 끼어 있는 것 같다.

잠을 포기한다. 샤워하고 옅은 화장을 하고 새벽시장을 가기로 한다. 신선한 채소를 사고 과일을 사고 마른새우와 건조한 어패류를 산다. 그리고 옥수수캔과 육포도 산다. 대략 물건을 사들고 밖으로 나오자 하늘은 해를 들어올리고 있고, 구름 사이로 붉은 여명이 감돈다. 나는 새우, 조개, 육포 세 가지로 구분한 밀가루 반죽에 쌀가루를 조금 넣을 생각이다. 아직도 우리들 식단엔 쌀이 주식인 것을 고려하여 생각해본 것이다. 갓 구워낸 식빵으로 아침을 대용할 수 있게 시간을 맞추려면 빨리 서둘러야 한다. 당근과 대추, 양파를 잘게 썰고, 옥수수캔을 넣고, 믹서에 새우를 갈고, 어패류와 육포를 간다. 썹히는 맛을 즐기게 하려고 조그맣게 덩어리지게 간다. 쌀과 밀가루를 혼합하고 세 가지 맛을 구분하여 제빵기에 넣는다. 반죽 코스에 반죽을 돌리고, 둥글리기를 하는 밀가루 뭉치를 만지는 기분은 늘 좋다. 반죽을 주무르거나, 반죽을 뚝 떼어 빵 모양을 만들 때의 촉감, 그것은 갓 태어났을 때의 아기 피부를 만지는 것 같다. 그 애를 간호사에게서 받을 때 처음 만져보는 아이의 촉감이 그랬다. 잘못 만지면 으스러질 것만 같던. 촉촉하고 야들하던 아이 피부와 숙성된 반죽 표면은 똑같다. 마치 아이를 안고 있는 것 같은 기분이다.

그 남자와 처음 키스를 나누던 날. 한적한 호숫가, 보름 달빛을 받은 수면 위로는 이따금 물고기들이 튀어올랐다. 저만치서 밤낚시를 하는 사람들을 바라보다가 나에게 다가와 내 뺨을 어루만졌다. 그 남자에게서 빵 냄새가 났다. 그 남자의 가슴에서, 그 남자의 손끝에서, 빵 냄새를 느끼면서 배가 고팠다. 빵이 먹고 싶다는 생각이 났다. 나는 허기진 마음으로 그 남자를 끌어안으며, 빵을 떼어먹는 착각으로 입술을 더듬었다. 그 남자는 부드러운 손길로 나의 머리를 쓰다듬어주었다. 나는 빵 포장을 뜯듯, 와이셔츠 단추를 풀었다. 팔딱팔딱 심장이 뛰는 소리가 들렸다. 가슴에 귀를 대고 눈을 감았다. 그 남자의 몸은 따뜻했다. 갓 구워낸 빵처럼. 그 남자의 품에 포근히 안겨 있으니, 마치, 햄버거나 샌드위치 속에 폭 싸여 있는 햄처럼 포근했다. 그 남자의 손을 가만히 잡아 내 가슴 위로 얹었다. 그 남자의 심장이 팔딱거리며 뛰는 것처럼 나의 심장도 팔딱거리고 있음을 알려주고 싶었다. 풍덩 물소리가 났다. 아득했던 기분에서 돌아온 우리는 마주 보며 웃었다. 물고기가 우리를 바라보다 숨어버렸다. 그런 후에도 언제나 그 남자만 보면 배가 고파왔다. 마치 아이가 아버지에게 칭얼대듯 그 남자가 내 옆에 있을 땐 늘 배가 고프다고 칭얼거리고 싶었다.

가만히 반죽덩어리 위로 얼굴을 가져다대본다. 반죽덩어리 속엔 그 남자와 아기가 들어 있다. 마음이 편안해져 온다. 그 남자와 아기가 내 옆에 있을 수 있다면 새로운 용기가 생길 수 있을 것 같다. 이 다음에 밀가루 반죽으로 아이와 그 남자를 만들어보고 싶다는 생각이 든다.

태어나서 한번도 내 손으로 밥을 떠먹여주지 못했던, 아이의 얼굴이 형태도 없이 떠오른다. 늦게까지 야근을 하던 날이면, 아침밥을 거르고 회사를 가던 그 남자의 얼굴도 떠오른다. 언젠가 내가 만든 케이크가 유명해져 전국으로 퍼지게 되면, 엄마가 만든 것인 줄도 모르겠지만 아이도 먹을 것이고, 내가 만든 상표를 보고 기뻐하는 날이 오도록 노력할 것이라 다짐해본다.

딸랑딸랑 가게 문 여는 소리가 어슴푸레하게 들린다. 나는 벌떡 일어난다. 소파에 쭈그려서 쪽잠을 잤던 탓인지 다리가 저린다. 벌떡 일어설 수가 없다. 문 앞에는 여자 둘이 서 우유를 넣고 있고 쿠션은 땀에 흠신 젖어 있다. 꿈을 꾸었구나. 꿈속에서 그 남자가 나를 찾아왔구나. 나는 한동안 멍하게 앉아 있다. 정말 그랬다. 그 남자의 얼굴은 늘 편안해보였으며 상대방이 느끼는 갈등까지도 편안하길 바랐다. 여유만만한 모습에 나는 서서히 지치면서도 야릇한 매력을 느끼기도 하였다. 그렇게 점점 그 남자에게 중독되어갔다. 밤의 고속도로의 가로등처럼 화려하면서도, 쓸쓸하게, 늘 그렇게, 함께 있기를 소망했을지도 모른다. 언젠가 그 남자와 여행길에서 밤의 고속도로 가로등 불빛을 보면 늘 마음이 들떠진다고 했던, 정말 들뜬 목소리로 말하던, 그 목소리를 잊히기 전까지 그 남자는 내게 머물러 있을 것이다.

수상쩍어 달력을 본다. 자신의 기일이 다가오고 있음을 알려주려고 그 남자가 나를 찾아온 것이 분명하다. 새벽길 가로등 불빛 아래에서 교통사고로 이승을 떠난 후, 천국에서 그가 나를 찾아왔었나보다.

오븐에 넣은 빵이 구워질 때까지 아침 준비를 한다. 식빵으로 먹으면서 같이 곁들일 언젠가 먹어본 스튜를 생각하면서 대충 만들 요량이다. 달구어진 팬에 버터, 채소와 고기를 볶는다. 레드와인을 뿌리고 잘게 썬 토마토와 케첩을 넣고, 감자, 당근, 양파를 듬성듬성 썰어 밀가루를 연한 갈색이 나게 볶아 뭉그러지지 않게 버무리고, 육수를 붓고, 월계수 잎을 넣은 비프스튜를 끓인다. 숙취에 좋아지라고 토마토를 듬뿍 넣은 빵과 함께 먹을 해장용이다. 빵 익는 냄새가 난다. 가슴이 뛰어오른다. 끓고 있는 스튜의 가스레인지 불을 끄고 노릇하게 익은 빵을 조심스럽게 꺼낸다. 카트기에서 빵을 썬다. 그리곤 식빵을 적당한 분량으로 포장하여 바구니에 담는다. 내가 알고 있는 단골집, 내가 알고 지내는 이웃에게 나눠줄 마음으로 가게를 나선다. 눈꺼풀과 몸은 무거워 뻐근하지만 마음은 가벼워 날아갈 것만 같다. 앞으로도 당분간은 단골들에게 나누어줄 것이라는 생각을 하며, 걸어가는 발걸음 사이로 산들바람이 스쳐 지나간다. 나는 아침 식단에 늦지 않도록 걸음을 재촉한다.

여자의 시간

여자의 시간

또각또각, 혜준은 구두 소리를 내며 걸어가고 있다. 발자국 소리는 경쾌한 것 같으면서도 둔탁했다. 걸을 때마다 팔락이는 짧은 치마 아래로 허벅지가 힐끗힐끗 보였다. 혜준은 굽 높은 구두와 짧은 치마를 입고 길을 걸을 때가 늘 기분이 좋았다. 웨이브 진 긴 머리, 옅은 갈색 머리가 햇빛을 받아 윤이 흐른다. 거리를 지나가는 사람들 곁눈질로 자신을 쳐다보고, 또래의 남자들이 은근한 시선으로 쳐다보면 혜준은 상쾌한 마음까지 든다. 혜준은 항상 목적지에서 한 정거장 먼저 버스에서 내린다. 길 걸으며 사람들이 주는 시선을 흔쾌히 받아준다. 그럴 때마다 속으로 콧노래 불렀다. 혜준에게 오는 시선이 많은 날일수록 기분이 좋아 그날은 일도 잘될 것 같았다.

혜준은 가게 문을 따고 음악을 크게 틀어놓고 청소를 시작한다. 동네 웰빙사우나 옆에서 조그맣게 차린 헤어숍은 보조미용사 한 명을 데리고 운영하는 곳이다. 늘씬한 키와 짧은 미니스커트, 긴 머리카락을 출렁이며 입을 가리고 웃는 모습은 어느 얌전한 소녀와 비교할 수 없을 정도였다. 혜준은 화장을 조금 짙게 했다. 그러면서도 동네장사라는 걸 고려하여 품위를 지켜야 했다. 눈화장에 포인트를 주면서 입술의 립스틱은 옅은 색을 발랐다. 헤어숍을 운영하느니 만큼 머리 모양은 늘 신경을 써야 했으며, 옷매무새도 감각에 뒤지지 않으려 신경썼다. 혜준은 헤어숍을 찾아오는 손님들에게 너덜너덜하게 보일 필요는 없는 것이라 생각했다. 동네에서의 영업이란 늘 그 얼굴이 그 얼굴이고 대부분이 단골이기도 하여 개개인 집안 사정까지도 꿰고 있어, 늘 화제가 끊이지 않았다. 남자들이야, 숍에 들어와 머리만 다듬고 가고들 하지만 여자들은 친절하게 말을 건네주는 것을 좋아한다. 설령 아무 말도 건네지 않고 머리만 매만지면, 단번에 그들은 불친절하다며 소문을 낼 것이다.

다년간 헤어숍을 운영하면서 터득한 장사수완으로서, 이십대 중반을 넘긴 혜준은 동네 아줌마들에게 애교를 부리며 친숙하게 대하였다. 결혼도 하지 않은 처지에 동네 아줌마들처럼 남편 이야기나 시댁 이야기들을 함께할 수는 없지만 재미있게 들어주며 호기심을 느껴주기만 하면 되었다. 그럴 때면, 응! 응! 그랬군요, 라며 이야기의 상대가 될 수밖에 없었다. 혜준은 최신 유행에 관심이 많았다. 머리 디자인은 당연하고 색조 화장이라든가, 올해 유행하는 패션코디라든가, 새로운 유행의 정보에 둔해진 동네 아줌마들에겐 유일하게 혜준의 상식으로 조언해주면 화젯거리가 되곤 했다.

동네 아줌마들에게 솔깃한 이야깃거리를 제공해주기 위해서라도, 연예인들의 스캔들이라든가 유행의 정보를 월간지나 뉴스, 또는 입소문들을 유심히 들어두어야 했다. 혜준은 그것이 일종의 상술이라 생각했다. 길 건너 헤어숍이 또 하나 있긴 하지만, 그곳보다 영업이 더 잘되는 것은 그런 세심함이라 생각했다.

영업 준비가 거의 끝났는데도 보조미용사 세라는 아직 오지 않고 있다. 늦으면 늦는다고 전화라도 줄 것이지. 시계를 쳐다봤다. 손님이 들어올 시간이 되었다. 슬며시 화가 나려고 했다. 오기만 해보라고 중얼거렸다. 출근 시간 한 시간이 지나 있었다. 혜준은 늘 아침이면 잡지나 신문을 맨 먼저 보았다. 미처 신문을 읽지 못한 손님이나 그날의 화제를 위해서이기도 했다. 신문은 혼란한 정치 이야기만 나열해놓고 별로 읽을거리가 없었다. 여자들은 대부분 정치에는 관심이 없다. 정치 이야기는 모두 머리가 지끈거려져 피하고 싶을 뿐이었다. 문 소리가 났다. 사회면에서 눈을 떼지 않고 혜준이 볼멘소리로 보조미용사 세라에게 핀잔을 주었다. 전화도 없이 어젯밤에 뭐하며 놀았기에 이제 오느냐는 혜준의 화살 같은 말 뒤로, 남자의 목소리가 들렸다. 머뭇거리는 말투로 영업하냐고 물어왔다. 혜준은 깜짝 놀랐다. 낯선 남자였다. 이 동네 사람이 아니던가, 아니면 새로 이사왔던가. 화났던 얼굴을 금세 미소로 바꾸며 일어섰다. 어서 오세요. 영업합니다. 상냥한 목소리로 의자에 앉기를 권했다.

남자는 살짝 웨이브 진 파마를 하고 싶다고 조심스럽게 말했으며 혜준은 엷은 밤색으로 염색해보라 권했다. 월간지를 남자에게 가져다주고 혜준은 파마할 도구들을 챙겼다. 염색약을 바르고 파마롤을 말고 있을 때, 세라가 들어왔다. 혜준은 아무 말 하지 않았다. 표정만 화난 사람처럼 세라를 쏘아보았다.

손님도 있었기 때문이지만, 미안해 어쩔 줄 몰라하는 세라를 보았을 때 하려던 말이 들어가버렸다. 남자는 월간지를 뒤적거리며 혜준을 흘금흘금 쳐다보았다. 남자는 보통 키에 차분한 인상을 지녔으며,

체격 역시도 보통이었다. 별 특이한 개성은 없어 보였으나, 그냥 남자로서 평범히 생겼다. 어느 오피스텔로 이사왔을까? 혜준은 흘금거리며 쳐다보는 남자의 시선에 얼굴이 달아올랐다. 분위기를 깨려는 듯, 옆 가게 편의점 아줌마가 들어왔다. 손에는 사우나 갈 채비를 한 가방을 들고 있었다. 편의점 아줌마는 방금 밥을 잔뜩 먹었다는 듯이, 그러잖아도 만삭처럼 나온 배를 쑥 내밀고는 입맛을 쩝쩝 다시며 들어왔다. 동네 일에 호기심이 많은 아줌마였다. 항상 짧은 커트를 고집하는 편의점 아줌마는 남자를 힐끔힐끔 보며 의자에 앉았다. 커트를 치고 사우나엘 갈 셈인가 보았다. 혜준은 무안한 분위기를 벗어나려는 듯 호들갑스러운 웃음으로 편의점 아줌마를 반겼다.

휴일 저녁이라 조금은 한가한 시간이었다. 남자가 손에 조그마한 검은 봉투를 들고 들어왔다. 계면쩍은 얼굴을 지은 남자는 검은 봉투를 내밀며, 오다가 붕어빵 조금 사왔다며 씽긋 웃었다. 그리곤 자신의 이름이 윤홍이란 말도 건넸다. 파마를 처음 해봐서인지 왠지 어색한 것 같다며 머리를 조금만 더 커트해달라고 하였다. 혜준은 그러지 마시고 며칠만 더 참아보라며 드라이를 해주었다. 아직 파마머리가 자리를 잡지 않아 자연스럽지 않겠지만 며칠 후가 되면, 자연스러워질 것이니 그때도 어색하면 다시 오라며 혜준은 윤홍에게 상냥스럽게 말했다. 윤홍은 혜준의 얼굴만 쳐다볼 뿐 아무런 대답 없이 슬그머니 일어났다.

그 후, 윤홍은 이삼 일에 한번씩 제과점 빵이며, 과일 같은 것을 쑥 들이밀어주고는 홀연히 갔다. 휴일이 되면 윤홍은 괜한 머리 트집으로 헤어숍을 들렀다. 그리곤 이제는 한두 시간씩 뭉기적거리며 놀다 가곤 했다. 혜준도 점점 윤홍에게 관심이 갔다.

나이가 어떻게 되시나요? 혜준이 묻는다. 윤홍은 서른을 막 넘은 미혼이라고 했다. 큰길 건너 오피스텔에서 이곳의 소문을 듣고 왔노라고 공치사를 부리며 웃었다. 윤홍은 쉬는 날 집으로 와준다면 맛있는 음식도 해줄게요, 라며 보조미용사 세라와 초대하였다. 혜준은 그러죠. 웃으며 약속했다.

혜준은 한 달에 한번씩 산부인과를 가야 했다. 그날은 비가 왔다. 비 오는 날은 손님이 별로 없다. 손님이 없는 틈을 타서 혜준은 멀리 있는 종합병원에 가는 것이 귀찮아 그날은 동네 가까운 곳에 갔다. 동네에서 한 정거장 거리에 있는 병원은 비교적 깔끔했다. 의사는 중년의 여자였으며 비교적 자상했으나, 동네 아줌마들이나 진료하던 여의사는 혜준을 어색해했다. 씁쓸한 마음으로 병원을 나왔으나, 천부적인 명랑한 성격으로 다시 기분을 돌렸다. 신경을 쓰지 말아야 했다. 평생을 그렇게 살아야 할 운명이니까.

갑자기 굵어진 빗줄기를 피하느라 우산을 쓰긴 했지만, 혜준의 정강이 아래에는 빗물에 흠씬 젖었다. 차에서 내려 종종걸음을 걸었지만 이미 내려치는 빗물을 피할 수가 없었다.

숍에는 윤홍이 와 있었다. 손님이 없어 한가해서인지 세라에게 얼굴 마사지를 서비스받고 있었다. 부드러운 손끝으로 얼굴에 원을 그리며 마사지를 하던 세라는 윤홍에게 웃으며 이따가 맛난 거 사줘야 해요? 으름장을 놓았다. 윤홍은 이것 해주고 맛있는 거 사라는 게 어디 있어? 순순히 지지 않으려 했으나 기분은 좋아보였다. 그러나 세라도 지지 않았다. 오빠라는 소리를 불러가며 상냥스러웠고, 윤홍은 그래, 내가 오늘 쏘지! 라며 의기양양하게 말했다. 세라는 전투에서 이긴 여군이라도 된 것처럼 두 손을 흔들며 손뼉치며 좋아했다.

혜준은 술을 좋아하지 않았다. 먹으려 하면 먹을 수야 있겠지만 될 수 있으면 술을 피했다. 술은 사람을 본의 아니게 이성을 잃어버리게도 하는 성질이 있어, 술에 취했을 때는 자신도 모르게 과격한 행위도 저지를 수 있기 때문에, 아침이면 후회할 일이 반드시 생길 것 같기 때문에, 혜준은 서너 잔 이상은 먹지 않으려 했다.

윤홍이 혜준에게 바짝 다가앉아 술을 권했지만, 반 모금 정도로 입에 홀짝이며 자제했다. 의기양양하던 세라도 기분좋아라, 잔을 들고 건배 시늉만 할 뿐 먹지 않았다. 혜준도 갑갑했다. 그놈의 것, 확 풀어헤쳐놓고 한잔 쭉 들이키고 싶은 맘도 들었다. 그러나 거센 모습이 불거져나올 것 같은 조바심이 억눌렀다. 혜준은 윤홍이 횟집에서 시켜놓은 회만 연신 집어먹고 있었다. 세라가 웃음을 잃지 않고 윤홍에게 동생처럼 애교를 떨었다.

혜준도 기분이 좋았다. 윤홍은 자꾸만 혜준의 초장 그릇 위에 회를 얹어주었다. 그것을 본 세라는 나는 왜 안 주냐며 투정을 부렸다. 윤홍이 얼른 잽싸게 회 한 점을 집어 세라 앞에 놓고는 웃었다. 혜준도 젓가락을 잡은 손으로 입을 가리며 웃었다. 회를 한 점 집어먹던 세라가 동그랗게 눈을 뜨며 오빠 집으로 초대해주면 안 되냐고 말했다.

윤홍의 얼굴은 취기로 벌겋게 달아올라 있었다. 술이 조금 오른 듯해 보이는 윤홍은 서슴없이 그러자고 말했다. 소주 한 병 더 사고 이곳 생선을 좀 사서 매운탕을 끓여주겠다며 자신만만하게 말했다.

윤홍의 오피스텔은 비교적 깔끔하게 정돈되어 있었다. 어질러진 물건들을 이리저리 치웠으나 어수선해 보이지는 않았다. 혜준은 사 온 물건을 식탁 위에 꺼내놓으며 웃으면서 매운탕은 자신이 끓일 것이라고 말했다. 윤홍은 여성스럽게 보이는 혜준에게 시선을 잃지 않으려 했다. 그러한 남자의 관심 있는 시선이 혜준도 싫지 않았다. 세라는 분위기를 바꾸려는 듯 농담을 띄웠고, 그들은 끓어오르는 냄비의 거품처럼 웃음이 부글거렸다.

세라가 잠시 자리를 비웠을 때였다. 윤홍은 슬며시 혜준을 안았다. 혜준은 윤홍의 두 팔을 뿌리치지 않았고 윤홍의 입술이 혜준의 입술에 포개었다. 혜준은 당황하였지만 저항하지 않았다. 윤홍은 페로몬 향기를 싱그럽게 풍겼고 까칠한 턱수염이 혜준의 뺨을 스쳤다. 남자의 포근한 체온이 가슴으로 스며들어왔다. 혜준은 스르르 긴장했던 마음이 무너져버렸다. 그동안의 쌓였던 외로움의 감정이 커다랗게 회오리쳐 빠져나가는 것 같았다.

혜준은 감았던 눈을 살그머니 떠서 윤홍의 두 눈을 바라보았다. 그도 눈을 감고 있었다. 얼마만큼 진정으로 사랑해줄지 문득 혜준은 이 순간 겁이 났다. 혜준의 처지를 상세히 안다면 어떤 모습을 할까?

끌어안고 있던 윤홍의 두 팔을 풀었다. 자신감이 없었다. 윤홍은 더욱 팔에 힘을 주다가 혜준의 완강한 거부에 팔의 힘을 풀었다. 혜준의 눈에서 눈물이 한 방울 떨어졌다. 남자에게 여자로 인정받는다는 감격의 눈물이었다.

이 순간의 입맞춤이 얼마나 진지해질 것인지 무엇을 의미해야 하는지 당혹스러운 생각에 눈물이 흐르는 감정을 억누를 수가 없었다. 윤홍은 혜준의 어깨에 손을 얹고 가만히 혜준을 바라보았다. 혜준은 윤홍의 눈을 피해 얼굴을 숙였다. 가슴이 두근거려 쿵쾅거리는 소리가 귀에 들려왔다.

세라가 슈퍼에 갔다가 돌아오는 소리가 났다. 윤홍의 입김이 가슴에 스미는 순간과 계단을 올라오는 세라의 발걸음 소리가 엇박자가 됐다. 혜준은 화들짝 화장실로 뛰어갔다. 자신의 종업원인 세라에게 혜준의 홍조 띤 얼굴을 보여줄 수가 없었기 때문이었다.

화장실 거울에 자신의 얼굴을 들여다보며 혜준은 다시 한번 생각에 빠졌다. 화장실 문 밖에선 세라 목소리가 명랑하게 들려왔다. 오늘 따라 유난히 호들갑스러워진 세라의 목소리에 혜준은 차츰 기분이 전환되어갔다. 윤홍의 건성으로 세라의 말에 대꾸해주는 음성이 들렸다. 혜준은 금세 밝은 표정으로 화장실 문을 밀고 나갔다. 세라가 혜준을 보고 또다시 밝은 목소리로 너스레를 떨었다.

혜준은 이제 당연한 듯 윤홍이 기다려졌다. 윤홍 역시도 당연하다는 듯 영업을 마치는 시간이면 가게 주변에서 혜준을 기다렸다. 세라와 혜준과 윤홍은 식사를 하고 헤어진다던가, 공원 벤치에 앉아서 얘기를 나누다 헤어지곤 하였다. 자연스럽게 윤홍의 팔짱을 끼고 길을 걸었으며 오빠라 불렀다. 윤홍은 가만히 묻는다. 나를 사랑해? 혜준이 윤홍에게 바짝 매달리며 말했다. 그럼요. 사랑하구 말구요. 오빠의 여왕이 되고 싶어요. 아무튼 가을의 풍성한 열매처럼 한아름 가득히 이 가슴 안으로 오빠를 느껴요. 오빠는요? 나도 그래. 윤홍은 혜준을 꽉 끌어안으며 혜준의 이마에다 키스하였다. 엷은 안개가 공원 주변을 잔잔히 물 흐르는 듯 깔려 있었고 달빛은 요요하게 밝아 있었다.

산부인과 진료실 입구에서 동네 아줌마를 만났다. 깜짝 놀랐지만 태연한 척 인사를 나누었다. 동네 아줌마는 의외라는 듯 혜준에게 반색하였고 동네 아줌마는 진료실을 들어갔다. 왠지 혜준은 마음이 어수선해왔다. 무거운 마음으로 숍을 들어섰을 때, 세라 얼굴은 사색이 되어 있었다. 어리둥절해하는 혜준을 향해 왜 이리 늦었느냐며 볼멘소리로 말을 걸어왔다. 이상하게 차려입은 거지가 와서 무서워 죽는 줄 알았다며 몸을 부르르 떨며 반색하였다. 얘, 애인하자고 그러지 그랬니? 라며 혜준은 기분을 털어내려는 듯 웃었다.

혜준은 다시 세수하고 화장을 정성스럽게 해보았다. 마치 누구를 정성스럽게 기다리는 사람처럼 평소에 즐겨 쓰지 않던 핑크빛 립스틱도 발라보았다. 남들이야 어떻게 여자를 평판해도 상관이 없었다. 윤홍이만 자신을 떠나주지 않으면 다행이란 생각이 들었다. 그러나 윤홍이 자신을 떠날 것만 같은 생각에 온종일 일이 손에 잡히지 않았다.

요행히 동네 아줌마가 병원에서 아무것도 알아오지 않길 바랄 뿐이었다. 그렇다고 영원한 비밀이 있을 리야 없겠지만 혜준이 윤홍에게 솔직한 말을 할 수 있을 때까지 아무 일도 일어나지 말았으면 했다. 조바심이 나는 나날이었다. 윤홍에게 무어라 말하고 싶었지만 그럴 수가 없었다. 윤홍의 강한 의지가 있기 전엔 이해해주지 않을 것이다.

며칠째 손님이 뜸하였지만 윤홍은 여전히 헤어숍을 찾아왔다. 파마했던 머리가 길어졌다고 윤홍이 파마를 하러왔다. 편의점 아줌마가 떡쟁반을 들고 왔다. 묵은쌀이 있어 해보았으니 먹어보랬다. 호들갑스러운 아줌마의 눈치를 살폈다.

그리고 윤홍이 있는 이 시간에는 아무런 말을 하지 않았으면 했다. 편의점 아줌마는 가지 않고 털썩 소파에 앉으며 이런저런 말을 건넸다. 혜준은 편의점 아줌마의 말대답을 하고 싶지 않았지만, 건성으로 겨우 말대답만 했다. 가슴이 두근거려 편의점 아줌마를 쳐다볼 수가 없었다.

왜, 여성 호르몬주사를 맞으러 병원 다녀? 원장, 남자야? 우리 옆집 아줌마를 산부인과에서 봤다며? 그 병원 원장이랑 우리 옆집이랑 동서인데 그리 말하더라는데 정말이야? 요즈음 이 집 손님 없지? 동네 소문이 쫙 퍼져버렸어.

윤홍의 눈이 휘둥그레졌고 세라의 눈도 휘둥그레졌다.

윤홍은 아무 말이 없었고 세라도 아무 말이 없었다. 파마를 만 윤홍의 머리를 세라가 풀어주었고 혜준은 소파에 앉아 고개만 떨어뜨리고 있었다. 좀 멀더라도 종합병원으로 갈 것을 지금 후회해도 소용이 없었다. 윤홍은 말없이 나갔다. 세라도 따라나갔다. 한참 후, 세라가 들어왔다. 언니, 언니 앞에서 옷도 갈아입고 샤워도 했는데. 어쩌면 좋아? 세라가 울먹이며 조그만 소리로 말했다.

혜준의 아버지는 혜준에게 야단쳤지만 소용이 없었다. 어렸을 때부터 화장하며 노는 것을 좋아했고 누나였던 언니 옷을 훔쳐 입고 밤이면 나다녔다. 처음엔 아버지는 장난인 줄 알고 저러다 말겠지 하며 건성으로 야단쳤지만, 노골적인 혜준의 말씨나 행동에 아버지의 상심은 커져 매도 많이 맞았다. 그러나 생활습관은 고쳐지지 않았다. 여자에게는 아무런 이성을 느낄 수가 없었고 남자에게만 관심이 갔다. 그러지 말아야지 하고 생각을 고치려면 그럴수록 더욱더 깊은 수렁으로 마음은 갈팡질팡했다. 혜준은 남자가 아니었다. 혜준은 여자였다.

고등학교를 졸업하고 진학을 포기했다. 남자의 굴레 속에서 살기가 싫었기 때문이었다. 아르바이트하며 미용기술학원을 다녔고 보조미용사를 하고 있을 때 아버지 몰래 어머니가 차려준 헤어숍이었다.

윤홍도 세라도 이제 가게에 오지 않았다. 혜준이 혼자 가게 문을 열었지만 손님도 없었다. 단골로 오던 사람들이 길 건넛집으로 들어가는 것을 물끄러미 바라보았다. 보기도 싫은 편의점 아줌마가 배를 뒤뚱이며 왔다. 길 건너 헤어숍에서 이 가게를 샀으면 하는데 원장, 어떻게 할래? 혜준은 힘없이 그러라고 하였다.

동네를 떠나기 전에 혜준은 윤홍을 보고 싶었다. 그동안의 일에 사과도 하고 싶었고 진정으로 좋아했다는 말도 하고 싶었다. 혜준은 될 수 있으면 수수한 복장으로 옷을 입고 편의점에 가서 윤홍이 좋아하던 과일과 큰맘 먹고 양주 한 병 샀다. 용기가 나지 않는 발걸음으로, 한 발짝씩 걸음을 걸었다. 윤홍의 오피스텔 앞에서 올려다본 방에 불이 켜져 있었다. 며칠 전까지만도 즐거운 몸짓으로 서 있던 이 길이 너무도 낯설었다. 용기가 필요했다. 두근거리는 가슴을 손으로 한번 억누르고 혜준은 엘리베이터를 탔다. 계단으로도 올라갈 수 있는 낮은 층이었지만 발자국 소리를 내고 싶지 않았다.

엘리베이터 문이 열리고, 닫히려는 문을 밀고 나왔다. 혜준은 궁금했다. 반겨줄까? 아니면 문 앞에서 밀쳐버릴까? 왜 왔느냐고 물으면 무어라고 말하지? 혜준은 되도록 발소리를 죽이며 걸었다. 윤홍의 방 앞이 멀게만 느껴졌다.

벨을 누르려는 순간, 웃음소리가 났다. 문 앞에서 귀를 대고 들어봤다. 세라다. 세라 음성이었다. 언젠가 이곳에서 호들갑을 떨던 그 음성이었다. 오빠, 이리 와서 찌게 간 좀 봐. 좀 짠 거 같은데 어쩌지? 틀림없는 세라였다. 실망과 질투로 화가 치밀어올라 눈에서 분노의 불길이 일렁였다. 아득한 절벽으로 떨어져 내려가는 어지러움이 밀려왔다. 과일과 양주를 든 손에서 힘이 빠져나갔다. 쿵, 술병이 떨어지면서 바닥을 울렸다. 무슨 소리였지? 오빠 이것 좀 봐 이게 뭐지? 힘없이 휘청거리며 닫히는 엘리베이터 문틈 사이로 세라의 음성이 들렸다.

헤어숍을 정리한 돈으로 무엇을 할까 생각할 겨를도 없이 혜준은 병원을 수소문했다. 수술만 하고 나면 완벽한 여자가 되어 여자로서 인정받을 수 있을 거 같았다. 그동안 알고 지냈던 친구들에게도 상의를 구했고 병원도 찾아다니며 바쁘게 지내면서 간간히 윤홍이 보고 싶었지만, 만날 수 없는 안타까움을 참을 수밖에 없었다.

친구들이나 선배들은 성전환수술을 대만에서 잘한다, 필리핀에서 잘한다는 의견도 있었지만, 비용이 더 비싸더라도 서울에서 유명하다는 곳을 찾았다. 외국으로 나가 수술을 받은 후, 잘못되어 재수술이라도 받게 되면 이중으로 경비가 들 것 같은 염려에서였다.

몇 해 전, 어머니는 안타까운 얼굴로 한숨만 쉬었다. 그래도 언니는 이해해주었지만, 형이었던 오빠와 아버지는 화가 머리끝까지 났는지 불호령이 내려졌다. 혜준은 어머니에게 조용히 집을 나가겠다고 했다.

어머니는 말없이 울기만 했다. 혜준도 어머니 손을 잡고 울었다. 어머니 어떤 일이 있어도 잘 살게요. 염려하지 마세요. 그리고 죽는 한이 있어도 집에 신세지지 않고 시집가서 잘 살게요. 아무렴 그래야지, 이 어미 속을 숯검정을 만들고 너 못살면 안 되지. 세월이 약이다. 아버지도 네 형도 세월이 가면 이해해줄 거다. 참고 잘 살아라. 자다가도 널 생각하면 잠이 오지 않는다. 포기하다가도 다시 생각하면 가슴이 미어진다. 세월이 흘러 세상 사람들이 너 같은 사람들을 이해할 수 있기만 바랄 뿐이다. 어머니는 혜준을 끌어안으며 흐느껴 울었다.

우선으로 병원에서 심리테스트를 먼저 받아야 했다. 혜준은 그것조차 못마땅했다. 여자인 자신을 왜 남성으로 취급하며 심리테스트를 받아야 하는지, 신이 잘못을 저질렀는데 그 과오를 왜 자신이 책임져야 하는지 짜증이 났다. 그러나 완전한 여자가 되기 위한 절차라 생각하며 혜준은 테스트에 임했고, '성주체장애'라는 진단 결과를 받은 후 수술 날짜도 잡혔다. 혜준은 뛸 듯이 좋았다. 여자가 되는 것이었다. 누구도 무시 못하는 여자가 되는 것이다. 몸과 마음이 따로인 자신이 아닌 여성을 보아도 발기가 되지 않던 쓸모없고 거추장스럽던 혹이 이제 잘려나갈 수 있다고 생각하니 자다가도 웃음이 났다. 사실 혜준은 단 한번도 발기가 되지 않은 발기부전증이기도 하였다. 정신적으로나 육체적으로 여성호르몬이 체내에서 더 많이 생성된다는 혜준은 기필코 여자였다.

여덟 시간에 걸쳐 여자의 수술은 끝이 났다. 이십팔 년의 세월에 남자를 마감하는 시간이었고 마취에서 깨어나 여자가 되었다. 얼굴과 몸의 통증이 심했지만, 허리 밑을 어서 내려다보고 싶었다.

남성 성기의 표피를 안으로 집어넣어 여성의 질을 만들고, 자궁이야 있을 리 없지만 그래도 만족스러웠다. 이렇게라도 해서 완벽한 여자가 될 수 있는 것을 깨닫고 그동안의 세월이 후회스러웠다. 가슴도 최신 기법을 살린 실리콘으로 크지도 작지도 않게 봉긋하게 만들었다. 코도 조금 낮게 낮추었다.

한 달여 휴식이 그렇게 지나갔다. 얼굴의 부기는 사라진 듯했다. 이제 여자는 직업이 필요했다. 돈만 벌면 된다. 카드 연체료가 쌓여

간다 해도 행복했다. 완전한 회복 기간이 석 달가량 필요하다지만 대수롭지 않았다. 홀가분한 마음뿐이었다.

　사장님! 나 이쁘지요? 혜준이 가게 주인에게 물었다. 응. 주인이 대답했다. 혜준은 아무에게나 주변의 사람들에게 자랑스럽게 물었다. 반들반들한 피부하며 서구적으로 서글서글한 눈과 붉고 촉촉한 입술이며 쭝긋한 코는, 조금 각진 턱을 빼면 잘록한 허리와 천생 여자였다. 몸에 딱 붙는 원피스를 즐겨 입는 혜준은, 거울 앞에서 자신을 비추어보면서 아! 난 너무 예뻐! 라며 쌩긋 웃었다. 혼잣말로 이 몸을 위해 든 돈이 얼마인데 중얼거렸다. 사람들이 어이없어하며 웃었다.

　혜준은 여자가 되어 자신의 모습을 뽐낼 수 있고 힘들이지 않고 돈을 벌 수 있는 곳이 트랜스젠더 바였겠지만 그곳이 싫었다. 여자는 트랜스젠더로 취급받는 것이 싫었다. 그럴 바엔 수천만 원의 돈을 들여 수술할 필요는 없다는 생각이 들었다. 진정한 여자로 인정받고 싶었다. 그곳에서 별종 취급을 받으면서 옷을 벗고 쇼를 하며 발정나 이글거리는 시야 속에서 휘청이고 싶지 않았다. 여자들의 세계에서 여성들과 지내고 싶었다.

　혜준은 자신의 좁은 월세 원룸에 미녀 탤런트들과 아이유 사진을 걸어놓고 대화하길 좋아했다. 일을 끝내고 집으로 돌아와 그날에 있었던 일을 사진과 얘기했다.

나 나가고 나면 혼자 심심하지 않았어? 어제는 손님이 정말 기분 나쁘게 굴었어. 나 보고 가슴이 예쁘게 생겼을 거 같다며 자꾸만 손이 가슴으로 들어오지 않겠어? 억세게 만지다가 속에 있는 실리콘이 터지면 안 되는데, 너는 좋겠다. 실리콘이 아니라서. 아! 오빠가 보고 싶다. 오빠는 잘 지내고 있을까? 혜준은 한참을 멍하니 앉아서 지난 일들을 기억해냈다. 윤홍과 입 맞추던 시간을 되새겨본다. 그러다 생각난 듯, 참, 넌 밥 먹었어? 너처럼 예뻐지려면 많이 먹으면 안 되겠지? 난 꼭 너만큼 예뻐질 거야, 두고봐. 그래서 이제는 남자들이 나 때문에 울게 만들어줄 거야. 그리고 절대로 남자들에게 정을 안 줄 거야. 남자들은 변덕쟁이거든. 그러니 너도 쓸데없이 스캔들 내지 마. 앞으로 나는 남자들을 좋아하는 척하며 이용이나 해먹을 거야. 용돈이나 옷도 얻고, 밥도 사달라고, 히히! 재미있을 거 같지 않니?

혜준은 한참을 사진과 마주 서서 얘기를 나누다가 생각이 난 듯, 획 돌아서선 옷을 한 꺼풀씩 벗는다. 전신거울에 자신의 몸을 비추어 보며 아래위를 훑어본다. 그리고 자랑스러운 듯 말한다. 흠! 남자들 다 죽었어! 미인 여기 있으니까.

혜준은 아직 호적까지는 아버지의 진노가 두렵고 까다로운 법적인 절차가 귀찮아 여자로 정리하지 못했지만, 유흥업소 도우미가 되기로 했다. 수술 비용으로 들어간 돈을 벌려면 밤업소 생활이 수입이 좋을 것 같았다. 그리고 자신을 뽐낼 기회도 가질 수 있어 좋았다. 혼자는 왠지 두려운 생각에 후배 아이를 불렀다. 후배 아이와 신문을 들척이며 구인광고를 찾곤 했지만, 그 아이는 수술 전이어서 난감했다. 혜준은 손님에게 들키면 난감한 일이 생길지도 모르니 테이프로 혹부리를 붙이고 생리대를 하라 이르고 업소를 가기로 합의했다. 그나마 가슴은 수술하여 봉긋하니 다행이었다.

신문 구인광고를 보고 찾아간 곳은 1종 노래주점이었다. 적어도 노래주점은 룸업소처럼 손님들이 짓궂지 않을 거란 생각에 후배도 충분히 일할 수 있겠다는 판단에서였다.

주인은 떨떠름한 표정으로 혜준에게는 승낙하였지만, 후배에게는 손님이 눈치를 채면 진상이 터질 텐데라며 꺼렸다. 그도 그럴 것이 후배는 손과 발이 컸고 키도 꽤 컸다. 얼굴은 얌전한 여자의 인상으로 가녀린 음성을 지녔으며, 춤을 잘 췄다. 특히 트랜스젠더 가수인 하리수 춤의 흉내는 영락없이 똑같았다. 그러나 손님들에게는 첫인상이 중요한 거였다. 후배는 잘해보겠다며 주인에게 말하곤 간신히 승낙을 얻었으나, 며칠 두고보자는 조건이었다. 그러나 며칠 동안 후배는 손님보다 더 키가 크다는 이유로 번번이 퇴짜를 맞았다. 그것을 본 주인은 서로 마음이 불편하니 다른 곳으로 일자리를 구해보라며 후배에게 말했다. 후배는 다음날부터 가게를 그만두었고 혜준은 후배가 없어도 이제 두렵지 않았다. 가게 주인이 여자라 마음이 편했기 때문이었다. 그러나 손님 옆에 앉아 시중을 든다는 건 조금은 두려웠고, 조금은 나이가 든 사람이 혜준은 편했다. 그들은 더 나이가 들어 어리다는 조건 하나만으로도 점수를 딸 수 있었으며 애교 섞인 춤과 노래로 시간을 메어갈 수 있었다.

학수라는 사십대 중반의 남자는 이 가게 단골인 거 같았다. 혜준이 이곳에서 첫 번째로 맞이하게 된 손님이었다. 학수는 회사에 다닌다고 하였으며 이혼하고 혼자 산다고 하였다. 약간 대머리가 진 듯해 보이는 그는 사람 좋은 웃음을 보였으며 혜준에게 친절히 대해주었다. 이삼 일에 한번쯤으로 혜준을 찾아왔다. 그럴 때마다 그는 밖으로 나갈 수 없느냐고 물었다. 혜준은 영업 중에는 나갈 수 없으니 다음 기회에 전화하라며 달랬다.

다음날 혜준은 잠에서 일찍 깨었지만, 잠이 오질 않아 심심해하던 차에 학수라는 사람에게서 전화가 왔다. 그는 들뜬 목소리로 만나자는 말했다. 혜준은 자고 일어나 시장기를 느껴 식당에서 만나자 했다. 학수의 호의에는 관심이 없었다. 단지 시간이 무료하였고 요행히 그가 혜준에게 물질적인 보탬이 될 수 있을까 그것만이 관심이 있었다. 빨리 카드 빚을 갚아야 했고 헤어숍을 팔아 수술했던 돈도 벌어서 어머니에게 자랑삼아 갖다드려야 했다.

우리 결혼하자. 밥그릇을 반 정도 비운 학수는 물 한 모금 마시더니 혜준에게 말했다. 내가 월급 타면 아이들 생활비 전처에게 조금 보내주고 남는 돈은 너 다 갖다줄 테니 너는 내 집에서 살림이나 살면 안 되겠니? 짐을 맡기려다 떠맡는 꼴이 된 것 같았다. 결혼은 아직 할 수 없어요. 내 빚 다 갚아줄 거예요? 우스갯소리인 양 웃으며 답했다. 무엇을 보고 결혼을 하자는 것인지. 그가 나에 대해서 무엇을 알며 나는 그에 대해서 뭘 안다고 이 남자는 나에 대한 단순한 호기심에서 그런 것일 거야. 스무 살 가까이 차이가 나는 처지에 자기가 뚜렷한 보상도 없이 결혼만 하자니 어이가 없었다. 그것도 일부는 전처에게 생활비를 주어야 한다지 않는가. 그날 이후, 학수는 매일 하루에 서너 통화씩 전화가 왔으나 혜준은 받지 않았다. 결혼이라는 어이없는 말도 그렇거니와, 혜준을 도울 수 있는 돈과 상관되지 않는 남자라면 싫었다. 아니, 무시했다.

젊고 나이 어린 남자들은 민감했다. 요즈음은 경기가 좋지 않아선지 나이가 듬직한 사람들은 오지 않고 학교를 갓 졸업한 것 같은 젊은 남자들만 가게를 오는 것 같았다. 혜준은 그런 부류의 손님 옆에 앉을 때가 가장 난감했다. 그들은 젠더를 빨리 알아차렸다. 그래서인지 자주 퇴짜를 맞았다. 처음엔 왜 그런지 이유를 몰라 어리둥절해야 했지만, 어느 날 또래쯤 되어보이는 손님이 남자 아니냐고 물었다. 혜준은 남자가 아니라고 말하고 그냥 앉아 있었다. 손님이 밖으로 나갔다. 주인이 문을 빼꼼 열더니 나오라고 손짓하였다. 당혹했다. 사장님 왜 그래요? 혜준은 물었다. 주인은 난감한 얼굴로 너가 남자 같아 싫단다. 내가요? 내가 남자 같다고요?

기운이 쭉 빠졌다. 내가 남자 같다니. 여자가 되기 위하여 얼마나 신경을 썼는데 남자 같다니. 혜준은 저도 몰래 눈물이 주르르 흘렀다. 마음은 여자로 몸은 남자로 태어난 자신이 싫었고 신이 미웠다. 남자 옆에 있어야지만 마음도 편안해지고 성욕도 생기는데 남자들은 왜 자신을 멀리하려는지 답답했다.

망할놈의 시끼들! 데리고 살 것도 아니면서 재미있게 놀기나 하면 되지 까탈스럽게 지랄이야! 그놈들이 너의 진가를 몰라서 그래! 울지마! 라며 주인은 눈물을 닦아주었다. 요즈음 왜 자꾸 퇴짜를 맞나 궁금했는데 이유가 그것 때문이라니, 여자가 되기 위하여 얼마나 많은 돈과 정성을 들였는데, 눈물이 자꾸만 더 흘렀다.

시끄러운 음악 속에서 혜준은 그 동안 연습한 봉을 잡고 춤을 췄다. 나이트클럽 객석 옆, 둥글고 조그마한 무대 위에서 폴댄스를 추다가 초대하는 손님이 있으면 내려가 접대하는 무희 겸 호스티스로서 실장 언니를 따라 지방에 온 것이다. 실장 언니는 트랜스젠더이지만, 수술은 하지 않고 여성 호르몬주사만 맞는 나이가 사십이 넘었다. 몇몇이 뭉쳐서 이곳으로 온 동료 중에 수술하여 여자로 갖춰진 사람은 혜준 혼자였다. 나이트클럽 주인은 지방에서 여자들을 구하기가 힘들 뿐더러 비교적 보수가 싼 그들을 선택했던 모양이었다. 그리고 그 집의 특색을 살리려 했던 것 같았다.

어두운 조명 아래서 등과 가슴이 파진 스트립복을 입고 세상의 모든 원망을 떨쳐버리려는 듯 정신없이 흔들어대며 춤을 췄다. 혜준을 넋놓고 바라보는 손님에게 살짝 윙크를 건네주기도 했다. 혜준을 남자로 알아보는 사람은 없었다. 높은 무대 위에서 반쯤 가슴이 파인 옷을 입고 요염하게 춤을 추면 이런 지방에 저런 여자를 어떻게 데려왔을까? 하는 호기심으로 바라보았다. 단골손님도 몇몇 생겼다. 그들은 술에 취하면 기분이 좋아 팁도 두둑이 줄 때도 있었다. 이렇게 나가면 카드 빚도 금세 갚을 수 있을 것 같았다. 혜준은 동료들이 무대 위에서 춤추는 것이 쑥스럽다고 주저할 때 서슴없이 올라가 춤을 췄다. 그렇게 해야지만 지명이 더 많았고 춤을 추다가도 남보다 먼저 지명을 받을 수 있었다. 그러한 혜준을 본 동료들도 이제 서슴없이 무대 위로 올라가 교대로 춤을 췄다.

노래주점과는 달리 나이트클럽에서는 시간제가 아닌 고정 봉사료 제로 술을 사양하지 말아야 했다. 혜준은 술을 먹어야 하는 것이 고역이었다. 손님 기분에 맞춰 손님에게 잔을 권하기도 하고 자신도 먹어야 하는데 술에는 자신이 생기지 않았다. 월요일마다 치르는 회의에 사장님은 어김없이 야단을 쳤다. 너희들이 돈을 벌고 싶은 만큼 가게 운영도 돌아가야 하는데 너희들은 손님에게 신경을 너무 안 쓰고 매출에도 너무 신경을 쓰지 않는다는 거였다. 혜준은 기분이 언짢았지만 앞으로 조심하겠다며 말했다.

한 차례 사장님 얘기가 끝나고 실장 언니가 또 주의시켰다. 혜준을 바라보며, 장사에 신경쓰기 싫고 자기 욕심만 차리려면 직업을 바꾸라는 말까지 하였다. 화가 났다. 물론 다른 아이들보다 인기가 있어 돈을 더 잘 벌고 술을 잘 안 먹은 건 사실이지만, 자신을 옹호해주지 않고 눈치를 주는 것이 원망스러웠다. 요즈음 실장 언니는 혜준에게 괜한 투정을 자주 부려왔었다.

혜준은 실장 언니에게 잘 보이고 싶었다. 그리고 잘 봐줄 것이라고 믿었다. 아니 잘 봐주었다. 완벽하게 여자 수술을 받은 사람은 혜준뿐이어서 실장 언니는 혜준을 항상 앞세웠다. 귀한 손님이 온다거나 매출이 오르는 자리에는 혜준을 들어가게 해주었다. 그러나 실장 언니에게 당연한 줄 알았고, 단골도 생겨 제일 먼저 대기실에서 부름을 받았는데도, 고맙다는 답례가 없으니 실장 언니는 눈 밖에 나버린 것 같았다. 실장 언니는 그 나름대로 서운하였고 혜준은 나름대로 마음이 불편하였다.

야! 이것들 남자들 아니야! 이것들, 재수 없어 썩 못나가? 어휴! 이것들을 데리고 이제껏 놀다니, 야, 야! 꼴도 보기 싫으니 어서 안 나가? 오빠! 우리는 트랜스젠더야 남자 아니야. 이 가슴속에는 여자가 들어 있다구. 처음 본 손님이었다. 술이 잔뜩 취한 손님은 몹시 기분이 나빠 사기당한 느낌이 든 듯했다. 파트너로 옆에 앉아 있는 동료와 장난을 치다가 동료의 목에 난 복숭아씨를 만져보고는 하는 말이었다. 손님은 시골에서 온 듯했고 어떻게 하여 목돈이 생겨 일행들과 술자리가 벌어졌고, 모처럼 들뜬 기분에 의젓하게 먹으려고 나이트클럽의 룸까지 차지하였는데, 야릇한 아가씨인 줄만 알았던 파트너가 남자라 생각하니 몸서리가 쳐졌던가보았다. 손님은 몹시 술에 취하였고 혜준과 동료들도 술에 취해 있었다.

함께 온 동료들도 덩달아 맞장구를 쳤다. 사장 놈 오라 해, 이건 계산 못해. 거무튀튀한 얼굴에 운동화를 신고 작업복 바지를 입은 손님들은 꼬투리를 잡았다는 생각이 들었는지 막무가내였다. 동료들은 제각기 자기의 파트너에게 매달려 사정을 하며 달랬다. 그럴수록 손님들은 더욱 폭언과 강짜를 부렸다. 동료 중 한 명이 소리를 쳤다. 오빠 밖에 전단지 못 봤어? 트랜스젠더가 있다고 쓰여 있는 거? 왜 자

꾸 트집이야 트집은. 이것들이 뭐가 잘했다고 지랄들이야! 동료를
때렸다. 가슴 속에는 여자가 있지만, 남성 기질도 가진 게 트랜스젠
더다. 혜준이 소리를 질렀다. 오빠 왜 때려? 여자 여기 있어 왜 그래?
목도 봐! 복숭아씨 없지? 가슴도 봐 난 여자야! 트랜스젠더가 아니
야! 블라우스 단추를 뜯으며 사태를 수습하기 위하여 혜준은 가슴을
내보였다. 넌들 알게 뭐야! 라며 손님이 홱 밀쳐버렸다.

　혜준이 넘어지면서 테이블 모서리에 머리를 심하게 박았다. 어디
에 부딪혔는지 어깨도 아팠다. 화가 나서 참을 수 없었다. 아팠지만
벌떡 일어나 손님의 멱살을 잡고 때렸다. 술상이 차려진 테이블 위로
올라가 소리쳤다. 그래 때려봐! 술병들을 발로 찼다. 예쁘게 입고 있
던 치마가 거추장스러워 걷어올리고 손님들에게 발길질해댔다. 그
때까지 참고 있던 동료들도 손님과 난투전이 벌어졌고 룸 안은 아수
라장이 되었다. 술병들이 날아다니고 컵들이 깨지는 소리가 났다.
화가 나서 씩씩대는 젠더들의 모습은 여느 남자에 비할 수 없이 거칠
어보였다. 승냥이들의 텃세싸움과도 같았다. 머리 모양이 흐트러지
고 가발이 테이블 위에 나뒹굴어져 있었다. 실장 언니가 달려오고 사
장님이 달려왔다. 손님 중 한 명이 112에다 신고하는 소리가 가물가
물하게 들려왔다.

　삼 일째 혜준은 천정만 바라보며 누워 있었다. 싸우면서 맞은 곳이
아프기도 하거니와, 모든 게 귀찮았다. 무력감에서 식욕마저 떨어졌
다. 물만 마시며 잠이 오면 잠 자고 잠에서 깨면 멀뚱히 천정을 바라

보다 또 잤다. 찾아오는 사람도 없었다. 오히려 누가 찾아오는 것도 싫었다. 사장님과 실장 언니의 화난 음성이 접목되어 들려오고 파출소 순경의 경멸하던 눈초리가 자꾸만 눈앞에 어른거렸다. 그럴 때마다 화가 나고 억울해서 참을 수가 없었다.

쌍방고소로 합의하고 동료들과 손님들은 파출소를 나왔지만, 그곳까지 가야 했다는 자체가 혜준에겐 상처였다. 화장실을 가기 위해 일어났다. 힐끔 무심코 바라본 벽에는 아유미가 웃고 있었다. 나는 만사가 귀찮은데 너는 웃고 있냐? 혜준도 웃어주었다. 아유미가 나직한 소리로 말한다. 힘내, 언니! 그렇게 누워 있다고 뾰족한 일이 생길 것도 아니잖아?

전화번호가 생각이 나지 않는다. 어디 적어둔 곳이 있을 텐데, 여기저기를 뒤져본다. 수첩에도 없다. 전화기에 저장도 해두지 않았다. 화장대 서랍을 뒤져도 나오지 않는다. 핸드백마다 다 뒤졌다. 버리려고 한쪽에 두었던 핸드백 속에서 조그마한 쪽지가 나왔다.

혜준은 전화를 걸었다. 신호음이 길게 가는데도 전화를 받지 않는다. 다시 또 걸었다. 여보세요. 귀에 익은 목소리지만 별로 친숙하지 않은 목소리가 들린다. 학수아저씨, 저에게 농담인 줄은 알지만 결혼하자는 소리는 하지 마세요. 저는 이제 여자가 되어가고 있는데, 여자로서의 영혼이 한 남자에게 묶이고 싶지 않아요. 그런 내가 학수아저씨에게도 불행이에요. 영혼만이라도 여자로서 자유롭게 날고 싶거든요. 며칠을 누워 있다가 산부인과를 가기 위해 일어났는데, 문득 학수아저씨가 생각났어요. 누구에겐가 의지하고 싶고 위로를 받고 싶었던가봐요. 어두운 마음을 날려버리게 우리 바다에 가지 않을래요? 북적대지 않는 조그마한 포구면 더 좋겠어요.

삼사 일 만의 외출이었지만 동면을 하고 나온 듯, 혜준의 눈엔 세상이 달라보였다. 뱀이 한 꺼풀씩 허물을 벗어가며 성장을 해나가듯 사람도 고비를 넘길 때마다 한 단계씩 성장하는 것인지. 아니면 삶의 집착에 대한 눈높이를 한 꺼풀씩 포기해가는 것인지. 예전엔 눈에 전혀 새로울 것도 없는 사람과 길거리들이 새롭게 보였다. 웃으며 활기에 차보이고 바쁜 걸음을 걷던 사람들이 아무도 웃지 않았다. 어디론가 바쁘게 걸어가던 사람들도 제 할 일을 다 끝낸 사람들처럼 흐느적이며 바쁜 것이 없어 보였다. 느껴보지 못했던 세상 속으로 휩쓸려 있는 것 같은 불안감이 돌긴 했지만 편안한 마음도 들었다.

세상을 아무리 내 맘대로 살고 싶어도 사회라는 굴레 속에서 혼자 잘 날 수는 없는 것이다. 서로의 융화 속에 살면서 나라는 존재를 외쳐봤자, 각자의 개성 앞에 나의 개체성이 돋보일 리도 없는 것이다. 사람들이 무서워져옴을 느꼈다.

서로가 서로에게 피곤해져옴에도 내색하지 않으려고 안간힘을 쓰며, 좀 더 짙은 인간애를 과시하며 온유한 척 다가서고 때로는 쾌락을 동조하면서, 결국은 서로를 상처 입히고 서로 기죽여가며 살아가는 것이다. 사회적 동물이라는 미명 아래에서 각자의 정체성을 찾기 위해 방황하는 것이다.

학수아저씨를 만나 그의 반가운 인사말에, 대답을 나누며 며칠만의 식사를 한 혜준은 또다시 나른한 잠이 왔다. 바다를 가기 위해 운전하는 학수아저씨 옆자리에서 눈을 감았다.

여자가 되면 삶도 여자가 될 줄 알았는데 혜준에게 향하는 반인간적 인식일 수밖에 없다는 것을 받아들여야 했다. 살다보면 모든 생물이 그러하듯, 삶에 길들어져 가겠지. 산다는 것이 무의미하다는 생각이 들었다.

혜준은 살고 싶은 의욕이 사라졌다. 그러나 죽음이라는 것도 무서웠다. 죽음 뒤엔 잊히는 것이다. 사람들은 조금은 기억 속에 가둬두다가 안개가 사라지듯 잊어줘버릴 것이다. 죽음으로 이제껏 느껴오던 소망을 다 가질 수 있다면, 죽지 않고 가질 수 있는 건 자신을 잠재우고 욕심을 버리는 것일 수밖에 무엇이 또 있을까. 버리고 나면 또 다른 것으로 채워진다는 말이 있듯, 잊히는 존재가 되지 않기 위해서라도 열심히 살아야겠지만, 구겨지고 실패하고 사회의 바닥에서 내팽개쳐졌다 할지라도 나라는 가치를 인식하며 소중히 여겨야 한다는 생각을 해봤다. 아름다움으로 한 시대를 평정하려던 마음은 바닷가에서, 검은 심연의 바닷물 속에다 떨어트려야 했다. 조금은 비우면서 또 다른 삶의 길을 스스로 인내하며 찾아야 했다.

물고기에게도 트랜스젠더가 있을까? 바다가 밀어주는 바람을 정면으로 맞으며 혜준은 방죽에 걸터앉아 생각했다. 저기 저 갈매기들은? 어울리지도 못하고 혼자 외로워하며 기웃거리는 갈매기는 없는지. 혜준은 유심히 끼룩대며 날아다니는 갈매기들을 바라보았다.

한손엔 새우깡을 들고 갈매기야. 양팔 벌려 갈매기를 불렀다.

혜준이 헤어숍을 운영하던 동네 어귀. 윤홍의 오피스텔 앞, 희미한 혜준의 검은 그림자가 보인다. 멀리서 남녀 한 쌍이 팔짱을 끼고 즐겁게 웃으며 걸어오고 혜준은 화들짝 몸을 숨긴다. 앞을 지나가는 남녀를 슬픈 눈으로 바라본다. 세라의 어깨에 팔을 두르는 윤홍 옆에서 윤홍의 허리를 감싸안는 세라. 혜준의 눈에서 눈물이 흘러내린다. 혜준은 윤홍을 향해 서서히 걸어간다. 왼발로 윤홍의 오른쪽 다리를 걸었다. 휘청거리며 윤홍이 넘어지려다 혜준에게 시선이 간다. 고개 숙이고 지나가는 어두운 그림자만 일렁거린다.

아침햇살이 마을 어귀를 비추고 헤어숍이 있는 거리에는 혜준이 나이트클럽에서 음악을 들으며 춤추던 곡이 요란하게 울린다. 또각 또각 핸드폰에서 울리는 음악 소리 들으며 혜준이 걸어간다. 몇몇 남녀가 혜준을 쳐다본다. 그들에게 살짝 윙크하는 혜준. 헤어숍 문을 열고 부산스럽게 청소하는 혜준 뒤로, 누군가 문을 밀고 머뭇거리는 말투로 영업해요? 묻는다. 귀에 익은 음성. 뒤돌아보며 깜짝 놀라 서 있는 혜준 앞에 깜짝 놀라는 윤홍이 서 있다. 어서 오세요. 영업합니다. 혜준이 상냥하게 말한다. 미용실 한 쪽 벽에는 혜준의 밝게 웃는 모습과 함께 '성전환한 트랜스젠더의 집'이라는 플래카드가 크게 걸려 있다.

상록객잔

상록객잔

    낚싯대 끝에 걸린 찌는 몇 시간째 아무런 움직임이 없었다. 말매미가 그악스럽게 울었고, 뙤약볕 아래 수온이 많이 올라가 고기들은 수초 속으로 숨어들어간 모양이었다. 상수는 한참 찌만 들여다보다가 검게 그을린 두 팔을 하늘로 뻗고 기지개를 켰다. 호수 건너편에 앉아 있는 남자가 눈에 들어왔다. 오십대를 갓 넘긴 듯 남자는 키가 작달막하고 배가 불룩했으나, 낚싯바늘에 떡밥을 달아 던지는 움직임이 느릿하고 정확해서 노련한 솜씨를 보였다. 더구나 서두르는 기색이 없었다. 그쪽은 좀 어때요? 불쑥 남자가 물었다. 빨간 모자를 눌러쓰고 망사조끼 하나만 걸친 남자의 모양새가 오락프로에서 본 개그맨 같아 상수는 웃음을 참으며 대꾸했다. 여기도 감감무소식이죠. 눈의 초점이 흔들리면서 수면에 떠 있는 찌가 흔들리는 착각을 일으켰다. 상수는 낚싯대를 세게 잡아당기려다 참았다. 바람은 좀처럼 불어오지 않았다.

    석양이 깔리고 있었다. 물 위로 기울어지는 해는 용광로를 달군 불빛처럼 일렁였다. 호수에 반사되는 상수의 모습에는 흔히 볼 수 있는 사십대 남성의 풋풋한 고집이 보였다. 웃통을 벗어던진 앞가슴의 골 사이로 땀은 흘러내리고, 등은 햇볕에 익어 벌겋게 달아올라 있었다. 검게 그을린 상수의 근육은 탱탱하게 음영을 드러내고 있었고, 그가 움직일 때마다 팔뚝이며 다리통에 붙은 근육이 딴딴하게 솟아올랐다.

상수는 낚시도구를 그대로 둔 채 제법 길어진 그림자를 밟으며 걷기 시작했다. 갈 데라야 강아지 한 마리도 기다리지 않는 조그마한 토담집이었다. 텐트 속에서 잠을 자고 있으면 어디선가 바람이 들어오는지 새벽엔 한기를 느꼈다. 문득 토굴을 파서 그 속에서 생활하면 따뜻하겠다는 생각이 들었다. 땅속이라서 여름에는 시원하고, 겨울에는 따뜻할 것이었다. 읍내에 나가 삽과 곡괭이, 톱을 사서 한 삽 두 삽 토굴을 파기 시작했다. 낮에는 낚시를 하고, 저녁에는 호숫가 산비탈에 조금씩 땅을 파고 들어가는 일을 반복하다가 토굴이 완성되었을 땐 초겨울 바람이 쌩쌩 불었다. 호숫가 한쪽 언덕배기에 토담집이 지어진 셈이었다. 송판으로 문짝을 짜맞추고 거실 겸 식당용 공간을 확보하고 온돌식으로 구들을 깔아 흙으로 미장했다. 혼자 잠을 자도 될 만큼의 넓이에 바닥 밑으론 아궁이까지도 겸하고 굴뚝도 세웠다. 서너 평도 채 안 되는 넓이의 토굴이었지만 혼자 생활하기에 그럴싸한 공간이었다. 온돌 위로 침낭을 깔고 촛불을 켰을 때의 아늑함을 잊을 수 없었다.

토굴에 들어서자 가스레인지에 불을 켰다. 검게 그을음이 끼인 주전자로 물을 끓였다. 커피를 타서 목을 축이듯 한 잔 마시곤 벌렁 자리에 누웠다. 이렇게 무료한 날에는 지난 세월이 회상처럼 지나갔다. 후회스러운 일들과 또는 자랑스러운 일들, 아니면 안타까운 일들에 통감하고 혼자서 피식 웃어보기도 하고, 분개하기도 했다. 친구들과 술을 마시며 즐거웠던 생각이 간절했다. 목청을 높여 노래를 하면, 언제나 앙코르 요청이 들어와 금방 마이크를 놓을 수 없었다. 노래는 노래를 불러들였고, 술은 술을 불러들였다. 그러나 그런 시간은 길지 않았다. 친구에게 모든 관리를 맡겼던 것이 문제였다. 친구는 사업자금을 빼돌려 외국으로 도망쳤다. 사업은 기울어져 끼니조차도 걱정이 되었을 때, 아내는 그를 원망하기 시작했다. 어린 자식 분유값도 없다며 울부짖었다.

아내는 점점 냉담해지고 표독스러워졌다. 그러나 상수는 아무리 생활이 힘들어도 아내로서 할 일이 있는 법이라고 생각했다. 험한 세상살이에 아이들 바르게 돌본다는 건 더할 나위 없는 큰 역할이며 의무였다. 더구나 젖먹이가 있고 끼니조차 걱정해야 하는 절박한 처지였으니 남편에게라도 원망하는 것이 스트레스를 푸는 해결책이라 생각했을 것이다. 상수는 자신이 희망의 끄나풀이라도 잡을 때까지 아내가 처가에서 생계비를 빌려와주면 좋겠다는 생각도 들었다. 그러나 그러한 말문을 열기도 전에 아내는 눈을 흘기며 일침을 놓았다. 원망은 조그마한 일에서부터 시작되어 시간이 흘러가면서 다툼은 잦아졌다. 돈 잘 벌고 생활비가 넉넉할 때, 기분이 내켜 아내에게 옷을 사주면 어김없이 그 옷은 처제가 입고 있었다. 대학을 다니던 처제는 집 근처에서 자취를 했고, 아내는 김치와 반찬들을 날랐다. 장인과 장모의 용돈과 생활비도 수월찮게 드렸던 터라 상수는 원망스럽지 않을 리 없었다. 처가 식구들에게 번번이 용돈과 생활비와 학비를 보태주었던 아내는 정작 자신이 아쉬울 때는 침묵했다.

휴대용 가스레인지에 다시 불을 켰다. 상수는 커피믹스를 한잔 더 마실 생각이었다. 낚시는 기다림과 침묵의 세계였다. 그렇다고 낚시가 한가한 운동도 아니었다. 서너 시간 동안 수십 번에 걸쳐 낚싯바늘에 새 떡밥을 달아 물속에 넣었다 빼는 행위를 반복해야만 했다. 머릿속에 떠오르는 잡생각만큼이나 분주했다. 현실 속에서인지, 기억 속에서인지 어디선가 빗소리가 들리기 시작했다.

*

겨울이 깊어가고 있었다. 아침저녁으로 날씨가 꽤 추워졌다. 주변에서 주워온 나무토막으로 아궁이에 불을 지피고 맞은편 굴뚝에서 연기가 나면 바닥은 따뜻해졌다. 야전 침낭 지퍼를 올리고 잠이 들면 걱정거리가 다 달아나는 것 같았다. 언제부터 물을 좋아했던가. 아버지와 찾아들었던 충주호 호숫가. 아버지를 따라다니며 익힌 낚시 솜씨도 있어 낚시를 일삼으며 세월을 보냈다. 고기가 잡히지 않아 찌가 까딱 않는 날은 책을 읽기도 하고, 늘어지게 잠을 자기도 했다. 재수가 좋을 때는 고기가 입질을 하다가 낚싯바늘에 걸려 퍼덕거리고 있기도 했다. 살림망 속에 고기를 넣어 묶어놓고 이삼 일이 지나면 큰 살림망에 가득 찼다. 인근에서 민물매운탕 식당을 하는 사람들이 삼사 일에 한번씩 고기를 가지러 오면서 부탁했던 생필품들을 교환했다. 지루하고 세상 구경하고 싶을 땐 시내를 나가기도 했는데, 몇 가지 생필품을 구입하고 나서 푼돈이나마 아내에게 보냈다. 소식은 전해야 했으니까.

영철에 대한 생각이 갑자기 떠올랐다.

영철의 전화 목소리는 시큰둥했었다. 상수는 정오쯤에 찾아가겠
노라며 전화를 끊었다. 오랜만의 외출은 마음을 설레게 했다. 며칠
만에 면도도 했다. 할 일이 있어서 외출한다는 것은 모처럼만의 일이
라 상쾌한 감도 들었다. 아내의 곱지 않은 시선을 받으며 상수는 늦
은 아침밥을 뜨는 둥 마는 둥 하였다. 친구를 만나면 금방 무슨 일이
라도 생길 것 같은 기대감에 조금은 들뜨기도 하였다.

간밤에 아내와 다툰 게 마음에 걸려 제대로 잠을 자지 못했다. 몇
시간 잔 것 같지도 않으나 아침 일찍 눈이 뜨였다. 친구가 다른 약
속이라도 잡을 것 같아서 이른 시간에 전화를 했었다. 아내와 다투느
라 울분을 억눌러서인지, 몸과 마음이 찌뿌듯하여 기분이 개운하지
않았다.

친구 영철은 한동네서 학교를 같이 다녔다. 옆동네 녀석들과 패싸
움을 벌이다가 양쪽 어머니께 꾸지람을 들은 적도 한두 번이 아니었
다. 아침이면 영철은 상수의 집 앞에서 학교에 가자고 고함을 쳤다.
그러면 어머니는 저런 망나니랑 놀지 말라고 야단쳤다. 상수가 서둘
러 집을 나서면 영철은 그의 뒤를 졸졸 따라왔다.

상수는 사회인이 된 후 동네에서 영철을 우연히 만났다. 그때의 우
정으로 술잔도 나누기도 하였고, 영철의 자금 부탁을 두세 번 들어준
일도 있었다. 그러나 책가방을 들어주던 그때의 친구는 아니었다.

이제는 상수를 뛰어넘는 친구가 되었기에, 회심의 미소를 지으며 외출 준비를 마쳤다.

얇은 하늘색 셔츠에 짙은 청람색 바지가 햇살에 곱게 비쳤다. 유난히 번들거리던 상수의 구두는 평소보다 더욱더 반짝였다. 영철의 사무실 앞에서, 기침을 한번 크게 내뱉었다. 친구와 대화할 말을 떠올리며 생각을 정리했다. 그러나 사무실 책상 앞에는 회사 경리가 전해준 흰 봉투 한 장만 놓여 있었고 영철은 자리에 없었다. 전해주라던 흰 봉투를 손에 쥔 손이 파르르 떨렸다. 그 속에는 지폐 몇 장이 들어 있었다. 그럭저럭 분유값이야 해결이 되겠지만 구겨진 기분은 울분을 토하고 싶었을 뿐이었다. 영철의 선심은 거기까지였다. 상수는 이제 더 갈 곳도 없다고 생각했다. 세상이 싫어졌다. 거들떠보지도 않았던 낚시도구를 챙겨들고 호숫가를 찾아든 것은 그때 이후였다.

눈을 감고 있는 상수의 눈에선 눈물이 주르르 흘렀다. 얼굴을 쓱쓱 문지르며 대충 눈물을 닦으며 생각을 돌리려 애썼다. 머리맡에 놓아둔, 몇 번을 읽어 낡아진 책을 촛불 밑으로 가져가 읽었다. 눈은 책에 머물렀으나 마음은 어디로 가 있는지 글자는 눈에 들어오지 않았다. 글자가 눈에 들어오지 않아도 이제는 외우다시피 한 책이었다. 책을 획 집어던졌다. 그리곤 며칠이 지나간 신문을 이리저리 뒤져보았다. 그것도 짜증이 났다. 그는 벌떡 일어나 신경질적으로 문을 박차고 나가 고함을 질렀다. 그리곤 주변에 있는 나무들이며 잡동사니들을 발로 걷어차기 시작했다. 그래도 속이 풀리지 않아 어둠이 깔리고 있는 잿빛 호숫가를 뜀박질하기 시작했다.

호수가 세상이라면 자신은 그 세상 속으로 들어가지 못하고 주변을 빙빙 도는 것 같은 생각이 들었다. 두 손을 번쩍 들고 외마디 소리를 지르다 물속으로 첨벙 뛰어들었다. 쌀쌀한 날씨였으나 개의치 않았다. 미친 사람이 그러하듯 수영을 드세게 하다가 잠수를 했다. 그러고는 물고기들을 찾았다. 이리저리 두리번거리며 눈까지 부릅뜨는데, 그때 마침 물고기 한 마리가 앞을 지나갔다. 손을 뻗어 잡으려 했지만, 물고기는 쉽게 손에 잡히지 않았다.

아내는 지금 아이들과 어떻게 지내고 있을까. 나에게 원망이나 하고 있겠지. 수염이 많이 자랐다. 그동안 내버려두었던 머리카락도 길어져 어깨 위로 내려오고 있었다. 모처럼 사우나에도 들를 겸 시내로 향했다. 아내에게 생활비 일부를 입금하고, 속옷과 책 몇 권 사고 커피와 휴지도 샀다. 쌀과 반찬 몇 가지는 그제 식당 주인이 가져다 주었으니 걱정하지 않아도 되었다.

목욕탕 물속에 두 다리를 쭉 뻗고 오랜만에 편안히 눈을 감았다. 나른한 몸이 축 처져 이대로 깨어나지 않을 잠에 빠졌으면 좋겠다는 생각이 들었다. 거울 앞에서 자신의 알몸을 보았다. 이대로 이곳에서 주저앉기에는 젊음이 아깝다는 생각과 아직 늘어지지 않은 몸매는 목욕탕 속의 남성들보다 자신감이 넘쳤다. 그러나 지금 처지에 자신을 바라보며 회상에 젖는다는 건 더욱 초라한 느낌이 들었다. 울컥거리는 화를 추스르며 대충 몸을 닦고 얼른 밖으로 나왔다. 목욕하고, 머리를 깎고, 수염도 깎고, 거울에 선 모습은 옛날의 잘 나가던 모습과 다를 게 없었다. 두꺼운 항공 점퍼에 누비바지를 입고 등산화를 졸라맨 그는 터덜터덜 걸었다. 반길 곳도 없으니 식당에나 갈 요량이었다.

*

장날이라서인지 순댓국집에는 사람들이 많았다. 씁쓸한 감정을 되씹으며 이곳저곳을 기웃대다 습관처럼 들어선 식당이었다. 순댓국과 함께 소주 몇 잔 들이켰다. 모처럼 마시는 술은 몸 전체로 번져 전신을 나른하게 했고, 취기가 오른 헛바닥은 농담까지 하기에 적절하도록 술에 익었다. 열 평 남짓한 식당엔 장터 근처에 자리잡고 있어 오 일마다 서는 장날이면 산골 사람들로 북적댔다. 그들은 이것저것 물건을 사들곤 약속하지 않은 이 식당에 모였다. 순대 한 접시 놓고 소주 한잔 기울이며 날씨와 농사일이나 서로 집안 얘기를 나누다가, 얼큰한 기분으로 완행버스를 타고 집으로 돌아갔다. 언제 만나자는 약속도 없이 그들은 잘 가시라는 인사를 나누지만, 다음 장날이면 또 만날 수 있고 산골 사람들의 정거장이기도 한 식당은 2대째 주인이 직접 순대를 만들었다 한다. 돼지머리와 내장을 삶아 순대와 순댓국 그리고 머릿고기를 썰어서 파는 집인데 맛이 좋았다. 값도 저렴하여 유일한 단골이었다. 순박한 주인아저씨와 아주머니는 인심도 좋아 고기와 양념을 듬뿍 얹어주곤 슬며시 웃는 모습이 정겨웠다. 맛있게 드십시오. 주인아저씨의 인사에는 늘 잘 지내고 있느냐는 안부가 묻어 있었다. 잘 있다는 대답으로 고개를 끄덕이며, 주인아저씨를 부러운 눈빛으로 바라봤다. 상냥한 아내와 오순도순 살아가는 것이 상수의 눈에는 활짝 핀 봄꽃처럼 느껴졌다. 술은 정직하여 주량에 따라 마시는 만큼 취하게 마련이었다.

취기가 오르자 말문이 열리기 시작했다. 속 시원히 누구랑 가슴 열어놓고 얘기를 나누어본 적이 근래엔 없었던 터라 바쁘게 돌아다니는 주인아저씨께 한사코 잔을 권했다. 아저씨, 세상이 왜 이렇게 뜻대로 안 되는 겁니까? 이제껏 살면서 남 못살게 한 적도 없는데 왜 신은 나에게만 이리도 가혹한가요? 눈에는 눈물이 글썽였다. 주인아저씨는 위로인 양 동조인 양 고개만 끄덕였다.

떨치고 온 자식새끼도 보고 싶고, 마누라 입이 쩍 벌어지게 돈다발도 안겨다주고 싶고, 이러고 있는 내 신세도 한심스럽고요. 그러나 난 아직 젊어요. 힘이 있어요. 살 겁니다. 다시 일어설 겁니다. 이대로 앉아 죽을 순 절대 없습니다. 그동안 뭉쳐 있던 마음의 말이 취기의 힘을 빌려 뱉어졌다. 울지 않겠다던 눈물을 흘리고 나니 한결 마음이 시원해졌다. 그렇게 몇 마디 주인아저씨를 붙잡고 흥얼흥얼하였지만, 주인아저씨는 바쁜 장날에 계속 앉아 있을 수는 없었다.

주인이 자리를 벗어나자 옆에 앉아 있는 젊은 남자에게 말을 걸었다. 이봐! 넌 세상 살 만해? 보아하니 얼굴이 유들유들하구먼? 취했으면 그냥 집에 들어가라. 응? 나도 열받았으니까! 흥! 그래? 술 한잔 나 좀 줘봐라. 이왕 먹는 김에 먹고 뒈져버리게. 흐흐흐. 옆자리 손님의 술병을 가져와 자신의 잔에 따른다. 옆자리 손님이 화가 나기 시작한 듯했다. 그러나 싸움까지 하고 싶지 않은 손님은 화를 참으며 자신의 술병을 조용히 가져갔다.

그러자 아예 손님들의 식탁으로 의자를 바짝 갖다붙였다. 나랑 얘기 좀 합시다. 나도 세상 돌아가는 것쯤은 알고 있다고요. 이미 술에 취해 있었고 자신의 몸을 가누기조차 힘이 들어 비틀거리고 있었다. 의자를 붙이는 힘의 반동을 가늠하지 못해 얼굴이 손님 술상으로 부딪쳤다. 술잔과 안주 그릇이 엎질러졌다. 참고 있던 손님들은 그제야 못 참겠다는 듯 냅다 밀어버렸다. 건너 테이블 쪽으로 밀려간 상수는 고함을 질렀다. 벌떡 일어난 손님은 또다시 상수를 밀어붙이곤 다가가 멱살을 잡고 따귀를 때렸다. 취했으면 조용히 가랬지? 어디서 무슨 짓을 하다가 온 개뼈다귀인지도 모를 놈이. 야! 인마! 상수도 지지 않으려고 손님들에게 주먹을 휘둘렀으나, 이미 취해서 헛손짓만 하게 되고 손님들을 이길 재간이 없었다. 자리를 떠났던 주인아저씨는 영문을 모르고 손님들에게 한마디 했다. 취한 사람을 그냥 달래서 보내지 이 사람들아! 사람들과 말 섞고 싶어서 그럴 거면서 저렇게 주사를 부리는구먼!

한 쪽 얼굴은 부었고 입술에 묻은 피를 닦으며 생각한다. 숙희를 만나야겠어. 보고 싶기도 하려니와 육감적인 숙희가 그리웠다. 지푸라기라도 잡을 생각이었다. 함께 이야기를 나누다보면 무슨 묘책이라도 떠오를지 모를 일이었다. 공중전화 부스가 눈에 들어왔다. 숙희는 사업에 망하여 수달처럼 물고기나 잡으며 사는 것을 알 수가 없을 거다. 머리회전은 빨랐다. 까마득히 잊은 듯했던 숙희의 전화번호가 금방 생각났다. 익숙하게 전화번호를 눌렀다. 다정하게 전화를 받아주었고, 숙희와 지내던 지난 날들이 떠올랐다. 숙희의 침실, 은은하던 화장품 냄새가 코끝에 부딪히던 생각이 났다. 부드럽던 피부는 우윳빛처럼 희고 고왔으며 탄력 있는 젖무덤 사이에 묻혀 잠에 빠지던 기억이 났다. 숙희의 육체가 몹시 그리워졌다. 순간 부르르 떨리는 두 다리를 지탱할 길이 없었다. 다음에 다시 전화하겠노라며 가쁜숨을 쉬며 전화기를 내려놓았다. 여보세요. 여보세요. 가녀린 숙희의 음성이 신음처럼 들려왔다.

수화기를 고리에 걸어놓고 몸의 기운이 빠져나간 듯 비틀거렸다. 가련한 여자, 숙희. 아직도 나를 잊지 못하고 있구나. 얼큰한 취기의 몸으로 덜컹대는 버스를 타고, 토담집을 향하면서 숙희의 모습을 떠올린다. 고약하도록 불같던 성질머리 다 받아주며 즐겁다고 헤헤거리던 여자. 교통사고로 병원에 입원했을 때 숙희는 간호사였고, 긴 병원 생활에 사랑하게 되었고 정도 들었다. 시시콜콜 배려하는 것을 잊지 않았고 오히려 즐거워하는 모습처럼 보일 때도 있었다. 사랑하면 두려움도 잊게 되는지 동거까지 잠간 하였으나, 유부남과 처녀의 불륜은 오래가지 못했다. 숙희의 장래를 위해 돌아서야만 했다. 사업 형편이 바닥으로 떨어지니 사랑도 실연에 묻히고 말았다.

숙희가 곧 결혼했다는 소식을 들었고, 얼마 지나지 않아 다시 이혼했다는 소식도 들려왔었다.

숙희는 전화를 끊고 한숨을 길게 뽑았다. 상수는 잊을 만하면 가슴을 철렁이게 했다.

*

버스는 먼지를 일으키며 시골길을 숨가쁘게 달려가고 있었다. 여행은 언제나 낯설고 두려웠다. 연락이 와주기를 기다렸던 사람이라 숙희는 한시라도 빨리 상수를 만나러가고 싶었다. 상수가 지방에 머물고 있을 줄이야 알았지만, 그곳이 충주호 인근이라는 것은 생각하지 못했다. 그가 충주호 어느 자락에 있다고 말했을 때, 그 상상을 못했던 것에 스스로 놀랐다. 언젠가 상수와 낚시를 갔던 곳일 것이다. 그곳은 상수가 나중에 집을 지어놓고 함께 살자고 했던 장소였다. 진작 연락하지 않은 상수가 서운했으나 사정이 오죽하면 그랬을까 싶어 안쓰러웠다. 그 사람이 옆에 있기만 해도 좋았던 시절이 있었다. 지금은 많이 변했을까. 끼니는 제대로 먹고 있을까. 지금에 와서 만난다고 해도 감정이나 열정은 식었겠지만, 그 사람에게 전해줄 말이 있어 상수를 찾아가고 있었다.

상수의 친구 영철에게서 연락이 왔었다. 몇 번의 모임이 있을 때 만나 면식이 있던 터였다. 전화가 왔을 때, 쉽게 상수의 친구를 알아볼 수 있었다. 영철은 죄송하다는 말을 앞세우며 상수를 꼭 찾아가 만나달라고 애원했다. 상수가 영철의 사무실로 찾아왔을 때 사정이 있어서 만나지 못했다는 것이었다. 일이 생겨 본의 아니게 피하는 꼴이 되었고, 미안한 마음으로 지내고 있던 터에, 중요한 일이 생겼으니 당장 연락하라는 말을 전해달라는 것이었다. 백방으로 수소문했으나 찾을 수가 없다고 했다. 내막을 알 수 없었으나 중요한 일이 생겼다니 빨리 연락해달라는 말이 얼마나 다행인가. 숙희는 기쁜 소식을 가지고 짐작 가는 곳으로 상수를 만나러가고 있었다. 지난 날 함께 지냈던 세월을 잠시라도 돌이켜보고 싶었다.

버스 차창에는 숙희의 볼이 상기되어 비쳤다. 함께 지냈던 지난 날이 하나하나 머리를 스쳤다. 아버지처럼, 오빠처럼 숙희를 토닥여주던 상수의 손길은 항상 부드러웠다. 때론 숙희를 꾸짖기도 했지만, 객지 생활의 외로움에 미더운 사랑으로 느껴졌었다. 함께 지냈던 시간을 떠올리면 어디선가 푸릇한 향기가 풍겨오는 듯했다.

놀란 얼굴로 멍하게 서 있는, 이미 자연인이 되어버린 상수를 향해 소리치듯 말했다. 영철 씨가 연락을 기다린다고 전해달래요. 무역업을 시작해야 하는데 경험자인 당신이 꼭 필요하대요. 반짝이는 물결 사이로 숙희의 상기된 눈빛은 구릿빛 피부의 상수를 바라보며 그 말만 되풀이하고 있었다.

*

숙희는 남편과 이혼 후, 공단에 나갈 수밖에 없었다. 조그마한 규모의 전자부품을 만드는 곳이지만 그런대로 만족하고 있었다. 월급이래야 돈 많은 사모님 한 달 용돈도 아니겠지만, 나태한 남편과 살 때는 가져보지 못했던 통장도 두 개나 만들었고, 내년에는 조그마한 전셋방이라도 구할 수 있을 것 같았다. 오육 년 동안 외식 한번 하지 않았다. 회사와 원룸인 집밖에는 거의 다녀보질 않았다.

그러한 숙희가 답답해보인다며, 외로우면 식사나 한번씩 하라며 회사 친구가 한 사람을 소개해주겠다고 호들갑이었다. 센스가 있는 사람이라 너에게 귀찮게 하지 않을 거야. 와이프랑은 뭣 때문인지는 몰라도 별거 중이니 괜찮을 거야. 그러나 조심해야 한다. 그 남자에 겐 절대 정 주지 마라. 그 남자는 여자들에게 돈 뜯어먹고 사는 남자야. 그래서 차도 사고 집도 장만하는 남자라고 했다. 그 남자는 선물이든 뭐든 습관적으로 여자에게 받을 줄만 안다는 것이었다. 그러한 남자를 왜 내게 소개해주느냐며 고개를 저었다. 친구가 말했다. 네가 뜯길 게 뭐가 있니? 그래도 그 남자가 인간적으로 널 위로해줄지도 모르잖니? 나는 그 남자가 이제는 만나주지 않으려 하니 너 만날 때 나를 불러 셋이 밥이나 먹고 물왕저수지 쪽으로 바람이나 쐬고 오면 너도 기분 전환될 거 아니니. 친구의 말도 틀린 것은 아니었다. 남자에게 이용당할 만큼의 재력도 뭐도 없었다. 고작 한 달 월급이 수입의 전부인 걸.

숙희는 반신반의로 친구의 말에 수긍했다. 호기심도 순간에 생겼다. 얼마나 잘 생기고 수완이 좋은 남자이기에, 여자를 이용해먹고 사는지 보고 싶은 마음이 생겼다. 그러한 남자에게 모양새 있게 잘 보여야 할 이유는 없었다. 대충 청바지에 티셔츠를 입고 화장도 하듯 말 듯 하고 따라갔다. 친구는 염려가 되었는지 몇 번을 반복하며 정 주지 말라는 당부를 했다. 만나더라도 꼭 자기와 함께 만나서 점심 먹고 드라이브나 가자는 것이었다. 그것이 친구의 소개 조건이었다. 친구를 따라간 투섬플레이즈 커피숍엔 너무나 어이없게도 손을 번쩍 들며 상수가 앉아 있었다. 놀란 가슴이 진정되진 않았지만 차분히 앉았다.

가슴 속의 남자 이상수. 뜻밖의 커피숍에서 그를 만나게 되었고, 본의 반 타의 반으로 자리하게 되었다. 예전에 숙희에게 쏟아주던 소나기 같던 사랑을 기억할 수 있었다. 그동안 참아왔던 정념이 봇물 터지듯 터질까봐 염려되었다. 무덤덤한 남편은 그러한 사랑을 준 적이 없었다. 애정이 생겨나지 않던 남편과는 다정하게 말을 나눈 적 없었지만, 상수는 분명히 남편과 다른 무엇이 있었다. 여자를 편안하게 하는 마력의 힘이 있는 것처럼. 예전의 시간이 당겨진 것 같아 어색하기도 하여, 창 밖 건너 상록수역사에 켜진 가로등 불빛만 멍하니 바라보고 있었다.

상수의 부드러운 음성과 손길은 얼어붙어 메마른 숙희의 마음을 녹이고 있었다. 온몸엔 긴장의 땀이 배어 있었다. 욕실에서 차가운 물로 샤워하며 노파심에 고개를 저었다. 민이를 데려오려면 집을 장만해야 하는데, 남자를 만나서 마음이 흐트러져 나약해지면 안 되는데. 숙희는 불쑥 겁이 나기 시작했다. 사랑에 빠져들어 민이 생각도 하지 않게 될까봐 더욱 걱정되었다. 마음 한구석엔 이미 상수가 흔들고 있었다.

가야겠어요. 숙희가 말했다. 벌써? 상수도 대답하면서 자리를 털고 일어났다. 이미 주위에는 어둠이 깔려 있었고, 거리의 네온은 제 기량을 뽐내고 있었다. 상수는 숙희의 생각을 아는지 모르는지 콧노래를 부르고 있었다. 소개해주던 친구가 둘만의 시간을 가져보라며 자리를 떠난 후, 어색한 감정을 가까스로 추스르며, 조용한 곳에서 얘기나 나누자는 상수와 함께 모텔에 들었던 일은 두고두고 친구에게 비밀로 삼아야 했다.

*

충주호에는 언제부터 가 있었던 거예요? 숙희가 묻자 상수는 말이 없었다. 거기서 뭘 하고 지냈던 거예요? 상수는 말문을 열지 않았다. 비가 오는지 후드득 소리가 굵어지고 있었다. 숙희는 몇 잔의 술을 연거푸 마셨다. 취기가 올라야 몇 마디 말이라도 나올 것 같아서 말 대신 술을 마셨다. 한 병을 거의 마셔갈 때쯤 말을 꺼냈다. 진지한 표정이었다. 숙희야! 그동안 널 은근히 찾았어. 소문에 당신은 바람둥이가 됐다면서요? 바람도 아무 때나 피니? 이젠 나도 여자가 싫어졌다. 한 사람으로 만족하고 싶어. 영철이와는 사업이 또 실패했어. 전세계를 뒤흔들었던 괴질전염병 때문에. 나를 그런 눈으로 보지 말아줬으면 해. 제 버릇 남 못 준다던데요. 상수는 목이 타는지 사이다 잔을 들곤 단숨에 한잔을 비웠다. 손님도 다 빠져버린 텅 빈 생고기전문점. 상록객잔의 상호를 가진 연탄구이집에서 남녀가 둘이 앉아 나누는 대화를 듣는 둥 마는 둥, 상록객잔의 여직원은 손님이 나간 옆 테이블을 닦고 있었다. 비는 또닥또닥 떨어지고 있었고, 숙희는 어느새 취기가 올랐다. 나는 가진 돈도 없고 명예도 없어요. 당신 같은 바람둥이 남자를 잡아두기엔 더구나 무능력해요. 얼굴이 화끈거리고 혀가 조금 돌아간 듯했다. 상점을 넓히기 위해 야장에 쳐놓은 천막 위로 떨어지는 빗소리가 명쾌했다.

당신, 좋은 사람이에요. 인간미도 맑고. 당신과 마주앉아 있으면 산등성이 구름과 함께 잔디 위에 앉은 듯해요. 당신에겐 푸른 풀 향기가 나요. 하지만 난 당신 곁에 있을 수 없어요. 나는 해야 할 일 때문에 마음 편히 살면 안 돼요. 친정에 가면 반갑게 매달리며 날 따라오겠다고 울던 아이를 생각하면 가슴이 메여 와요. 하루라도 빨리 아이를 데리고 오려면 열심히 살아야 해요. 애 아빠가 생활력이 나태하고 정이 들지 않아 이혼해버렸지만 아이는 내가 훌륭히 키울 거예요. 왜 그렇게 힘들게 살려하니. 지금은 아이를 데려와야 한다는 생각 때문에, 다른 그 무엇은 걸림돌일 뿐이에요. 더구나 당신께 자신이 없어요. 당신은 한곳에 머물지 못해요. 숙희는 상대방의 감정도 생각할 겨를도 없이 일방적으로 얘기를 끌고 나갔다. 상수는 한동안 말없이 가만히 앉아 있었다.

소주는 한 병 비워졌다. 상수도 사이다를 다 비우고 생수까지 마시고 있었다. 저기요, 소주 한 병만 더 주세요. 취한 것 같은데? 반 병만 더 먹을게요. 미안해요. 오랜만에 마시는 술 탓일까 아니면 분위기 탓일까. 일어서면 다리가 후들거릴 것 같았지만 숙희는 고집을 부려 기어이 한 병을 더 시켰다. 상수는 말없이 구워진 고기를 젓가락으로 뒤적이고 있었다.

바람둥이면 어떻고 아이를 조금 늦게 데려오면 어떤가. 해도 후회하고 안 해도 후회할 거면 해보고 후회하는 게 덜 아쉽지 않을까. 이

대로 헤어지고 며칠 후, 보고 싶어지면 어떻게 할 것인가. 고개 숙인 상수의 이마는 반듯하였고, 검은 머리칼에 반쯤은 가려져 쓸쓸해 보였다. 와락 상수의 가슴에 안기고 싶다는 충동을 간신히 억누르며 소주잔을 응시했다. 얼굴에 빙그레 웃음이 떠올랐다. 웃는 숙희의 얼굴을 물끄러미 바라보던 상수도 슬그머니 손을 잡으며 같이 따라 웃었다. 왜 웃어? 상수가 물었다. 상수의 손은 따뜻했다. 스르르 가슴의 성벽이 또 한번 무너지는 소리가 들리는 듯했다.

가슴까지 전파되는 체온을 느끼려 감았던 눈을 뜨며 숙희는 서서히 더듬으며 말했다. 집에 가야겠어요. 만나지 말아요, 우리. 상수는 대답이 없었다. 당신과의 시간 영원히 잊지 않을게요. 오늘처럼 이렇게 소나기가 오면 당신이 보고 싶어질 거예요. 왜 그런 생각을 하지? 나는 항시 지금처럼 이렇게 내 자리 지키고 있으니까 지나다가 쉬고 싶고 피곤하면 언제든지 나를 찾아와. 나는 함께 쉴 곳이라 생각하고. 너는 유일하게 내게 진심을 준 여자야. 나 때문에 너 애 많이 쓴 거 알아. 이젠 너 실망시키지 않을 자신 있어.

비는 그쳤나보다. 포장 위로 떨어지던 빗소리가 나지 않는다. 상수는 무슨 말이라도 더 하려다 참는 얼굴이었다. 생고기집 상록객잔의 여직원은 소주 한 병 건네주고는 의자에 다소곳이 앉았다. 바스락거리는 소리에 놀라 돌아보았다. 상록객잔의 업장을 넓히기 위해 상점처마에 이어 쳐진 천막 사이로 길고양이 한 마리가 들어오고 있었다. 아마 번번이 이곳에 들어와 사람의 눈치를 보며 주인이 건네준 사료를 먹었을 것이다. 고양이는 여직원이 앉은 자세를 바꾸기 위해

들썩거리자 움칠거리다 밖으로 나가버렸다. 그것을 본 숙희는 더욱 우울한 기분에 빠져들었다. 목숨을 유지하기 위해 한시도 긴장을 늦추지 못하는 짐승. 사람도 제 목숨을 유지하기 위해선 긴장을 늦추지 말이야 하는 건 마찬가지 아닌가?

작별 인사를 어떻게 해야 하지? 그냥 잘가라고 해야 하나? 잘 지내라고 해야 하나? 지금 이 기분에 적합한 말은 뭐가 있을까. 돌아서 가는 뒷모습이 초라하게 느껴지면 어떡하나. 상수가 소주잔을 달라고 하는 소리가 멍하게 들려온다. 반사적인 표정으로 그를 쳐다봤다. 표정은 일그러져 자존심이 상한 듯 보였고, 입술은 꾹 다문 채 말이 없었다. 술을 끊었다더니 몇 잔째 마시고 있었다. 그녀는 덜컥 겁이 났지만 아무 말도 하지 않았다. 그러다 상수가 불쑥 말을 꺼냈다. 그래, 너 뜻대로 해라!

*

중년의 남녀가 테이블에 앉더니 음식을 주문도 하기 전에 말다툼을 시작했다. 그래, 그년 어디가 좋아서 그렇게 즐거워하고 있었어? 내가 보니 별것도 아니던데 생긴 거 하고는. 그게 아니라니까 친구들이랑 어울리다 우연히 만났을 뿐이야. 거짓말하지 마. 아가씨! 소주 주세요. 오늘부터 나도 바람피울 거고 집에 안 들어갈 거야. 어떤 사이기에 그년이 교태를 부려? 여보! 왜 그래. 그렇다고 그 여자들 앞에서 그렇게 난동을 치면 내가 뭐가 돼? 무식한 여편네랑 산다고 할 거 아니야! 뭐라고? 여자가 상록객잔직원이 가져다놓은 소주잔으로 테이블을 꽝 쳤다. 거, 좀 조용히 합시다. 사람 죽을 일 아니면 조용조용 얘기하자고요. 고개 숙이고 술잔을 만지작거리던 상수가 버럭 소리를 질렀다. 어이, 형씨! 잘 좀 하지 그랬어요. 다혈질적인 음성으로 상수가 말했다. 어느새 여자의 얼굴이 홍당무가 되어 있었다. 여자가 남자를 향해 눈을 흘겼다. 옆자리의 상수가 여자를 힐끗 보더니 술잔을 채웠다.

밤이 깊었다. 술 취한 숙희의 눈에는 나이트클럽 네온 불빛만이 번쩍거리고, 오가는 행인들이 좀 전보다 많이 줄어 있었다. 큰길 건너 숙희의 원룸까지 바래다주겠다는 상수를 애써 외면하고 혼자 길을 걸었다. 등 뒤에서 상수가 말했다. 우리 다시 시작하자. 다시 열심히 살게. 헤어짐이 실감났다. 머리가 어지러웠다. 술이 가져다주는 냉담한 용기로 마음의 응어리를 털어버리기라도 하려는 듯 혼자 중얼거렸다.

내 생애 가장 힘들었던 건 당신 때문이었어요. 내가 추워서 오들오들 떨 때 당신의 미소 한번만이라도 있으면 추위가 녹았을 텐데. 당신은 냉담하고 차갑게 날 떠났어요. 당신 처자식 안위는 걱정됐어도, 나는 당신의 소모품일 뿐이었죠. 이제는 나도 철이 들어 당신만 바라보지 않아요. 나에게도 책임져야 할 가족이 이제는 있어요. 당신 떠난 후, 제가 아파야 했던 그 시간은 지금 생각하면 끔찍해요. 이제 후회하지 않아요. 영철 씨의 부탁으로 충주호에 갔을 때 잉태된, 당신과 나의 자식인 민이가 내 곁에 있으니까요. 제 운명인 걸요. 이제는 제가 당신 곁을 떠나야 할 차례가 아니던가요? 언제나 싱그러운 푸름을 간직하겠다는 상록객잔에서 푸르러 싱그러운 냄새만 기억나던 당신과의 감정도 끝을 내겠어요. 마음에 맺혔던 응어리가 푸른 빛처럼 후련한 걸요. 이제 다시 새로운 푸름을 간직해야겠어요. 안녕 잘 지내요. 숙희의 눈에서 눈물이 흘렀다. 새 한 마리 비 그친 청명한 하늘 위로 날아갔다. 지나던 한 사내가 힐끗 돌아보았다.

지금 민이는 자고 있겠지. 새근대던 숨소리가 솜털처럼 가슴을 간질였던 기억이 시리도록 다가왔다. 가끔 전화를 했을 때 목소리만 듣고도 울먹이던 아이. 남자는 씩씩해야 하니까 엄마가 민이 데리러갈 때까지 외할머니 말씀 잘 듣고 공부 열심히 해야 해? 응! 울먹이며 대답했다.

원룸에는 살림도구라곤 외짝 장롱과 서랍장 하나가 텅 빈 방에서 숙희를 기다리고 있었다. 숙희는 힘없이 손을 뻗어 외투를 벗었다. 그리곤 외투에 얼굴을 묻으며 지난 날의 갈등과 추억을 되새기며 한숨을 내뿜었다. 숙희는 새벽에 일어나 이른 출근을 해야겠다고 마음을 추스른다. 그녀는 이부자리 위로 몸을 눕혔다. 휴지통 옆에 던져져 있는 눈물 닦은 냅킨에는 '생고기전문점 상록객잔'이라는 로고가 새겨져 숙희를 바라보고 있었다. 어디선가 굵어진 빗소리가 들려오기 시작했다.

숙희의 꿈속, 출근버스 속에서 직장 동료들과 왁자하게 즐거운 인사를 나누고 있다.

눈물진 숙희의 잠든 얼굴이 빙긋이 웃는다.

머리꽃 미소

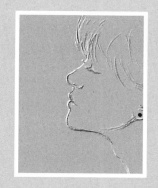

머리꽃 미소

늦은 밤, 고향에 도착했다. 마당까지 뛰어나온 어머니는 나를 반겼다. 자리에 앉자마자 식사가 나왔다. 동생들과 늦은 저녁을 먹으며 사소한 동네 소식까지 듣자 옛날 고향 풍경이 되살아났다. 누구네 집 엄마는 벌써 돌아가셨고, 그 집 아버지는 아들을 따라 도시로 갔으며, 누구네 아들은 서울에 취직해 득남도 했다는 말도 덧붙였다. 오랜만에 고향으로 내려와 까맣게 잊었던 마을 얘기를 나누며 어머니와 동생들의 환대는 마음을 들뜨게 했다.

삼십여 년 만에 갖는 총동창회인데 동창 모임에 한번도 참석하지 않았으니, 이번엔 꼭 와요. 알았죠?

초등학교 동창회 총무라는, 이름마저도 아스라한 동창이 전화를 했었다. 그러고 보니 고향에 와본 지 퍽 오랜만이었다. 동창회가 아니더라도 어머나 동생들 보기에도 민망스러워 한번쯤 고향에 들를 생각이었다.

김서방네 아들은 어디로 갔나요? 나보다 나이가 위였는데. 그 애들 엄마가 어머니와 친구쯤이었죠?

그랬지. 그런데 어디로 갔는지는 몰라. 그 식구들 몇 년간 이곳에서 살다가 할머니가 돌아가시자 자식들도 어딘가로 떠나고 소식이 없어.

참! 안 됐네요. 지금 생각하면.

지금은 병원도 많이 있고, 그 시절에는 어쩔 수 없었지. 그때는 온 동네가 떠들썩했으니까.

나는 어머니와 얘기를 나누다 그때 일이 어제처럼 되살아났다. 동네 서쪽 산자락 밑으론 낙동강 줄기인 강이 지나고, 과수원마다 사과나무들이 풍성한 열매를 맺었다. 동쪽과 남쪽으로는 산이 병풍처럼 쳐져 있었다. 자고 나면 마주 대하는 마을 사람들은 서로의 애환과 밥그릇 수까지 다 꿰는 소담한 마을이었다. 누구네 집 잔칫날은 동네 잔칫날이 되었고, 군것질이 부족했던 어린아이들도 그날만큼은 먹거리가 풍족했다.

마을의 앞산 밑에는 저수지가 있었다. 산골짜기에서 흘러내리는 물을 저수지에 고이도록 만든 것이었다. 넘치지 않도록 수로를 터 논과 밭 농사에도 도움이 되었다. 한여름 비가 오지 않거나 건조할 때 저수지를 통해 흘러오는 물은 마을 사람들에게 큰 도움이 되었다. 그 개울물로 아침에는 세수와 양치질도 해결할 수 있었다. 물이 귀할 때는 도랑 위쪽에서 떠다가 식수로 쓰기도 했다. 어린아이들은 서로 위에서 씻겠다고 자리다툼도 했다. 마을 한가운데로 흐르는 도랑 위에는 너럭바위다리가 걸쳐져 있었다. 여름 초저녁에는 동네 아저씨들이 바위에 걸터앉아 졸졸거리는 물소리를 들으며 곰방대에 담배를 꾹꾹 누르며 얘기들을 나누었다. 낮에는 어린아이들이 목욕도 했고, 도랑 바닥이 너럭바위처럼 넓어 빨래하는 여인네들이 자주 찾았다. 가뭄이 들면 도랑도 바짝 말라 아이들의 소꿉놀이 터가 되었다. 너럭바위다리 옆으로는 넓은 마당이 있었다. 평소에는 아이들이 그곳에서 오랑캐놀이, 자치기, 딱지놀이, 숨바꼭질, 땅따먹기, 오자미놀이, 고무줄놀이 등으로 시간가는 줄 몰랐다. 옛날에는 마을 청년들이 유격훈련을 위해 집합하는 장소였고, 부역을 위해 집결해서 노동현장으로 가는 동네 마당이었다. 그 너른마당은 윗마을과 아랫마을, 건넛마을, 곳곳 길목으로 통하는 장소이기도 했다. 도랑을 경계로 마을 지명도 각각 갈라졌다.

잠자리에 누워도 쉽게 잠이 오지 않았다. 동네 아주머니들이 방안에 모여 주고받던 얘기들이 떠올랐다.

김 주사네 시집간 딸이 미쳤다는구먼. 아니! 그 새댁이 왜 미쳤나? 그거야 모를 일이지만 전근간 서방을 따라간다고 좋아해하드면, 그 서방이 주막집 여자랑 바람이 나서 무지하게 팼나봐. 온몸에 멍이 들어서 엊저녁에 데려다놓고 갔어! 애들은? 애들은 전학시키느라 얼마 후에 온다나. 에그, 다 늙은 친정어미가 뭔 죄가 있다고, 그 할머니 남편은 왜놈에게 잡혀가서 행방도 모르고, 사변 때 전쟁터에서 죽은 두 아들 때문에 맨날 울고 살더니, 미친 딸에 손주 둘까지. 기가 막혀 더 못 보겠구먼.

그런데 참 이상하지? 뭐라고 하고 데려왔는지 모르지만, 미쳤다는데 얌전히 잘 있더라? 서방하고 같이 오니까 좋아서 그러는지. 그래놓고 김 서방은 선 채로 물 한 모금도 안 마시고 가버렸대. 망할놈! 얼마 전에 애들이 그러는데 한방에서 새 여자랑 같이 살면서 발가벗겨놓고 매일 때렸다나봐. 겨울엔 밖으로 내쫓기도 했대. 단칸방에서? 애들도 있는 데서? 미친놈이지 사람이야? 그러니까 미쳐 나자빠졌지. 에구 불쌍해서 어쩌나? 친정으로 가라고 그렇게 때려도 애들 밥이나 해주겠다며 싹싹 빌면서 가라는 소리만 하지 말라고 했대. 글쎄!

환청인 듯, 동네 아줌마들의 수군대는 말소리가 옆에서 들리는 것 같았다. 어머니는 곤하게 잠에 빠져버렸고, 동생들도 잠이 들어 주위는 조용했다. 오래 전 너른마당을 지나던, 들국화꽃을 든 여인 생각에 잠이 쉽게 오지 않았다. 명절 때면 동네 어른들의 사물놀이패들이 너른마당에 집결하여 꽹과리를 두드리기 시작하면 어느새 나타나 누구보다도 먼저 춤을 추던 여인. 놀이패가 동네 잡귀를 물리치기 위해 가가호호 길을 나서면 꽃을 들고 덩실거리며 앞서가던 여인. 아이들이 뒤따르며 놀려대도 히죽히죽 웃으며 춤을 추던 여인.

동창회가 오전 열 시에 열린다는 말을 듣고 늦지 않도록 준비는 했지만, 나는 그곳에 참석하고 싶은 마음이 사라졌다. 한편으로는 코흘리개적 친구들을 만나 동심에도 젖고 싶었으나, 자존심이 고개를 들었다. 잘 살고 있을 것 같은 친구들 앞에서 내 모습이 더욱 초라해질 것 같아 마음이 자꾸 움츠러들었다. 사업에 실패하고 화병으로 술만 퍼마시던 남편과 이혼했다는 수치심으로 고개를 못 들 것 같았다. 그래도 왜 안 오냐고 성화를 부리기라도 한다면 참석할 수밖에 없을 것 같은 생각에 세수하고 옷을 갈아입었으나, 아무에게도 전화는 걸려오지 않았다. 따로 누구에게도 연락하지 않았으니 내가 고향에 온 줄은 아무도 모르고 있을 터였다. 한편으로는 천 리 길을 동창회를 염두에 두고 왔으나 누구에게 전화도 없다는 것이 서운해 다시 평상복으로 갈아입었다. 동생이 다가와 안쓰럽다는 듯이 말했다.

그래도 가보지 그래? 모처럼 왔는데.

동네나 한 바퀴 돌아보런다. 동네가 많이 바뀌었더구나. 앞에 개울도 콘크리트로 복개공사를 해버렸고, 개울에서 물장구칠 때가 좋았는데. 가재도 잡고 물고기도 잡고, 겨울엔 썰매도 탔었지.

나는 너럭바위다리가 있던 곳에 우두커니 섰다. 바로 앞, 너른마당에서 놀던 내 모습이 떠올랐다. 어머니가 부르고 할머니가 부르는 소리가 멀리서 들려오곤 했다. 해지도록 동네 아이들과 놀고 있으면, 밥 먹으라고 부르던 소리가 왜 그렇게 싫었던지. 할머니는 손짓하며 오늘 누룽지가 매우 맛있겠다며, 무쇠솥에서 누룽지를 긁어놓았으니 빨리 오라던 목소리가 저만큼에서 들렸다. 동생은 옆에서 복개공사를 군청에서 빨리 해주지 않아 자신이 야단법석을 떨어 그나마 빨리 마무리되었다고 자랑삼아 얘기했다. 나는 그 너럭바위다리가 없어진 것이 몹시 서운했다. 너럭바위다리가 있던 곳에서 나는 그 옛날 어렸을 적 시간으로 달려가고 있었다.

나는 김 서방에게 흠씬 매를 맞는 여자가 되어 있었다. 동네 아이들이 김 서방의 여편네라고 놀렸다. 남동생도 동네 꼬마와 어울려 나를 놀렸다. 내 손에는 들꽃 한 다발이 들려 있었고, 아이들은 돌을 골라 나에게 던지기도 했다. 나는 히죽히죽 웃으며 남동생을 바라보았다.

무슨 생각을 그렇게 해? 저기 산비탈 밭에 과실수를 심었으니 보러가자고.

앞서가던 동생은 나를 바라보며 채근했다. 동생 뒤에는 동네 아저씨가 걸어오고 있었다. 흰 광목 핫바지를 둘둘 말아올리고 낡고 해진 검은 양복을 입은, 수염이 코밑과 턱에만 간신히 난 남자가 내 주변을 흘끔거렸다. 남자는 귓바퀴 위에 꽂은 곰방대를 꺼내어 등을 긁으며 말을 건넸다. 나는 그 남자가 뭐라고 말하는지 알아들을 수 없었다. 남편의 부라리는 눈, 꼬불꼬불한 파마머리를 한 체 짙은 화장을 한, 나보다 나이가 훨씬 아래일 것 같은 여자의 비웃는 듯한 미소가 떠올랐다.

무엇이든 하라면 하라는 대로 다 할 수 있었다. 아이들과 같이 있을 수 있고 엄마에게 행복하게 잘 살고 있다는 말을 전할 수만 있다면, 발가벗겨져 문밖으로 쫓겨나가는 것쯤은 견뎌낼 수 있었다. 어딜 가나 호강하고 살 일도 없을 테니, 일부종사에 아이들 잘 키우면 네 책임은 다하는 거야. 엄마는 늘 그렇게 살라고 했다. 엄마나 나까지 한이 되게 하면 절대로 안 되는 거지. 남편도 저러다 아이들 크면 안 그러겠지. 순찰하느라, 패잔병들 토벌하느라 신경이 날카로워져서 잠시, 저 양반이 저러는 걸 거야. 나까지 남편의 신경을 날카롭게 하지 말아야겠다고 다짐했다. 남편이 밥 달라고 찾아왔다. 그런데 이상했다. 남편은 순사 옷을 입어야 하는데 오늘 저 양반 옷이 왜 저렇지? 오늘은 남편의 마음이 누그러졌나? 다시 옛날처럼 날 좋아하나?

그런 생각을 할 때 남편은 내 어깨를 보듬어준다. 나는 좋았다. 자꾸만 웃음이 났다. 머리에 꽃을 꽂고 남편에게 예쁘게 보이고 싶었다. 꽃, 꽃이 어디 있지? 길가의 씀바귀꽃이라도 꺾어와야 할까? 여보, 밥 드릴까요? 밥은 좀 있다 먹고 나랑 기차 타고 조오기 좀 가자. 어딜? 여보! 어딜 갈 건대요? 꽃 많이 꺾을 수 있는 대로 데려가줄 터이니 거기 가서 많이 꺾어서 그 꽃을 내게 줘! 그래요? 꽃이 좋아요? 당신은 꽃을 좋아하지 않잖아요. 아니야, 꽃 좋아. 저어기 산에 가면 꽃이 많아. 그곳에 가서 우리 꽃 꺾자. 좋아요. 빨리 가요! 기쁘다. 남편이 나에게 꽃 꺾으러 가잔다. 남편의 얼굴도 환하게 밝았다.

　뒷짐 지고 남편이 어슬렁어슬렁 나의 뒤를 따라온다. 남편과 나들이한 것이 언제였는지 가물가물했다. 나는 앞질러 뛰고 싶었다. 빨리 산에 가고 싶었다. 꽃을 한아름 꺾어 남편에게 건네주고 환히 웃는 얼굴을 보고 싶었다. 꾸물거리지 말고 빨리 와요! 남편은 한참이나 뒤에 떨어져 주변을 돌아보며 걷고 있었다. 여보! 빨리 오라니까. 꽃이 다 지면 안 되잖아요! 앞서가라고 남편이 뒤에서 손짓하였다. 들길 저편에서 남편이 나를 향해 걸어오고 있었다. 아지랑이는 가물거리며 봄꽃을 쓰다듬고 있었고 벌은 연신 꽃 속에 들락거리며 춤추며 날아다녔다. 돌부리에 걸려 넘어져도 아프지 않았다. 나는 남편이 얼마만큼 오고 있나 뒤돌아보며 꽃을 꺾었다. 와! 이렇게 많은 꽃을 언제 다 꺾지? 손아귀에 꺾은 들꽃이 가득했다. 나는 나비처럼 여기저기 꽃을 쫓아다니며 좋아했다. 어느새 남편은 앞질러서 가더니 나를 불렀다. 나는 남편에게 힘껏 달려갔다. 내리막길에서 미끄러졌지만, 아랑곳하지 않았다. 남편에게로 빨리 가고 싶었다. 산속 개울가에서 남편은 손을 씻고 있었다.

발걸음 소리에 토끼가 화들짝 놀라 도망갔다. 나는 너를 안 잡을 텐데 왜 도망가니? 토끼야! 이리 와봐. 꽃 줄게 나랑 놀자. 살금살금 토끼 뒤를 따라가보았지만 토끼는 보이지 않았다. 토끼야, 이따가 너이거 가져. 나는 토끼에게 한 움큼의 꽃을 주기 위해 땅에 내려놓았다. 손을 씻던 남편이 내게 물속으로 들어가라고 했다. 나는 싫었다. 그러나 남편은 물속으로 나를 데리고 들어갔다. 나는 물속에서 남편에게 꽃을 주었다. 남편은 꽃을 받아 물속으로 던져버렸다. 꽃이 물위에서 울고 있었다. 화가 나서 남편에게 물사례를 퍼부었다. 남편은 물에 젖은 생쥐처럼 보였다. 나는 웃으면서 손으로 남편에게 물을 끼얹었다. 옷이 흠뻑 젖은 남편이 화가 나서 나를 물속으로 팽개쳤지만 웃음은 참을 수 없었다.

꽃이 둥실둥실 떠내려가다가 돌에 걸렸다. 나는 꽃을 건지러 개울 물을 첨벙거리며 달려갔다. 돌에 걸려 울고 있는 꽃이 살려달라고 손짓하고 있었다. 나는 물에 빠져 있는 꽃을 건지러 달려갔다. 그러자 남편이 쫓아와 내 치맛자락을 잡아당겼다. 여보! 왜 그래? 저 꽃이 물에 빠져서 죽어가고 있잖아. 여보, 저 꽃 살려줘야 해. 물에 빠져서 숨도 못 쉬면 죽는단 말이야. 남편의 숨소리가 거칠었다. 나를 때릴 때면 남편은 언제나 숨소리가 거칠어졌다. 그런 거친 숨소리를 몰아쉬며 얼굴이 붉어져, 커다란 손 번쩍 들어 나를 향해 내리치던 손. 지금 남편은 그러한 손으로 나를 낚아채고 있었다. 금방이라도 남편이 구둣발로 나의 등 언저리를 걷어찰 것만 같아 나는 웅크리고 앉아 두 손으로 싹싹 빌었다. 안 그럴게요. 안 그럴게요. 아파요. 때리지만 말아줘요! 나는 애원했다. 안 때릴 거니까 가만히 있어. 꽃을 가져다줄 테니. 철벅거리며 물길을 걸어가던 남편이 나에게 꽃을 가져다주었다. 나는 금세 웃음이 났다.

꽃을 따서 남편의 귀에도 꽂아주고 머리에도, 옷 속에도 넣어주었다. 남편이 와락 나에게 달려들었다. 나는 물 위로 쓰러졌다. 온몸이 간지러웠다. 사정없이 짓눌러대는 육중한 몸의 무게에 등짝이 돌에 눌렸지만 참았다. 푸른 나뭇잎 사이로 흘러가는 구름이 나를 태우러 오고 있었다. 저 멀리 높은 곳에도 물결이 일었다. 구름은 물 위에 누워 있는 나 같았다. 점점 내 몸이 구름 속에 가려져 보이지 않았다. 나는 아랫도리가 벗겨진 채 돌 사이에 끼어 있던 꽃가지처럼 누워 있었다. 남편이 일어나지 않았으면 좋을 것 같았다. 남편이 때리지 않은 건 정말 다행이었다. 나를 안아주고 있었다. 파란 하늘 위에 뜬구름 좀 봐! 당신이 구름을 타고 있어! 당신하고 나하고 구름을 타고 있는 거야! 구름 속에서 새소리, 물소리, 꽃들이 웃는 소리, 이쁘다. 남편은 말없이 내 가슴에 얼굴을 파묻고 있었다. 다리 사이로 졸졸 흘러가는 물의 촉감이 시원했다.

어디서 청개구리 한 마리가 내 얼굴 위로 뛰어올라왔다. 나는 청개구리를 잡아 내 몸 위에 엎어져 있는 남편의 등 위에 얹었다. 남편은 징그럽다며 소리질렀다. 나는 서러운 생각이 들었고, 눈물이 흐르고 있었다. 에이그, 이년아! 간지러워, 집에 가서 네 엄마한테 아무 말

말아. 왜 울고 지랄이야? 재수 없게. 내 몸에서 떨어져나간 남편은 젖은 옷을 주섬주섬 추슬렀다. 남편은 저만큼 앞질러갔다. 남편을 따라가고 싶어 나도 빠른 걸음을 했다. 남편은 친정엄마에게 나를 건네고 돌을 던지며 따라오지 말라고 했다. 털썩 주저앉아 웃음이 났다. 같이 가! 흐흐 흐흐홋!

엄마가 고함을 쳤다. 엄마는 정말 이상했다. 왜 고함치는 건지 모르겠다. 치마 속 속옷이 걸쳐 있지 않은 것은 남편이 그랬다고 해도 엄마는 곧이듣지 않았다. 엄마는 무조건 손에 잡히는 것을 들고 때렸다. 그때 나는 이제 옷을 입지 않기로 결심했다. 그러면 남편이 빨리 올 것 같았다. 치마와 저고리를 벗어 마당에 내던졌다. 엄마가 한사코 옷을 입혔다. 옷이 싫었다. 옷을 입고 있으면 남편이 냉랭한 얼굴이 되어 오지 않을 터인데 엄마는 자꾸만 옷을 입으라고 했다. 옷을 벗겨놓고 남편이 나를 때리고 밖으로 내몰았을 때 왜 그랬는지 이제야 알 것 같았다. 옷만 벗고 있었으면 남편은 나를 때리지도, 파마한 여자도, 데리고 오지 않았을 거였다.

나는 엄마에게 짜증을 부렸다. 지친 얼굴로 한숨을 쉬던 엄마는 아이들 앞에 엄마가 그런 꼴 보이면 안 되니 옷을 입으라고 타일렀다. 아이들과 엄마 앞에서만 옷을 입으면 되는 것이다. 머리를 쥐어박으며 옷을 입히는 엄마의 말을 순순히 들었다. 아이들을 찾았다. 아이들은 방안에서 훌쩍거리며 나오지도 못하고 있었다. 불쌍한 내 자식들. 나는 방으로 들어가 아이들을 안아주었다. 아이들을 세수시키고

등교 준비를 거들어주었다. 남편이 데리러올 때까지 우리 모자 셋은 엄마에게 불편을 끼치면 안 된다. 엄마 혼자서도 버거운 삶이다. 전쟁터에서 두 오빠를 잃었다는 통지서를 받았을 때의 엄마 모습이 아직도 생생했다. 일본 강점기에 왜놈에게 끌려간 아버지가 아직도 소식이 없는 건 그렇다치고, 엄마는 거의 실신상태로 나날을 보냈다. 이제 겨우 자전거를 탄 집배원이 지나가면 아버지 소식이 오려나? 멍하니 내다보다가 훌쩍이는 정도로 엄마는 안정을 찾아가고 있었다. 나 역시 그런 엄마나 오빠들의 기억을 조심스럽게 지켜봐야 했다.

나는 엄마나 아이들이 소중하였고, 잘 키워야 한다는 책임이 강하게 다가왔다. 평소보다 느려진 말로, 때로는 평소보다 재빠른 어투로, 아침이면 엄마가 들여준 밥을 아이들을 먹이고 학교에 보냈다. 옆에서 밥을 먹던 엄마가 한마디 거들었다. 저년이 아침에 애들 학교 보낼 때는 어찌 멀쩡한지 알다가도 모를 일이야! 평소에도 제발 그리 좀 해라. 아버지와 오빠에 대한 연민은 남편에게로 쏠렸다. 남편은 아버지이자 오빠였다. 엄마와 나에게 남성은 가슴을 짓누르는 슬픔의 응어리였다. 그것이 국가의 부름을 받았든, 강제징용을 갔든, 우리 곁을 떠났다는 건 어쩔 수 없었던 한이 되었다.

처음으로 몸을 바치고 목숨을 바쳐도 아깝지 않을 남편마저도 내 눈앞에서, 그것도 잔인하게 자식과 나를 내동댕이쳤다. 오빠나 아버지처럼 나라로 인해 우릴 버린 것이 아닌, 배신에서 몰아친 행위였다. 비록, 타향에서 박봉의 생활은 쉬운 것이 아닐 테지만, 남편이 셋방을 얻어놓고 아이들과 오라고 연락이 왔을 땐, 남편이 정해놓은 셋

방으로 아이들과 찾아갔을 땐, 그래도 행복했었다. 그러나 남편은 매일 들어야 하는 총소리와 죽어가던 사람들의 환영에 시달리고 있었다. 깊은 산속으로 들어가 패잔병들을 수색한다고 온종일 산속을 헤매다온 남편은 기진맥진했고 발은 물집으로 부풀어 있었다. 아이와 나는 남편의 날카로운 신경을 건드리지 않으려고 조심조심 지내야 했다. 남편이 환영에 시달리며 잠을 못 자면 아이를 등에 업고 밖에서 남편이 잠들기를 서성이다 들어가곤 했다.

나는 남편에게 항상 죄송했다. 우리의 생계를 위해 저렇게 고생하는 남편이 한없이 존경스러웠다. 일찍 아버지를 잃고 우리 남매들을 키우신 엄마를 보더라도 나는 남편과 잘 살아야 했고, 남편의 잦은 짜증에도 내색하지 않고 받들어주어야 했다. 그러나 그것이 화근이었다. 남편은 우리에게 인자한 왕이 아니라, 폭군으로 변해가고 있었다. 무엇이 어떠하든 남편이 하라면 해야 하는 우리는 몸종 같은 존재로 변해가고 있었다. 습관적으로 나는 남편이 데려온 여자에게도 밥을 해서 바쳤다. 남편은 당연하게 자신의 옆자리에 여자를 눕혀서 잠을 잤고 나는 윗목에서 웅크리고 아이들과 잠을 자야 했다. 여자가 향하는 눈빛이 좋지 않아도 남편은 나와 아이들에게 손찌검했다. 밤마다 시시덕거리며 소곤거리는 남편과 그 여자. 우리는 한번도 정겨웠던 적이 없었다.

붉은 입술 화장에 몽당치마를 입은 여자는 나보다 아름다웠으나, 날카로운 인상으로 거들먹거리며 남편에게만 교태를 부렸다. 집안 일에는 빗자루 한번 드는 법이 없었다. 남편은 그러한 여자를 신주처

럼 모셨으며 날이 갈수록 나에게는 냉대했다. 친정으로 가라며 소리
도 질렀지만, 부엌 바닥에서 한뎃잠을 청하더라도 엄마에게만큼은
갈 수 없었다. 나의 분신인 아이들과 떨어져 살 수도 없었다. 혼자 사
는 엄마와 남편에게 쫓겨난 딸, 동네 사람들의 입방아도 두려웠지만,
엄마에게 근심을 심어준다는 것이 더 무서웠다. 애첩이란 것은 본시
정분이 떨어지면 그만인 것이다. 마음을 추스르면 남편이 다시 예전
처럼 돌아오길 기다릴 뿐이었다.

그러나 점점 남편은 난폭해졌으며 그의 앞에 내 모습이 보이는 것
조차도 꺼렸다. 덩달아 여자도 노골적으로 나를 학대하며 무시했다.
어디에도 마음붙일 곳이 없어 허전했다. 그러나 오로지 아이들만큼
은 내가 지켜야 한다는 구실이 있어 나는 끝까지 버텨서 저 여자를
몰아내는 날이 오리라 생각했다. 어느 겨울밤이었다. 여자의 트집으
로 남편은 나를 때리기 시작했다. 여자는 엷은 미소를 띠며 거울 앞
에서 얼굴을 다듬고 있었고, 남편은 허리띠와 구둣발로 내리쳤다. 그
리곤 나의 옷을 벗겨 문밖으로 내쫓았다. 문을 열어달라고 소리쳤지
만, 그들은 열어주지 않았고 나는 몹시 추웠다. 주인집에서 이 모습
을 볼까 염려스러웠다. 빨래하기 위해 내놓았던 옷을 주워 입고 아궁
이에 불을 피워 몸을 녹였지만 춥기는 마찬가지였다. 매 맞은 곳이
아파 눕고만 싶었다. 잠은 언제나 눈물이 눈가에서 마르기 시작할 때
찾아왔다.

몇 명의 총각 순사가 첫 발령난 곳이라며 이 동네로 하숙을 얻으러

찾아왔었다. 건너 동네에선 하숙료가 비쌌을 것이라 조금 거리가 있긴 했어도 이곳 동네로 온 모양이었다. 그리 큰 동네가 아닌 탓에 외지 총각을 처음 본 마을 처녀들은 술렁거렸다. 그것도 핫바지를 입고 농사짓는 총각이 아닌 제복을 말끔하게 차려입은 잘생긴 청년들이었다. 마을 처녀들, 그것도 십대 후반의 결혼적령기에 접어든 처녀들은 그들 앞에선 얼굴도 들지 못하고 지나다녔지만, 곁눈질로 그들을 세심하게 훑어보기도 했다. 처녀들 몇 명이 모이면 그들의 목격담이 화제가 되어 웃곤 했다.

몇 달이 지났다. 그가 우연히 우리 집을 찾아왔다. 옆집에 사는 그에게 엄마가 남자의 손길이 필요한 일을 부탁했던 모양이었다. 싹싹하고 친절하게 일을 해주었고, 자꾸만 나를 옆눈으로 쳐다봤다. 나도 싫지 않았다. 나는 그가 필요한 연장의 소도구들을 챙겨주면서 가슴이 쿵쾅거리는 것을 들키지 않으려 고개를 들 수가 없었다. 남자라곤 없는 우리 집에 남자 목소리가 온 집안을 꽉 메우고 있었다. 남자의 너스레를 보지 못했던 나는 그가 무척 남자다웠다. 엄마는 일해준 답례로 손칼국수를 홍두깨에 밀고 얼갈이와 호박을 썰어 끓여주었다. 그런 후 그는 종종 집으로 놀러왔고 엄마는 그가 끓여달라는 손칼국수를 열심히 밀어야 했다. 그러면 그는 앞마당에 심어놓은 상추며 쑥갓에 잡초도 뽑고 물도 주곤 하다가 몇 잎 따와서 마루에 놓기도 하였다. 그런 일들을 거들어주는 것이 어색해 나는 얼굴도 못 들었지만 그래도 그가 안 오는 날에는 은근히 기다려지곤 했다.

마을에선 이미 소문이 번지고 아줌마들은 엄마를 은근히 부추기기도 했다. 사윗감 그만하면 되었으니 혼사 빨리 시키라고, 어서 국수나 먹게 해달라고 했다. 자연히 우리는 산 밑 커다란 바위 속에서 흘러나오는 약수터나 옹달샘에 물을 뜨러가기도 하였고, 양동이 밖으로 습기가 뿌옇게 스미면 성에 낀 유리창처럼 이름을 쓰기도 하였다. 여름 날씨에도 바위 속에서 흘러나오는 물은 차가웠다. 동네 사람들이 마실 물로 쓰는 것은 좋아했지만, 마을에서 산 쪽으로 떨어져 있어 사람들의 왕래는 잦지 않았다. 우리는 밤이면 옹달샘 옆 너럭바위에 앉아 별을 세기도 하였고, 기울어져가는 달을 안타까워하기도 하면서, 너럭바위에 나란히 누워 그의 팔베개를 베고 깜빡 졸기도 하면, 한여름의 시원한 바람이 우리를 쓰다듬으며 지나가기도 했다. 한겨울의 싸늘한 달빛이 너럭바위에 머물러 있을 때, 바위 옆 도랑에서 썰매를 끌어주기도 했다. 계절이 바뀌어도 옹달샘 물의 온도는 바뀌지 않았다.

엄마는 내게 자꾸만 밖으로 나가지 못하게 했다. 그럴수록 더욱더 나가고 싶었다. 엄마가 외출할 때는 발목을 묶고 서까래에 밧줄로 걸었다. 나는 엄마가 돌아오기 전에 어떻게든 이 밧줄을 풀어야 했다. 개울가에 버려졌던 꽃들이 궁금했고 남편이 기다리고 있을 것만 같았다. 빨리 그곳으로 가야 했다. 이빨로 물어뜯고 손으로 헤집으며 나는 밧줄을 풀었다. 엄마가 돌아오기 전에 나는 빨리 나가야 했다. 땀을 흘리며 산 위에 올랐다. 찔레꽃이 듬성듬성 피어 있는 산길을 따라 마구 달렸다. 신었던 고무신이 땀에 잘근거려 벗겨지면 고무신을 손에 쥐고 빠른걸음으로 산에 올랐다. 저수지에서 흘러오는 도랑물이 너럭바위 아래로 흘러가고, 논들이 평온하게 누워 있는 좁은 산길을 걸으면 나는 신이 났다. 신발을 손에 들고 달려가면 그곳에는 남편이 손을 씻으며 기다리고 있을 것 같았다. 왜 이제야 오느냐고 나무랄 것 같았다.

저수지 지나 산길에 오르면서 나를 애타게 기다리고 있을 남편을 불렀다. 여보! 그러나 메아리만 울릴 뿐 아무런 대답이 없었다. 풀을 오물거리며 씹고 있던 토끼가 나를 보곤 도망갔다. 어디선가, 소쩍새 울음소리가 들려오고 부엉이 소리도 들렸다. 새소리만 적막하게 들려오는 산속에서 갑자기 무서움이 다가왔다. 나는 더 크게 남편을 불렀다. 얼른 나타나주지 않는 남편이 야속해 눈물이 났다. 산속을 헤맸으나 개울은 쉽게 나타나지 않았고 새소리는 더욱 가깝게 들려왔다. 귀를 막고 산속을 헤맸다. 내리막길 내려가면서 쭈르르 미끄러졌다. 고무신이 저만큼 달아났다. 신발을 찾기 위해 더 빨리 내려가야 했다. 치마가 나뭇가지에 걸려 찢어지고 돌부리에 걸려 넘어지면서 이마에 혹부리도 났다. 아파서 자꾸만 눈물이 났다.

눈앞에는 개울이 나에게 손짓을 하면서 졸졸 흐르고 있었다. 남편이 손 씻으며 앉아 있던 그곳이었다. 남편 모습이 보였다. 빙그레 웃으며 나를 쳐다보고 있었다. 허겁지겁 달려갔다. 남편이 어서 오라고 손짓했다. 여보! 손을 잡으려는 순간 남편은 사라지고 없었다. 어느새 남편은 도랑물 맑은 곳에서 웃고 있었다. 그 밑으로 가재 한 마리가 살금살금 기어가고 있었다. 나는 옷을 벗었다. 땀과 흙으로 범

벅이 된 내 몸을 남편의 얼굴이 스쳤던 곳에 살며시 담갔다. 여전히 하늘은 맑았고 상수리 잎의 살랑거리는 소리가 속삭이듯 들려왔다. 졸음이 왔다. 흐르는 물 위로 몸을 뉘었다. 매미 울음소리에 귀가 쟁쟁거렸다.

구름 속엔 뭐가 들어 있을까? 어릴적 동네 친구들과 꿈을 키우며 재잘대던 이야기들이 보따리로 꽁꽁 싸매져 있을까? 아마도 구름은 땅 위 소녀들의 꿈을 보관하는 요술보따리인지도 모를 일이었다. 구름이 가지고 있는 내 꿈을 뺏고 싶었다. 구름에게 손짓하며 웃음이 났다. 구름은 나를 조롱하듯 멀리서 유유히 흐르고만 있었다. 옷을 던져버렸다. 벗은 옷으로 도랑을 내리쳤다. 옷은 물에 젖어 철퍼덕 소리를 내며 울고 있었다. 나도 울고 싶었다. 남편은 어디로 갔기에 여기에도 없는지. 내가 왔는데도 남편은 보이지 않고 새소리만 요란한지. 나는 알몸으로 개울에 앉아 돌들을 던지며 고함을 질렀다.

꽃분이 너 여기서 뭐 하냐? 옷은 또 홀랑 벗었구나? 그러잖아도 옷 벗고 밤 마실 다닌다고 동네 여편네들 난린데, 얼른 옷 입어! 온 머리에 꽃이 피었네. 나무지게를 짊어지고 누런 바지에 검은 조끼를 걸친 남편이 서 있었다. 반가웠다. 나는 젖은 몸으로 그에게 안겼다. 나무지게를 내려놓고 남편이 나를 안아주었다. 여보! 파마머리 고년보다 내가 뭐가 못해? 고년 앞에서 나를 때리고, 내 옆에서 고년이랑 시시덕대는 거 정말 싫어! 이젠 그러지 마. 여보. 에이그, 이년아! 이렇게 젊은 나이에 미쳐서 어쩐다냐! 그년 몸 하나는 토실하구먼! 몹쓸놈의 김 서방이 네년을 이렇게 만들었구먼! 원님 덕에 나발분다고 그

덕에 오늘 내가 너를 가져보는 거지. 흐흐흐. 여보, 구름 좀 봐! 하늘에도 구름이 있고 우리는 개울물 구름을 타고 있어요.

꽃분이년 때문에 동네 망하겠어! 밤마다 그년이 옷을 벗고 동네를 돌아다니니, 이거 어디 살겠어? 남정네들이 꽃만 주면 여보, 여보! 하면서 따라간다는구먼. 따라가서는 뭐해? 몰라서 물어? 골목 귀퉁이든 짚더미 위든 닥치는 대로지. 설마? 미친년이 달리 미친년이야? 어제 아침에 복구네 집에서 고함소리 못 들었어? 그릇 깨지는 소리도 났잖아? 그저께는 상호네 집에서도 큰소리가 나는 것 같던데. 미친년이랑 그 짓 하는 걸 본 모양이야. 저기 골목 끝 담벼락 밑에서. 뭐? 복구아부지가? 기운도 없어 비실대게 보이더구먼? 그래도 그 힘은 남아 있나보네? 서방 단속들 잘해! 밤이고 낮이고 혼자 어디 내보내지 마! 읍내 약국에서 소문이 났대. 우리 동네 남정네들이 왜 그렇게 마이신이나 피부연고제 사러오는지 모르겠다고! 그건 또 무슨 소리야? 아유, 보통 일이 아니야. 큰일이야 큰일! 이러다가 동네 사람들이 온통 성병으로 전염되게 생겼으니.

엄마는 이제 습관처럼 나를 때렸다. 동네 아줌마들의 쑥덕이는 말들이 나와 무슨 상관이 있는지 나에게 울분이 섞인 음성으로 말해주었다. 엄마는 연신 동네가 난리라면서 때렸다. 이젠 집도 싫었다. 때리기만 하는 엄마가 미웠다. 나는 엄마에게 사나운 개가 물어뜯듯 엄마의 팔을 물었다. 나를 때릴 때마다 나는 엄마에게 개의 시늉을 하며 물었다. 이젠 엄마가 무섭지도 않았다. 엄마는 당신의 발과 내 발을 끈으로 묶고 잠을 자지만, 간혹 끈을 풀고 나가기도 했다. 말리는 엄마를 밀치고 때렸다. 옷을 벗고 이곳저곳을 다니다보면 어김없이 남편은 나를 찾아와주었다. 파마머리 여자가 옆에 없이 나에게 와주는 남편이 고맙고 사랑스러웠다. 그런데 엄마는 왜 남편을 못 보게 하는지, 동네 사람들이 왜 내가 남편을 만나는 것을 못마땅하게 여기는지 나로서는 이해가 가지 않았다.

　엄마는 나에게 새 옷을 입히고는 어디를 가자고 했다. 엄마는 자꾸만 눈물을 흘리며 어떻게 해서든 목숨만 붙여서 살라고 했다. 나의 등을 쓰다듬었다. 그러나 나는 엄마랑 차를 타고 어디론가 가는 것이 즐거웠다. 내 입가에선 연신 웃음이 흘러나왔다. 그곳이 어디인지 알 수가 없었다. 정류장 앞 식당에서 엄마는 남편이 조금만 있으면 데리러올 터이니 기다리라고 했다. 엄마는 손수건으로 눈물을 닦았다. 나는 즐거운 마음으로 고개를 끄덕였다. 엄마가 떠나간 지 밤이 되어도 남편은 오지 않았다. 주인은 나가라고 했지만 나는 식당 문 앞에서 밤새 기다렸다. 아침이 되어도 남편은 오지 않았다. 나는 집에 가고 싶었다. 남편은 오지 않고 있는데 왜 이곳에서 기다려야 하는지 이곳에서 남편을 기다리라고 한 엄마가 궁금했다. 온종일 식당 문 앞에서 꿈적도 하지 않고 있는 나에게 식당 주인은 가라며 소금을 뿌렸다. 나는 식당 주인에게 우리 집으로 데려가달라고 졸랐다. 집이 어디냐고 묻던 식당 주인이 버스를 태워주어, 간신히 집으로 다시 올 수 있었다.

동네 한가운데 마을 사람들의 회견 장소인 너른마당에서 남정네들이 모여 있었다. 여자들은 한 명도 없었고 몇몇 남자들이 다른 얼굴로 앉아 있었다. 나를 보고 외면했다. 얼굴은 모르겠지만 목소리가 귀에 익은 남편, 얼굴이 눈에 익은 남편, 나는 너른마당 주변을 돌았다. 그리곤 남편들에게 꽃잎을 따서 내밀었다. 남편이 그곳에 있어 비실비실 웃음이 났다. 한 남편이 앞에 서서 무어라 말하고 있었지만 나는 상관없었다. 그런 모임은 흔히 있었던 일이라 당연하게 생각하며 나를 피하는 남편들의 얼굴 보는 것이 재미있었다. 남편들 사이를 지나다니며 얼굴을 쓰다듬기도 하고 옆구리를 툭, 쳐보기도 하면 남편들은 화를 내며 외면했다. 남편의 화난 얼굴은 무서웠다. 밤이나 산속에서는 다정하던 남편들이 왜 낮에는 화를 내는지 나도 화가 났지만 화난 남편은 무서웠다.

　저년을 끌어다 저쪽으로 데리고 가라고 누군가 소리질렀다. 서장님께 가서 동의를 구했어요. 동네가 풍비박산나게 생겼으니 도저히 방법이 없다고 했지요. 다른 동네로 내쫓아도 저년이 다시 찾아오니, 제 엄마도 차라리 저렇게 사느니 죽고 없는 게 마음 편할 거라고 승낙했어요. 인간으로 생각한다면 다 마음이 아프지만, 저년 배가 저렇게 남산만 하게 불러오니 여기 있는 우리 중의 한 사람의 씨를 받은 건 틀림없는 것이고. 맞아요. 한평생 살 동안 발가벗고 온 동네를 후비고 다닐 터이니 커가는 아이들에게도 보일 꼴은 아니지요. 그 말이 맞습니다. 그리고 저년이 아이를 낳기라도 하면 누가 되었든 곤란할 것이니. 다수결로 해서 결정을 내립시다. 그래요. 그리고 언제가 좋을지 날짜도 아예 오늘 잡아버립시다. 이왕 그렇게 할 거면 하루라도 빠르게 해버려야지요. 두고 보는 제 엄마나 우리도 마음은 아프니까.

서장님이라면 남편이 제일 존경하는 사람이었다. 나는 서장님이란 말에 기가 죽어 가만히 자리를 피했다. 너른마당 주변으로 어디서 날아왔는지 흰나비가 남편들의 머리 위를 날아 너울거리고 있었고, 어디선가 또 한 마리가 날아와 엉덩이를 바닥에 깔고 앉아 있는 어느 남편의 등에 앉아 날개를 파르르 떨고 있었다. 너른마당 건넛집 담장 너머로 붉은 넝쿨 장미가 초가을 막바지에서 숨가쁘게 피어 있었다.

늘 물 떠난 활어처럼 나만 보면 욕설과 부지깽이로 때리던 엄마가 퉁퉁 부은 얼굴로 나에게 새 옷을 입혔다. 동네 사람들이 너 때문에 못 살겠다고 하나둘씩 이 동네를 떠나고 있으니 네가 무슨 죄가 있겠냐. 정신놓은 게 잘못이지. 그러니 엄마 원망은 말 거라. 나도 곧 너 따라가마. 거기서 우리 질펀하게 살아보자. 부디 이 세상은 잊어버리고 좋은 곳으로 가서 저 불쌍한 너의 새끼들 잘 돌봐주거라. 엄마 이 옷 이쁘다. 이년아! 소복이 무엇이 그리 이쁘냐. 어이구! 내 진작 죽었어야 이런 꼴 안 보는데, 네 새끼 때문에 같이 따라가지도 못하고. 엄마는 자꾸만 혼빠진 사람처럼 눈물만 흘렸지만 난 즐거웠다. 옛날 남편과 결혼식을 치를 때처럼 동네 사람들이 모여들었고, 나에게 외면은 하지만 얼굴 익은 남편도 우두커니 서서 나를 바라보고 있었다. 이웃집 아줌마가 나의 얼굴에 연지곤지 발라주며 좋은 곳에 가서 잘 살아라며 혀를 끌끌 찼다. 남편에게 꽃가마 타고 시집가면 당연히 잘 살 건데 새 옷 입고, 연지곤지 바르고, 꽃가마 타고 남편에게 데려준다고 했다. 마당 한가운데엔 꽃가마가 놓여 있었고 내가 탈 꽃가마를 들어줄 장정들이 모여 있었다. 나는 즐거운 웃음을 흘리며 꽃가마에 탔다. 사람들은 간혹 눈물을 손등에다 문지르며 훌쩍거렸고, 엄마는 그래도 자식인데, 저년 가는 꼴 차마 보지 못하겠다며 방으로 들어가 문을 꽝 닫았다.

사람들이 시키는 대로 문 밖에서 엄마에게 절을 올리고 가마에 올랐다. 오색찬란한 가마의 문양은 사람과 꽃 모양이 그려져 있었고, 네 귀퉁이엔 깃대가 꽂혀 내가 가는 먼 길을 달래나주듯 평화롭게 휘날리고 있었다. 에그, 미치지 않고서야 어떻게 저것을 꽃가마라고 좋아할까! 꽃분이가 무슨 죄가 있냐고? 그러게나. 김 서방은 지금 뭘 하고 있는 거야? 얘들아! 그래도 엄마가 마지막으로 가는 길인데, 저 삼베 끈을 허리에 묶도록 해라. 사람들은 엄마가 발을 묶었던 것보다 더 꽁꽁 내 몸을 묶었다. 나는 그럴 때마다 엄마에게 고함을 지르고 물건들을 던지곤 했었지만, 남편에게 가는 길이라는데 나는 순순히 따랐다. 그러나 막상 가마가 움직이며 '이제 가면 언제 오나'라는 상두꾼들의 합창 소리와 요령 소리를 들으니 마음이 불안해져 왔다. 언젠가 어릴 때부터 많이 들어보던 소리였다. 슬프고 처량하게 들리는 노래가 기분이 몹시 나빠져 왔다.

꽃가마 틈새로 밖을 내다보았다. 너른마당을 지나가고 있었고 흰 천에 검은 글씨를 쓴 깃대를 든 남정네가 요령을 들고 선창을 하면, 상두꾼들이 상엿소리를 부르고 있었다. 동네 사람들은 나의 가마를 처다보며 말했다. 어머, 저 눈 좀 봐! 그래도 밖이 궁금한지 내다보고 있어! 아이들은 영문도 알 필요 없다는 듯 끼득끼득 장난치며 놀고 있었다. 너른마당 지난 개울을 보며 나는 뛰어내리고 싶었다. 빨래하고 소꿉놀이를 일삼던 친구들이 나를 처다보며 웃고 있었다. 꽃분아! 꽃분아! 어디선가 친구들 소리와 엄마가 부르는 소리가 들렸다. 아이들이 나를 찾으며 울고 있었다. 나는 아이들을 찾았으나 대답은 없고 요령 소리만 크게 울리고 있었다. 장정들이 묶은 새끼줄은 내가 몸부림칠수록 더욱 옥죄여왔다. 온몸이 아프고 꼼짝할 수가 없었다.

　무슨 생각을 그렇게 하냐고.
　몇 발짝 앞서가던 동생이 주춤거리고 서 있는 나를 보고 또 한번 채근했다. 꽃분이가 꽃상여를 타고 가던 너른마당가에 이제 만발하던 꽃들은 전혀 없었다. 꽃씨를 뿌리며 꽃밭을 매던 사람들은 이사하였거나 이 세상을 떠났고, 이제는 산업화의 물결로 공장이나 직장에서 더 보람된 꽃들을 피우겠다고 바쁜 나날을 보냈다. 나는 동생이 이끄는 대로 산비탈 과수원을 따라갔다. 자두나무와 복숭아나무가 흐드러지게 푸른 잎으로 살랑대고 있는 과수원에는 꽃분이의 머리 위에 꽂혀 있던 갖가지의 꽃들이 지고 열매들이 조그맣게 모양을 뽐내고 있었다. 동생은 과목들 주변을 빙빙 돌면서 특산물로 접목한 곳을 짚으며 자랑했다. 농사일에 대해선 아무것도 모르고 도시에 사는 몸이라는 핑계로 관심조차 쓰지 않던 나는 동생의 농법에 대한 설명이 아지랑이 속에서 가물거렸다.

꽃이 지고 열매가 익으면 달고 시원할 것이라고 자랑하는 동생의 말이 시든 꽃 속에 앉았다. 복숭아꽃이 피었다 지는 동안, 자두꽃이 열매를 맺기 위하여, 몇 번을 벌에게 꽃술을 맡겨야 하며, 몇 번의 장대비를 맞아야 하는지 알 바 없었다. 달고 시원한 과일이 열기만 하면, 따기만 하는 기쁨을 동생은 누리고 싶을 터였다.

동창회에 참석하지 않은 서운함 대신으로 동생은 과수원의 어린 열매들을 구경시켜주었지만, 꽃분이에게 나도, 동생도, 돌을 던졌을 것이다. 너른마당에서 꽃분이가 탔을 상여를 바라보며 구경했을, 꽃분이의 불행을 내 관심 저 너머에서 바라봤을 것이다. 그때의 내 아버지가 어쩌면 내 동생이 꽃분이를 데리고 이 과수원에서 복숭아꽃을 머리에 꽂아주며, 노래라도 한 곡 불러보라고 박수를 보내며 새참의 즐거움을 더 했을는지도 몰랐다. 당연히 막걸리 한 사발로 꽃분이는 예뻐해주는 보답으로 노래를 불렀을 것이다.

나는 동생을 바라보며 노래를 불렀다.

아저씨! 나 노래 잘 부르지?

나는 속으로 꽃분이의 말투를 따라하면서 빤히 동생을 쳐다봤다. 동생은 나를 힐끗 쳐다보더니 빙그레 웃으며 복숭아 열매 앞에서 청승맞은 '윤심덕'의 노래를 부르냐고 핀잔을 주었다. 그때 살랑거리는 바람 사이로 작고 앙증맞은 열매가 동생과 내 머리 위로 떨어졌다.

어머니는 막걸리 한 통 사놓고 마당가에서 숯불 위에 뼈 바른 닭고기를 굽고 있었다. 연기는 불을 피우는 어머니에게로 몰리는지 연신 눈물을 닦았다. 어머니 옆에서 나무젓가락으로 고기를 뒤적이다, 막걸리 한 잔을 어머니에게 권했다. 어머니는 매운 연기를 피하며 칼칼해진 목 너머로 막걸리를 넘겼고, 나는 물끄러미 막걸리를 삼키는 어머니 목을 바라보았다. 어머니도 나에게 막걸리를 따라주었다. 구워진 닭고기를 후후 불며 씹다가 막걸리를 받아들고 나도 막걸리를 죽들이켰다. 흐뭇한 표정으로 어머니는 나를 바라보았다. 막걸리는 씁쓸하고 걸쭉하게 나의 목을 타고 내려가 위장의 벽을 감돌았다. 달구어진 숯불 위에서 닭고기 타는 냄새가 났다. 어머니 앞에 고기 한 점 뒤적거려놓고 내 입에도 고기 한 점 넣었다. 뜨거운 고기의 고소한 맛과 시원한 막걸리의 맛은 어머니의 마음을 깨닫게 해주었다.

애야! 여자란 예부터 남편과 자식들 부양을 잘해야 양처요, 양모라 했으니 함부로 행동하지 말고. 어렵더라도 험한 세상이라 비관 말고 잘 살아라.

….

나는 대답하지 못했다. 마당에는 감나무에 열린 감이 바람에 살랑거리고 있었다. 며칠째 바람나서 들어오지 않는다고 걱정하던 고양이가 닭고기 냄새를 맡았는지 어슬렁거리며 들어오고 있었다. 아이고! 야옹이가 들어오네! 어머니는 환하게 웃는 얼굴로 고양이에게 어서 오라고 손짓했다. 그리고 고기 한 점 냅다 던져주었다.

고향에서 점점 멀어져가는 고속버스 안에서 잠을 청했지만 잠이 오지 않았다. 손님이라곤 막차 버스이지만 몇몇 사람만이 앉아 있었고, 깜깜한 밤하늘은 고향으로 내려갈 때보다 더 어둡게 느껴졌다. 몇 시간이나 걸려 도착해야 하는 시간이 몹시 지루했다. 휴게소에서 자판기 커피를 뽑아 마시면서 귓가를 맴도는 말이 들려왔다. 머리를 흔들며 커피를 마셨다. 고향도 떠나왔으니 이제 생각을 떨치기로 했다. 그러나 자꾸만 맴도는 말. 종이컵을 쓰레기통에 버리고 차에 올랐다. 의자를 뒤로 젖히고 잠을 다시 청했다. 몇 번을 뒤척이다 나는 포기하고 일어났다.

살려주세요. 여보! 살려주세요. 바람 타고 가랑잎이 머리 위로 사뿐 앉았고 꽃은 어디에도 없었다. 꽃을 꺾어 머리 위에 꽂아주던 남자의 등언저리 위로 솔잎이 폴싹 떨어져 내려앉는다. 가만있어. 몇몇 남정네가 소릴 질렀다. 꽁꽁 묶여 있는 몸으로 애원했다. 살려주세요. 다시는 안 그럴게요. 무엇을 안 그래야 하는지도 모르면서 그들을 안심시키기 위해 울면서 말했다. 엄마, 살려주세요. 간혹, 남정네들 눈에서 물빛이 비쳤고 그들은 말없이 땅만 팠다. 흙이 한 삽씩 파고들어갈 때마다 땅속에서 꽃이 나올 것만 같았다. 꽃이 그리웠다. 꽃이 어디 있지? 꽃만 있으면 저 사람들이 살려줄 터인데, 꽃이 어디 있는 거야! 꽃! 꽃! 아무리 둘러보아도 꽃은 없고 하늘에선 보슬비가 내리고 있었다. 머리를 적셔주는 비가 꽃이 피어나게 했으면 좋을 것이다. 빗물이 얼굴을 간질었다. 꽃잎이 얼굴 위로 떨어질 때처럼. 고개를 들고 하늘을 쳐다보며 얼굴 위로 떨어지는 빗방울이 꽃잎 같아 웃음이 났다. 그래. 꽃만 옆에 있으면 무섭지 않아. 비도 꽃인 거야. 이렇게 꽃잎처럼 내 얼굴을 적셔주잖아. 낡은 군용바지에 검고 물 바랜 제복 윗도리를 입은 남자가 사각의 나무 관을 가져왔다. 그리곤 몇 가닥 되지 않는 수염을 쓱 문지르며 가래침을 뱉어냈다. 나무관 속에는 서리맞아 시든 구절초 한 송이 들어 있었다.

핸드백을 열어 뒤졌다. 지폐를 꺼내어 꽃을 접었다. 나는 꽃분이의 영혼을 달래주고 싶었다. 밤하늘 위로 돈꽃을 날려보냈다. 검고 깊은 어둠 속에서 빛나는 별들 사이로 돈꽃을 머리에 꽂은 꽃분이의 환한 얼굴이 도시를 내려다보고 있었다. 누구든 미치지 않을 수 있는 자 어디에 있느냐고 묻는 것 같았다.

미쳐도 죽을 땐 제정신이 들어오는지. 살려달라고 우는 거 보니까 측은해서 볼 수 있어야지.

그날, 꽃상여를 멨던 옆집 아저씨의 말이 생생하게 떠올랐다. 저만큼 차창 밖에서 자꾸만 그 말이 연줄처럼 매달려 따라오고 있었다.

구름 속의 얼굴

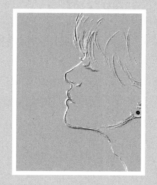

구름 속의 얼굴

 강릉행 버스가 서서히 움직이기 시작한다. 간밤에 한숨도 자지 못하여 뒷목이 뻐근하다. 수면제를 먹었어도 잠이 오지 않아 몸에서 피를 모두 뽑아낸 듯 기운이 없다. 그리고 보니 오늘 밥 한술 입에 대지 않았다는 생각이 든다. 굼뜨게 움직이던 버스가 제법 속도를 올리더니 금방 고속도로에 올라선다. 창밖으로 나이테가 겹겹이 쌓였을 것 같은 포플러가 눈에 들어온다. 업보처럼 커다란 새 둥지를 머리에 이고 있으나 새는 보이지 않는다. 성냥개비에 불을 붙여 던지면 온 산이 불바다가 될 것 같이 산은 물기를 잃고 메말라 있다. 가슴이 옥죄어 한숨을 쉬기 위해 몸을 뒤척인다. 칠십대 중반으로 보이는 옆자리 할머니가 살그머니 웃으며 사탕 두 알을 내민다. 옛날식 알사탕이다. 눈으로만 인사하며 사탕을 받아쥐곤 한 알 입에 넣는다. 사탕의 달콤한 맛으로 조금 긴장이 풀리는 듯했으나 끝내지 못한 중요한 일이 떠오르는 듯 다시 마음이 무거워진다.
 지난 밤, 나는 인터넷 채팅사이트를 열어놓고 무료함을 견디기 위해 자유게시판에 오른 글들을 여기저기 뒤지며 읽고 있었다. 불쑥 누군가에게서 쪽지가 날아왔다. 안녕하세요? 귀찮았지만 상대방을 배려하자는 마음으로 답장 쪽지를 보냈다. 컴퓨터 앞에 계신가요? 무관심한 대답 앞에 남자는 통상적인 물음으로 대화를 이끌었다. 어디

계신가요? 가족은요? 무얼 하십니까? 자유게시판과 좋은 생각 방을 뒤지며 짧게 건성으로 답장을 날려주었다. 남자는 모 일간지에 근무한다고 했고 지금은 휴가차 고향에 있으니 바다가 보고 싶으면 내려오라고 했다. 더구나 싱싱한 회에다 식사라도 한 끼 하는 게 어떻겠냐고 넌지시 충동질했다.

따사로운 햇살이 버스 안으로 쏟아진다. 실내의 온기가 높아지자 사탕을 내민 할머니가 졸고 있다. 석중은 분명 내 곁을 떠났다. 어쩌면 영원히 나의 곁으로 오지 않을 것이다. 내 귀에 들리던 그의 목소리는 무슨 이유인지 언제나 부드럽게 다가왔다. 불안 속에 몸을 웅크리다가 그의 목소리를 들으면 안도감을 느꼈다. 목소리만 들어도 안심이 되는 사람. 소리를 질러 부르면 금방이라도 대답하고 달려올 것 같은 마음의 거리에 그는 늘 머물러 있다. 그런데 그를 볼 수가 없다. 아니다. 볼 수가 없다는 것이 아니라 보기 위해 애쓰는 것조차도 할 수 없다. 그는 나를 서서히 떠나가고 있었다. 그것을 몰랐던 게 잘못이다. 다시 만난다는 기대를 품다가도 이내 머리를 돌린다. 희망을 품고 오지 않을 사람을 기다린다는 건 커다란 형벌이다. 기다린다는 말은 떠나는 사람에게 해서는 안 될 말이다. 이제 모든 기억을 내려놓아야 한다. 어차피 믿음을 가지지 못할 바엔 보내주어야 하니까.

남자의 메시지에는 철자법이나 띄어쓰기, 오타가 전혀 없었다. 남자와 메시지 횟수가 늘어나자 그렇지 않아도 기분이 어수선하다고 답했다. 남자는 언어 구사력이 명료했고, 신사적이며 정중한 편이었다. 신문사 홈페이지와 인터넷 포털사이트에서 그의 기명 기사를 발견할 수 있었다. 대화를 나누는 동안 믿음을 느낄 수 있었다. 답답했던 마음을 알아채고 있는 듯 그는 또다시 그곳으로 올 것을 채근했다. 슬그머니 겨울 바다도 보고 싶었다. 물거품을 일으키며 밀려오는 바다의 빛깔은 겨울처럼 투명할 것이다. 파도 소리는 말 걸어오는 듯 친근하게 다가올 것이다. 사람들이 바다를 좋아하는 것은 그곳이 모든 생물의 고향이기 때문이라고 했던가. 그래서 마음이 편해진다나?

바다가 그리워 강릉이라는 도시를 반드시 가야겠다는 확신이 생겼다. 핸드폰 문자가 도착한다. 마중나갈 터이니 터미널에 도착하면 전화하라는 것이다. 늪에 빠져 허우적거리는 심정에 한 줄기 빛을 넣어주는 돌출구라 생각이 든다. 사탕을 내밀었던 할머니는 내 어깨 위로 머리를 기대며 잠들어 있다. 행여 노인이 잠에서 깰까봐 몸을 움직일 수 없다. 고속버스는 전속력으로 강릉시를 향해 달리고 있다. 석중은 서서히 나를 떠나고 있었고 나는 석중을 보내지 못하고 있다. 석중은 죽은 남편을 지워내고 겨우 안착한 섬이었다.

한번도 본 적 없는 이의 문자만 믿고 길을 떠나오다니. 휴게소에 들르면 서울로 되돌아가는 차편을 알아볼까? 머릿속이 뒤숭숭하다. 휴게소를 지나 고속버스는 또다시 강릉을 향해 달린다. 강릉시가 가까워질수록 긴장감으로 손에 땀이 흥건하다. 그러면서 한편으론 여행에 대한 호기심으로 마음이 설레기까지 한다. 할머니 어깨를 옆으로 밀어내고 핸드백에서 콤팩트를 꺼낸다. 거울을 보니 머리가 어수선하다. 같이 여행할 사람 하나 두지 못했다는 게 한심하단 생각이 든다. 누구도 근접할 수 없이 마음의 문이 닫혀 있었으니 당연할 수밖에. 쓴웃음이 난다.

한 점의 미련도 남기지 않고 자신의 안위를 위해 떠날 수 있는 사람을 나는 무슨 열병으로 그렇게 석중에게 목숨을 걸듯 매달렸을까. 서러움보다 불쑥 분노가 치밀어오른다. 석중의 중저음 목소리가 자꾸만 내 몸 주변을 맴돌고 있다. 가슴속에 울컥 솟구쳐오르는 무엇을 느끼면서 눈물이 핑 돈다. 콤팩트를 핸드백 속으로 집어넣는다. 나의 태도가 거칠게 느껴졌는지 옆자리 할머니는 몹시 미안해하는 기색이다. 서러운 생각을 돌리기 위해 나는 차창 밖을 내다본다. 강릉시가 가까운 산야에는 눈이 덮여 있고, 눈은 내 아픈 기억의 어둠을 되새김시켜주는 듯하다. 사랑도 결국은 이기심일 수밖에 없었는데, 무엇에 홀려 넋이 나갔는지 모르겠다. 온몸이 으스스 한기를 느낀다.

터미널에 내린다. 어찌해야 하나 주변을 둘러본다. 머릿속이 복잡하여 정리되지 않는다. 화장실로 향한다. 세면대 거울 앞에 멍하니 서서 나는 내 얼굴을 들여다본다. 그리고 속으로 말한다. 너 지금 뭐 하는 거니? 남들이 너 보고 미쳤다고 그러겠다. 아무려면 어때? 정말 난 미칠 것만 같은데. 남들이 내 마음을 알아주기나 해준다던? 나를 미치게 만든 것도 사람들이야.

전화벨이 울린다. 터미널 입구에는 고급 회색 승용차가 세워져 있다. 아무런 동요 없이 남자의 차에 오른다. 남자는 미소 띤 얼굴로 덤덤히 말한다. 어디로 가고 싶어요? 남자는 밤색 가죽점퍼에 붉은 체크 남방을 입고 있었고 앉은키로 봐서 별로 키가 클 것 같지는 않았다. 나이는 중년을 갓 넘어서고 있는 듯하다. 남자가 운전석에 앉은 채 돌아보며 묻는다. 일단 제 거처로 가서 차를 세워두고 식사하러 가는 게 어떨까요? 나는 대답 대신 고개를 끄덕인다. 너무 긴장한 것을 노출한 것이 염려되어 낮게 말한다. 네, 좋아요. 중저음의 목소리와 명료한 말투로 봐서 그리 엉뚱한 사람 같지는 않다.

강릉에서 조금 외곽지로 들어간 그의 거처는 3층 건물의 민박집이다. 휴가철이 끝난 탓인지 한산하다. 관리인 부부와 시베리아허스키 한 마리가 마당에 서성이고 있다. 다행히 개는 사람들이 많이 드나드는 곳에서 자란 탓인지 낯선 이를 봐도 짖지 않는다. 남자는 마당에다 차를 세우고 사무실로 보이는 곳으로 나를 안내한다. 사무실에는 그의 사진과 수석이 즐비하게 있고, 유명한 정치인들과 찍은 사진으로 보아 그가 형편없는 사람은 아니라는 것을 알려준다. 멍하니 사진을 바라보고 있는 나에게 남자는 보라는 듯, 빙그레 웃으며 서 있다. 가끔 일 때문에 골치가 아프면 이곳으로 와서 머리를 식히죠.

남자는 나름 진지하고 정중하다. 민박집은 고향 집을 개조한 것인데, 부업도 할 겸 퇴직하면 내려와 살 수도 있어 민박집을 만들었다고 덧붙인다. 남자는 관리인에게 조용히 귓속말로 무언가를 지시하고, 관리인은 언뜻 야릇한 미소를 짓는다. 이윽고 관리인은 나더러 따라오라 하곤 방으로 안내해준다. 몸에 익숙한 듯 통상적인 표정으

로 나를 안내해주던 관리인은 타올과 칫솔까지 가져다주고는 흘금
거리며 아래층으로 내려간다.

조금은 의아하다. 먼 길 왔으니 우선 쉬라는 배려일까? 아니면 나
한테 방 한 칸을 제공하겠으니 부담 없이 쉬었다 가라는 인심일까.
방 안에는 삐거덕거리는 침대와 칠이 벗겨진 낡은 화장대, 구식 텔레
비전이 있고, 욕실에는 욕조도 없이 샤워기와 변기만 덩그러니 놓여
있다. 혼자가 된 나는 무언가에 잡혀 있다가 해방이 된 듯 홀가분한
생각이 든다. 일단 따뜻한 물에 좀 씻어야겠다고 생각하여 화장실로
들어가 수도꼭지를 튼다. 샤워기를 통해 흘러나오는 따뜻한 물의 온
기는 나의 전신을 나른하게 만들고 답답하던 나의 방에서 탈출한 것
같은 기분에 긴장마저 풀리는 듯하다. 잠이 올 것만 같다. 남자에게
서 전화가 왔다.

유리로 벽과 천정을 개조한 옥상은 단체손님들의 놀이터와 조리
대를 겸하고 있다. 유리문 안에는 테이블 두 개가 놓여 있고, 한쪽 테
이블 위에 맥주를 두 병 올려놓은 채 남자가 내게 손짓을 한다. 유리
벽 밖에는 밤바다가 출렁이고 있다. 파도 소리가 가슴을 훑고 지나간
다. 하늘에는 유난히 커보이는 별들이 빛난다. 도시에서 보던 별은
저렇게 크지 않았는데요. 시골에서는 원래 별이 크게 보이는 법이
죠. 추억 때문에 그럴 겁니다. 그리 우스운 말도 아닌데 남자는 자신
의 말에 만족했는지 크게 웃는다. 내가 가볍게 미소를 짓자 남자는
더욱 기분이 좋은 표정이다. 이곳에 오길 잘하셨지요? 남자는 자기
의 거처를 자랑하고 싶었던 모양이다. 지하 술집에서 마시는 술맛보

다 별과 바다를 배경삼아 마시는 술의 맛은 너무나 싱그럽지 않으냐고 묻는다. 나는 말없이 미소만 짓지만, 자꾸 석중에 관한 생각이 간절해진다. 그와 같이 왔다면 얼마나 좋았을까.

왜 당신의 감정을 나에게 한마디도 말하지 않았던 거야. 아무 말 없이 혼자 일방적으로 떠나면 그만인 줄 알아? 나에게도 준비가 필요한 건데. 생각에 잠겨 시무룩한 나의 표정에 남자는 의아한 듯 묻는다. 어디 불편하신가요? 그럴 리가요. 나는 애써 표정을 바꾸며 웃는다. 젊을 때는 낯선 이와 만나면 사는 곳과 전공과 직업을 묻는 걸로 서로를 탐색하게 마련이었다. 이제 어른이 되어 가정을 꾸려나가는 중년이 된 나이에는 아이가 몇이냐, 남편은 뭐하는 사람이냐를 묻기 시작한다. 남자는 비교적 평온한 가정에서 지내는 듯하다. 가족을 많이 사랑하며 돈독해 보인다.

남자가 묻는다. 남편은 뭐하세요? 덜컥 말문이 막힌다.

며칠 전 일이다. 이른 아침, 전화벨 소리가 들려 정신이 들었다. 여보세요. 저쪽에서 들리는 여자의 음성. 제 목소리를 잊으셨나요? 누구신데요? 나는 목소리를 다듬고 물었다. 전화 한번 안 주더니 그새 잊었느냐며 핀잔을 주는 목소리. 그 여자였다. 먼저 세상을 떠나버린 남편의 여자. 그 여자로 인해 내 가정에 파멸이 왔다. 빳빳하게 고개를 들고 성난 나에게 눈을 흘기던 여자. 내 남편에게는 나약한 척, 교태를 부리던 여자. 진저리치게 원망스러웠고 내 몸이 바짝바짝 타들어가게 했던 그 여자였다.

그러나 남편이 죽은 이후 그 감정도 무디어지고 그것도 인연이라고 친구처럼 동생처럼 지내게 되었다. 여자는 그곳에 볼일이 있어서 갈 것이니 얼굴이라도 한번 보자는 거였다. 나는 나가겠다고 대답하고 여자를 만나러갔다. 여자는 재혼하여 살고 있다고 하였다. 남편이 떠난 이후 몇 번의 연애에 실패하고 치른 재혼이라고 했다. 혼란스러웠다. 그렇게 쉽게 또 다른 남자에게 미련 없이 떠날 수 있는 여자. 그 여자를 위해 남편은 처자식을 외면했다.

술잔을 주고받으며 친밀한 대화를 나눌 관계도 아니니 오가는 말은 그런 통상적인 말일 수밖에 없다. 남자도 그러하겠지만 그런 말들은 지금의 나에겐 아무런 의미를 주지 않는다. 남자도 나도 서로의 가정 내막까지 알아야 할 이유는 없다. 그러나 서로를 존중하는 의미에서 진지하게 말들이 오고간다. 몇 잔의 술이 건네지고 별과 바다를 바라보며 나는 석중의 생각에 골몰하다가 정신을 차리기를 반복한다. 그럴 때마다 남자는 무엇을 그리 골똘히 생각하느냐고 나를 일깨운다. 태연히 나는 아무것도 아니라며 씩 웃으며 술잔을 꼭 잡는다.
서서히 남자는 나에게 친밀감이 드나보다. 별자리를 일러주며 나의 어깨 위로 손을 올린다. 나는, 그래요? 아! 그렇군요. 대답하며 슬그머니 몸의 간격을 멀리하며 남자의 손을 내린다. 한기가 돈다. 온몸으로 소름이 돋는 기분이다. 남자는 조금씩 나를 여자로 느끼는 걸까. 나는 그 자리가 지루해진다.
태연한 척 술 따르고 벌컥벌컥 두 잔 연거푸 마신다. 남자는 그러한 내가 자신을 받아주기 위한 용기로 생각했는지 흐뭇한 얼굴로 바라보고 있다. 나는 술이 오르기 시작한다. 멍하니 바다를 바라보며 심호흡을 한다. 파도 소리가 은은하게 들려온다. 언제 들어도 저 파도 소리는, 고향 집 어머니 방문 앞 섬돌 밑에서 우는 귀뚜라미 소리보다도 더 정겹다. 하얀 물거품을 일으키는 검은 밤바다의 파도는 검게 짓물러진 나의 마음을 말끔히 지우라는 교훈 같다. 사람의 정도 저 파도와 같아서 수많은 물거품으로 크고 작은 사연들을 가슴에 안고 어울리다가 미련두지 않고 물거품을 깨트리곤 사라져가는 걸까. 묵묵히 지켜보다가 파도에 젖는 모래들.

남자도 아무 말 없이 술을 따라 마시고 있다. 그렇게 아무 말 없이 앉아 있어주는 남자가 그 순간 고맙기만 하다. 울컥 가슴 밑에서 무엇이 올라온다. 나는 음식물을 삼키듯 헛것을 꿀꺽 삼킨다. 그러나 또다시 치밀어오르는 그 무엇이, 눈물이 가슴에서 흐르다가 눈으로 흘러나온다. 내가 왜 이곳까지 와서 낯선 이와 앉아 있어야 하는가. 마치 사지에 몰려서 허둥대는 몰골로 낯선 남자의 눈빛을 받는가. 나는 도대체 무엇이란 말인가. 눈물이 주르르 뺨 위에까지 흐른다. 남자가 의아해한다. 그러나 한번 흐르기 시작한 눈물은 그동안 참았던 서러움의 기억이 되살아나 서럽게 흐르고 남자는 자신의 탓인 줄 알고 몸 둘 바를 모른다.

나는 남자의 얼굴을 물끄러미 바라본다. 남자의 앞섶이 열린 점퍼 사이로 와락 얼굴을 묻는다. 남자의 목덜미를 두 팔로 감싸안고 내 볼을 남자의 볼에 갖다댄다. 이 남자가 누구인지 나를 어떻게 생각하는지 알 바 없다. 한 사람을 잊으려면, 다른 한 사람으로 치유할 수밖에 없는 공식을 응용할 뿐이다. 내 몸에 찌꺼기처럼 남아 있는 그의 체온을 남자로 인해 씻어내고 싶을 뿐이다. 남자는 기다렸다는 듯 힘껏 나를 안는다. 나의 뇌리에서 석중의 음성이 들려온다. 더욱 세게 남자를 끌어안는다. 남자의 숨결이 거칠어지기 시작한다. 그런데 이상한 것은 나에게는 아무런 동요도 일어나지 않는 것이다. 목덜미를 타고 뭉클거리며 무엇이 올라와 숨결을 막는다. 가까스로 빈 속에서 올라오는 헛구역질을 참았다.

계단을 오르는 묵직한 발소리가 들린다. 남자는 얼른 제자리로 돌아가 정좌를 하고, 나는 마른세수를 한 후 태연한 척한다. 남자는 휴가차 내려와서 낯선 여자와 놀고 있는 것에 관리인을 의식하는 것 같다. 그러나 관리인은 흔히 봐온 일이라는 듯 나를 옆눈으로 힐끗거린다. 사람들을 많이 상대해보고 사람마다 사연들을 많이 들어서 웬만한 일들에는 이력이 났다는 듯, 표정이 덤덤하게 굳어 있는 관리인에게는 내가 어떻게 보였는지 짐작이 간다. 그러나 남자가 관리인 앞에서 나에게 정중하게 대하는 것을 보면 내가 친구 아내쯤으로 말했는지 모른다. 울고 있는 내가 짜증이 나는지, 아니면 그깟 어깨에 손 좀 얹었다고 저러나 싶은지 남자의 태도는 조금은 냉랭해진다. 관리인이 울고 있는 모습을 보면 뭐라 생각할지 난감하다며 나의 울음이 그쳐지길 바라는 눈빛이 간절하다. 그제야 나는 지금의 나 자신이 아니었다는 걸 깨닫는다. 관리인이 무표정한 얼굴로 다가온다. 둘은 무슨 이야기인지 나누었고 남자는 무안한 듯 일어선다.

급한 볼일이 생겨서 가봐야 한다. 내일 아침 관리인이 심부름 갈 일이 있으니 가고 나면, 함께 아침 먹고 서울 가는 길에 집까지 데려다 주겠다고 한다. 주변 사람들 눈에 뜨이지 말고 편안히 잘 자라는 말을 하곤 황급히 내려간다. 미안한 얼굴로 남자는 갔지만, 나는 안도의 편안함을 느낀다.

혼자 방으로 들어온 나는 또다시 막연한 서러움에 젖는다. 침대에 몸을 던지다시피 하고 몇 시간을 그렇게 있었는지 모른다. 불도 켜지 않은 캄캄한 방, 창밖으로 은은하게 가로등 불빛이 비쳐온다. 바람이 창을 두드리며 지나간다. 몇 시가 되었을까, 핸드폰을 꺼내어 시간을 본다. 자정이 조금 지나가고 있다. 시골의 밤은 더욱 길기만 하다. 갑갑하다. 내일 아침 관리인도 없다면 남자는 아마 아까처럼 어깨에 손을 얹을 것이고, 음흉한 눈빛을 보일지도 모를 일이다. 또다시 그러한 감정에 휩쓸리긴 싫다.

갑자기 초조해진다. 이곳을 빠져나가고 싶다. 그러나 이 한밤중에 어떻게 가지? 그리고 우선 이 집을 몰래 어떻게 나가지? 이곳에 온 것을 후회하기 시작한다. 마음의 갈등이 생기면 전혀 생각지도 않던 엉뚱한 일에 휩쓸리게 되는가보다. 다시 눈을 감는다. 첫차를 기다리는 수밖에 없고 나가보면 갈 길이 있겠지. 조금 잠이나 잘 생각으로 눈을 감는다. 노크 소리가 희미하게 들려온다. 문을 열어보니 관리인이다. 어색한 미소를 지으며 들어가서 같이 이야기 좀 하면 안 되냐고 묻는다. 소름이 끼친다. 대답할 겨를도 없이 문을 쾅 닫는다.

모피코트를 입고 롱치마를 입은 여자는 귀부인 같았다. 나는 여자에게 반갑게 인사를 나누며 얼굴을 마주했다. 가슴 한편에서는 등창이 짓무르듯 하는 아픔이 배어나왔다. 남편이 세상을 떠나지 않았으면 저 여자랑 살고 있을까? 그러면 나는 여자를 이렇게 웃는 얼굴로 마주할 수 있을까. 분명히 여자는 남자를 홀리게 하는, 흔히 말하는 여우꼬리 같은 그 무엇이 있는 것 같았다. 유순한 것 같으면서도 독해보이는, 그러면서도 보호본능을 느끼게 하는 가냘프고 나긋한 여자였다. 나긋나긋한 여자의 목소리를 들으며 신혼 재미가 좋으냐고 나는 건성으로 물었다. 여자는 사는 게 다 그렇지요. 사람이 착하기에, 라며 자신의 자랑을 늘어놓다가, 같이 앉으면 늘 하게 되는 말, 남편의 이야기를 하게 된다. 많은 사랑을 받았다며 시샘을 느끼게 하고 싶은 걸까. 여자와는 만날 때마다 충격적인 말 한마디씩은 꼭 듣게 된다. 남편이 퇴직하면 자신과 살겠다고 하더라는 말쯤은 이제 아무렇지도 않다. 남편이 근무지에서도 낮엔 점심 먹으러 자신을 찾아왔다던 말도 웃으며 들었다. 회사에서 퇴근하면 곧바로 여자네 집으로 왔다든가, 나와 전화 중에 투정부리는 말을 하면 여자의 귀에다 전화기를 대어주고는 웃더라는 말도 참을 수 있었다. 다달이 꼬박꼬박 생활비를 주더라는 말까지도.

자랑스럽게 뱉어내는 여자의 나직하고 비아냥대는 듯한 음성은 한동안 나를 멍하게 만들었다. 아이들과 나에겐 언제 생활비를 제대로 주었던가? 말썽만 부리는 여자의 아이들 학부형 자격으로 나란히 학교 교무실에 갔다니. 내 아이들은 아빠를 잃은 허탈감에 방황하고 있던 때에. 나는 아무 말도 하지 않고 밥만 꾸역꾸역 먹으면서 차오르는 배도 아랑곳없이, 밥으로 귀까지 막으려는 듯, 영양밥의 누룽지와 반찬까지 다 먹어치웠다. 인제 와서 울컥이며 감정의 표현을 할 필요도 없거니와, 내 속마음이 보이면 여자가 재미있어질까. 나를 감추는 방법을 택할 수밖에 없었다. 한동안 여자가 주었던 상처를 잊고 있었던 남편의 기억이 새록새록 되살아났다. 나를 아스팔트 위로 내던진 채 질주하는 차바퀴 아래로 깔리게 하는 것 같아, 덤덤하게 밥값을 지불하고 멍하니 길 위에 서 있었다.

잘 가세요. 전화도 좀 자주 주고. 여자는 상냥하게 웃으며 말했다. 나는 결코 여자에게 밥을 얻어먹지 않는다. 여자는 별 의미도 없는 말을 하곤 돌아서 갔다. 남편은 어디가 좋아서 처자식을 팽개치고 몇 년 동안이나 저 여자와 함께 살았을까? 무책임한 가장으로서 옷가방을 챙겨들고 집을 나가던 남편. 아이들은 남편의 소매를 잡았다고 했었지. 아빠, 어디가? 엄마도 일 나가고 없는데. 베란다 밖으로 목을 빼고 소리치며 내다보고 불렀으나 남편은 고개 숙인 채 돌아보지도 않고 갔다고 했다. 그 후 우리 세 식구는 폭격맞은 집안 꼴이 되었다. 아이들의 방황과 탈선, 나는 방향을 잃어버린 막막함으로 분한 마음을 억누르며 하루하루를 보냈다.

갑자기 배가 고프다는 생각이 든다. 그래도 살아 있으니 배고픈 것을 느끼는구나. 멋쩍은 생각이 들어 피식 쓴웃음이 난다. 그러고 보니 맥주만 몇 잔 마시고 온종일 아무것도 먹지 않았는가. 물을 한 컵 따라 마신다. 빈속에 갑자기 들어온 물에 위장이 놀랐는지 배가 아프다. 다시 한 컵 더 마신다. 물만 들어간 위장이 출렁이는 거 같아 상체를 이리저리 흔들어본다. 시계를 보지만 아직 새벽 두 시가 넘지 못한 시각이다. 울적한 생각들을 떨쳐버리기 위해 이곳을 나가고 싶어진다.

남자는 지금 자고 있을 것이고 낯선 동네에서 혼자 어슬렁거린다는 것이 여자로서 겁이 난다. 관리인과 동네 사람들의 눈치가 보여 낯선 여자와 밖으로 나갈 수 없다던 남자가 조금은 이기적이란 생각이 든다. 일탈을 꿈꾸며 반항적으로 튕겨나온 나에게는 조금 고리타분한 남자다. 그러나 한 가정의 가장으로서 아내의 심기를 염려하고, 더는 생활의 규범을 깨지 않으려는 남자. 그러나 몇 명의 여자들을 이렇게 끌어들였을까? 남자는 지금 다가오는 아침 만찬을 상상하며 느슨하게 자고 있을 것이다. 노획한 물고기를 어망에 보관해놓은 낚시꾼처럼. 그러나 남자는 남편처럼 자기 가정을 무시하면서 탈선할 사람은 아닐 것이다. 만약 그런 사람이었다면 지금의 부와 명예는 없었을 것이다. 아이와 다정히 여행 한번 간 적이 없는 남편. 아이를 데리고 놀이시설이나 스포츠 경기장에 한번 가본 적이 없던 남편.

남편은 그렇게 떠난 지 몇 년이 지난 지금까지도 나에게 상처를 안겨주었고, 나는 마치 덫에 걸려 발버둥치는 날짐승 같았다. 마지막으로 내가 할 수 있는 건 남편을 배신하는 거였다. 그리고 깨끗하게 남편을 잊어주는 거였다. 그러나 미운 정도 정이라고, 여자가 가끔 나타나 남편에 대한 연민을 원망으로 상기시켜주었다.

지금 석중은 나에 대해 어떤 생각을 하고 있을까. 반창고 하나 떼어버린 후련함에 젖어 있을까? 아니면 미안한 마음을 조금이라도 가지고 있는 것일까. 석중과 멀리 떨어진 곳에 와 있으면 그의 생각을 떨칠 줄 알았는데, 이곳까지 왔어도 석중의 생각이 더욱 난다. 아니, 석중의 목소리가 간절하다. 당장이라도 전화를 걸어 통화를 하고 싶을 뿐이다. 떨쳐버려야 하는데, 잊어야 하는데. 생각이 많아질 때마다 더욱 깊이 빠져드는 석중 때문에 나 자신마저 미워진다.

발작증세가 나기 시작한 것일까. 견딜 수 없는 자책과 상실감이 몰아쳐 방안에 꽁꽁 감금되어 있는 기분이다. 이곳에서 더는 가만히 있을 수 없다. 우선은 배가 고프다. 아침이 되도록 가만히 있는다는 건, 마치 지옥의 문 앞에서 서성이는 것 같다. 강릉 해변에서 적당히 바다를 보며 모래밭에 앉았다 오겠다던 생각이 빗나간 것이다. 나가야겠다는 생각을 굳힌다.

삼층에서 계단을 내려가는 동안 발소리를 내지 않게 하려고 살금살금 뒤꿈치를 들고 내려온다. 마당 한쪽에는 개가 멀끔히 나를 바라보고만 있다. 나는 어릴 때 어머니 몰래 밤마실 가던 일이 생각난다. 마치 어머니가 뒷덜미를 잡을 것 같은 조바심에 몸을 움츠리고 나가자 주변은 조용하다. 가끔 사람들이 오갔으나 신경쓸 필요는 없다. 남자에게도 미안해야 할 필요는 없다.

지나는 택시를 잡아타고 언젠가 석중과 함께 갔던 강릉시로 향하고 있다. 강릉시에 들어서는 입구부터 해수욕장까지 도로마다 석중의 음성이 배어 있고 석중의 체취가 난다. 그가 어느 길에서 불쑥 나타날 것만 같은 길을 지나며 편안한 마음에 안도의 한숨이 나온다. 석중은 왜 나를 떠났을까. 좀 더 깨끗한 처신으로 나를 떠날 수는 없었단 말인가. 바보 같은 사람이라고 혼자 중얼거려본다. 누구나 사랑을 할 땐 깨끗한 사랑이길 원하다가 그 절실하던 사랑도 깨질 땐 추한 모습을 보이게 된다지만, 석중이 그렇게 추한 모습으로 떠나게 될 줄은 생각지 못했다. 석중을 깔끔한 성격이라고 스스로 오인했기 때문일까.

그와 추억이 서려 있는 강릉 바닷가는 지난 날 백사장을 거닐던 생각으로 포근하게 다가온다. 택시기사가 내려준 해장국집은 유명하다고 했지만, 새벽 시간이라 한산하다. 나는 해장국과 소주를 시킨다. 빈속에 소주를 마시니 한결 마음의 안정이 온다. 술기운은 금방 번져오고 얼큰해진 나는 히죽히죽 웃음이 난다. 어이없게도 이상한 낌새는 있었지만 빨리 눈치채지 못했던 나를 자책한다. 그렇지는 않으리라 생각했기 때문이었을까. 또 웃음이 난다. 한 잔의 술을 더 따른다. 그리고 옆자리에 잔을 놓으며 석중에게 권한다. 석중은 아무런 표정 없이 잔을 받는다. 자! 마셔요, 그리고 나에게 잘못했다고 말해요. 당신을 믿었던 내가 바보가 되었잖아요. 당신은 여자와 행복했는지 몰라도 내겐 고통이잖아요. 석중은 묵묵히 굳은 얼굴로 나를 바라보고 앉아 있다가 사라진다.

어느새 날은 서서히 밝아오고 있다. 입가에 연신 쓴웃음이 나온다. 술기운이 번질수록 가슴은 공허감으로 늘어만 간다. 어디선가 들개 한 쌍이 합창으로 짖는 것 같다. 나는 대처할 힘이 소진됐다. 석중과 걷던 백사장은 아직 그대로 있을까? 나는 해돋이를 보겠다는 희망으로 바다로 향한다. 날이 흐리려는지 구름이 하늘에 끼어 있다. 붉은 물감을 하늘에 칠한 듯 밝아오는 것을 바라보며 누군가가 버려놓고 간 돗자리에 앉아 석중의 음성을 되새겨본다. 즐겁게 웃는 그의 웃음소리가 어디선가 들려오는 것 같다. 석중은 그 여자랑 행복할까? 그 여자를 진정으로 사랑하고 있을까?

갑자기 냉담해진 석중의 태도가 의아하여 그가 마음이 풀어지길 기다렸다. 내가 무엇을 잘못한지도 모르고 묵묵히 기다렸다. 그러나 그는 풀리는 기색도 없이 날로 더 냉담해져만 갔다. 평소에 그가 웃던 웃음이 아니었다. 당혹스러운 나는 그에게 전화를 걸어 다그쳤지만 무슨 일이 있느냐며 덤덤하게 말했다. 나는 늘 답답했다. 오래도록 풀리지 않는 그의 성미를 가만히 두고보기로 했다. 석중은 의도적으로 나에게 접근하지 않는 것 같았다. 같이 자리에 앉아 식사할 때도 그는 말이 없었다. 오기가 났다. 그저 보란 듯 내버려두었다. 그것이 탈이었을까? 더욱 적극적으로 그에게 다가가지 않았던 나의 잘못이었을까? 어느 날부터 그에게서 낯선 이처럼 느껴지기 시작했다.

어느 날 얼굴색은 하얗게 질려 있었고 눈에는 노기로 가득찬 석중의 친구가 석중을 찾아다녔다. 공기총을 손에 든 채였다. 석중의 친구는 금방이라도 그를 보면 공기총으로 한 방 날릴 것만 같았다. 그러나 석중은 어디론가 종적을 감춰버리고 연락이 되지를 않고 있었다. 심장이 멎을 것만 같은 오열이 치받아올랐다. 손이 부들부들 떨려 전화기 버튼을 누르기도 힘이 들었다. 태연히 전화를 받은 석중은 불륜을 추궁하는 질문에 단호히 아니라고 했다. 그의 친구가 화낸 모습으로 봐서 그의 변명은 초라했다. 그랬구나. 그 이유였구나. 무어라고 했는지도 모르게 나는 석중에게 화를 내었다. 그는 그 이후로 전화를 받지 않았다. 여자도 그도 그 상황에서 그들은 행방을 감춘 것이다. 인터넷으로 친구찾기를 검색하여 여자의 행적을 찾은 그의 친구는 어느 모텔 주차장에 그의 차가 있었다고 했다. 밤새도록 그들이 머무는 곳에서 그들이 나오길 기다렸다고 했다. 아침이 되자 싱글싱글 웃으며 팔짱을 끼고 모텔에서 나오는 그들과 맞닥뜨렸을 때 그는 자기네들끼리 알아서 해결하라며 차를 몰고 가더라는 말까지 하며 분개했다.

사람은 습관에 길든 버릇을 버릴 수 없다. 바람기 있는 사람과 살던 나는 또다시 그런 남자만 눈에 띄게 되는 건지, 나는 순간 나를 원망하지 않을 수 없었다. 남편보다도 더 몰지각한 사람이라고 기가 차서 말이 나오지 않았다. 한 사무실에서 일하던 그 여자를 내가 의심했을 때 석중은 나에게 시각이 거기까지밖에 못 가느냐며 저질인 생각만 한다고 핀잔주었다. 그러나 결과는 달랐다. 어이없는 그들의 행각에 사람들은 모두 실망했다. 번식기 짐승들처럼 사람들의 웃음거리가 되었다.

석중은 가슴과 팔로 여자를 안고, 친구에게 어떤 생각을 가졌을까. 통쾌한 승부욕이 들었을까? 남편의 친구를 유혹하고 쉽게 같이 잠을 잘 수 있는 여자. 나는 자꾸만 자괴감에 휩싸이기 시작했다. 세상에 태어나서 진실한 사랑도 한번 받아볼 수 없다면 살아야 할 가치조차도 없는 건 아닌가. 그도 결국 그렇게 상처를 주고 떠났다. 남편의 외도에 괴로웠던 나는 아직도 후련하게 석중을 보내지 못하고 있다.

여명은 구름과 어우러져 하늘을 다독이고, 겨울 바닷가에는 아직 인적이 드물다. 술기운에 나는 눈이 자꾸만 감긴다. 몸은 추위에 웅크러들었으나, 아무 곳에도 가고 싶은 마음이 생기지 않는다. 그냥 이곳에 드러누워 잠자고 싶다. 이제 모두 나에겐 가버린 사람들이다. 그도 이제 가슴속으로 겹겹이 가라앉아 침몰되었다. 석중의 육신이 나를 감쌌듯. 남편의 웃음과 석중의 웃음이 겹겹이 메아리가 되어 들려온다. 며칠 전 잠을 잘 수가 없어 약국에서 사두었던 수면제를 핸드백에서 찾는다. 나는 그것을 입에 털어넣고 마른침을 모아 삼킨다.

어디서 세찬 바람이 불어오고 파도 소리는 누워있는 땅 밑에서 철썩이며 나를 부르고 있는 것 같다. 언젠가 석중과 듣던 파도 소리는 지금도 똑같다. 석중이 저만치서 희미하게 걸어오고 있는 것이 보인다. 빙그레 웃으며 조약돌 하나 집어 나에게 준다. 나는 호주머니 속에 깊이깊이 넣으며 그를 바라본다. 수평선 위를 달려가 춤사위로 너풀거리듯 반갑게 손짓한다. 누군가에게서 전화가 온다. 민박집 남자다. 빙그레 미소가 돌지만 나는 전화를 받지 않는다. 암울한 기분에 친구가 되어주어 고맙다고 인사의 쪽지라도 남겨둘 걸 그랬나? 남자 역시도 내가 별 의미 없을 것이다.

모래바람을 동반한 해풍이 불고 있다. 비가 오려나보다. 나는 서서히 아주 서서히 잠에 빠져드는 중이다. 남편이 구름 속에서 얼굴을 내밀고 물끄러미 나를 바라보고 있다. 슬픈 미소를 지은 얼굴이다. 추워요. 당신은 춥지 않겠죠? 바람이 한차례 내 얼굴을 지나가고 있다. 어디선가 젊은 남녀의 해맑은 웃음과 웅성거리는 소리가 들려온다.

딸들의 반란

딸들의 반란

1

내가 니글니글아저씨라고 부르던 남자는 항상 군 야전복 차림으로 다녔다. 그의 옷 어깨에는 중사 계급장이 붙어 있었고, 어른들은 그를 이 중사라 불렀다. 전쟁을 치르고 제대는 하였으나 집에 가지 못했다. 피난간 후, 연락이 끊겨버린 가족을 찾지 못했던 것이다.

우리 집에는 결혼할 나이가 된 이모가 둘 있었다. 니글니글아저씨는 외삼촌과 친구였지만, 외삼촌보다는 이모들의 환심을 사기 위해 매일 우리 집에 들락거렸다. 외할머니는 사람 좋고 사교성이 풍부한 니글니글아저씨에게 밥상 차려주는 것을 아까워하지 않았다. 고봉밥을 후딱 한 그릇 비운 니글니글아저씨는 나를 번쩍 안고는 빙글빙글 돌려주며 예뻐해주었다. 니글니글아저씨의 팔에 매달린 나는 꺄르륵 꺄르륵 웃곤 했다. 경상도 산골에서 태어난 나는 니글니글아저씨가 쓰는 경기도 말씨를 겨우 말을 배운 내 상식으론 잘 알아듣지 못했다. 니글니글아저씨가 쓰는 말이 신기했지만 나를 귀여워해주는 아저씨가 오면 무척 좋았다.

니글니글아저씨는, 팔공산 자락에 있는 다부라는 곳에서 치열한 격전을 벌였다고 했다. 그때 받게 된 훈장을 이담에 집안의 가보가 될 것이라며 호주머니에 꽁꽁 싸서 넣고 다니며 자랑했다.

어린 나는 아저씨가 영웅처럼 느껴졌다. 짙은 눈썹에 쌍꺼풀이 졌고, 자랑처럼 입었던 군용 야전복이 어울렸다. 술을 깨나 좋아하던 아저씨는, 외할머니가 차려준 점심상을 물리고 나서는, 외할머니께 밥값이라며 나에게 농담인 듯, 막걸리 한 되 사올래? 빙그레 웃으며 할머니 눈치를 봤다. 몇 잔을 마시고 얼큰하여지면 늘 부르던 노래가 있었다.

"고향이 그리워도 못 가는 신세."

고복수 가수의 〈꿈에 본 내 고향〉이었다. 아저씨가 선창하면 외삼촌과 다른 친구들도 상위에 젓가락을 두드리며 따라불렀다. 어쩌면 드럼연주자와도 같았다. 나를 무릎에 앉히고 나의 뺨에 그의 뺨을 비비며 말하곤 했다.

"어머님, 나도 요런 아이 하나만 있으면 좋겠어요."

아저씨는 말끝을 흐리며 피난간 가족을 찾을 수 없어 안타까워했다. 그리고 좀 더 취하면 전쟁 때 다부전투의 참혹했던 상황을 이야기하였다. 그러면서 다부동 산들의 붉은 흙들은 전우들이 흘린 피일 것이라며 말을 흐렸다.

그런 한 맺힌 말을 나는 어떨 때는 알아듣고 어떨 때는 못 알아들어 그의 별명을 니 자가 많이 붙는 경기도 말씨에 니글니글아저씨라 했다. 어쩌다 니글니글아저씨가 오지 않으면 기다려졌다. 사람 좋은 그는 항상 호탕하게 웃으며 주변 사람들을 즐겁게 했다. 이후, 커서도 대구로 유학길을 오가며 차창 너머 산에서 붉은 흙을 보게 되면 아저씨의 말을 떠올리곤 하였다. 온 산이 피로 물들었다던.

의성에서 대구까지 지방도로로 가는 동안 다부동을 지나면 아! 이
곳이 그 니글니글아저씨가 말하던 그곳일까? 그 아저씨는 다부 어디
에서 그 격전을 겪었을까, 궁금해하기도 하였다. 사람만 좋았지. 가
진 재력도 별로 없고 가족도 없는 그를 이모들은 좋아하지 않았다.
외할머니는 니글니글아저씨가 소식도 없이 나타나지 않으면, 궁금
한 모양이었다. 어째 안 보이나 가족들을 찾았나?

"양아! 고향이 그리워도 한번 불러봐라."

나는 서슴없이 할머니를 위해 노래 부를 태세를 취하였다. 그리곤
숟가락을 달라고 하였다. 숟가락을 입에 대고 니글니글아저씨 흉내
를 내며 노래를 불렀다.

"꼬양이 그기워어토 모옷카는 치이인체에~~."

할머니는 정확지도 않은 나의 발음에 유행가를 부르는 게 우스웠
나보았다. 그러면 이모들은 외할머니께 눈을 흘기며 애한테 별걸 다
시킨다며 핀잔을 주었다. 한창 꽃다운 나이에 꿈 많은 처녀의 가슴에
는, 제대 후 반건달 같은 니글니글아저씨가 못마땅하였다.

"왜 그러냐. 불쌍하잖냐. 가족도 못 찾고, 마음 의지할 데 없어 그
러는 사람인데."

"어이구, 엄마는 그저 오빠 친구라면 다 좋지? 느물거리는 웃음이
싫어!"

말주 이모는 앙칼지게 외할머니께 대꾸했다.

외삼촌은 딸 여섯 있는 집의 외동아들이었다. 외할머니는 그 아들

이 금쪽만 같아 불면 날아갈세라 애지중지했다. 험한 일도 못하게 했다. 외삼촌은 머리가 좋아 한번 본 것은 척척 알아서 했다.

그러던 어느 날, 외삼촌은 체한 것이 잘 낫지 않고 시름시름 앓기 시작했다. 스물여섯 살이라는 나이에, 여러 아들을 둔 자식들 부럽지 않도록 효자인 외삼촌이었다. 자신은 몸을 앓으면서도 아들이라는 책임이 앞서, 가족들 걱정만 했다. 아픈 것도 내색하지 않고 가난한 살림에 약값을 들여야 한다는 자신이 싫었던 것 같았다. 엄마가 직장에서 벌어오는 것으로 가족들 생계를 꾸려나갔지만, 외삼촌 약값을 보태기 위해 외할머니는 오 일마다 서는 장터에서 국밥장사를 했다. 그렇게 벌어서 약을 사오면 외삼촌은 약을 먹지 않으려 했다. 외할머니는 울면서 달랜다.

"네가 살아야 내가 산다. 너 없이 내가 어찌 살라고 이러냐?"

외할머니의 간곡한 부탁에 외삼촌은 마지못해 약을 먹었다. 그러고는.

"어차피 죽을 거면 약을 뭐하려고 먹어요."

외삼촌은 각혈을 간혹 했다. 외삼촌은 내가 없으면 누가 할 것이냐며, 엄마 겨울에 춥지 않게 정지문도 대패로 밀면서 고관집 대문처럼 번듯하게 새로 만들었다. 새로 만드는 정지문을 톱질하여 짜맞추면서 못질을 할 때는, 숙달된 기술자 같았다.

정지문 위 다락문도 미닫이로 다시 만들었다. 삐거덕거리던 마루도 새 나무로 갈아 반듯하게 못질하다가, 간혹 고통을 느끼는지 인상을 찌푸리며 손질을 멈추는 듯 다시 일하였다. 나는 그런 외삼촌을 안타까워했다. 발음도 정확하지 않게 말하곤 했다.

"아지야! 왜 그라노?"

그렇게 나는 갸우뚱거리며, 구부리고 있는 외삼촌 허리 밑으로 내 얼굴을 들이밀었다.

"아이다. 괜않다."

외삼촌은 다시 대패질했다. 지금 생각해보면 외삼촌은 목재에 관한 일을 잘하였던 것 같았다. 머리가 영리하였던 것만큼 책 읽는 것도 무척 좋아하였다. 소설책들이 외삼촌의 머리맡에 늘 쌓여 있었다.

그러던 외삼촌 방에서 어느 날 밤, 가족들이 웅성대기 시작하였다. 동네에서 한약방을 하는 어른도 다녀가시고 엄마도 일찍 집으로 왔다. 나는 왜 그런지 궁금하였지만, 외할머니는 거치적거린다며 가까이 오지 못하게 하였다. 한참 후, 외삼촌이 찾는다고 해서 나도 들어가 볼 수 있었다. 외삼촌은 기운 없이 누워 있었다. 가족들은 침울한 얼굴로 외삼촌을 빙 둘러앉아 바라보고 있었다. 어린 마음의 나는 영문을 몰랐지만, 분위기에 젖어 "아지야~~" 힘없이 부르며 손을 내밀었다.

외삼촌은 나의 손을 잡고 머리를 쓰다듬었다. 침통한 얼굴에 기운 없는 목소리로 잘 크라며 당부하였다. 밤이라 주변은 어둑어둑했다. 초롱불 밑의 외삼촌 얼굴은 어둑한 그림자만 어려 있고 기력이 없었다. 평소의 호탕하던 외삼촌이 아니었다. 이모 손에 끌려 나는 밖으로 나왔다. 그리고 나는 오도카니 혼자 누워 잠이 들었다. 울음소리에 잠이 깨었다.

"이 무정한 자슥아! 이 못난 자슥아!"

외할머니는 거의 숨 넘어가게 울고 있었다. 할아버지도 마당에 앉아 울고 있었다.

아침이 되자 동네 사람들이 하나둘씩 모여들었다.

"어찌된 일이고 이게 무슨 난리고."

동네 사람들은 저마다 한마디씩 하며 궁금해했다.

"배가 아파 못 견디겠다며 며칠 전부터 드러눕더니, 뒷간에 간다. 길래 갔다오는 줄 알았는데, 뒷간에다 피를 토해놓았어요. 그리곤 방에 와서 또 피를 토하더니 쓰러져버렸어요. 아이고! 이를 어째 이를 어째!"

외할머니는 실신하거나 깨어나기를 번복하더니 말했다.

"얼마 전부터 배 아프다 해서 만져보니 명치끝에 뭐가 만져지기에, 체한 줄 알았지. 병원도 한번 제대로 못 가보고 소화제나 먹었으니 불쌍해서 어쩌나."

정신을 차린 외할머니는 또 통곡하였다.

"허허! 몽달귀신이 되었구먼."

할아버지도 넋이 나간 듯 먼 하늘만 바라보고 눈물을 흘렸다.

"딸 여섯 사이에 그거 하나 태어나더니 그리 갈 거면 왜 왔나. 어이구 왜 왔나."

타령하듯 할머니는 또다시 울부짖었다.

당시의 풍습으로는 부모를 앞서간 불효자인데다가 미혼으로서는, 그날로 장사를 치르는 게 풍습이었다. 외삼촌은 그날 정오쯤에 멍석에 둘둘 말려 앞산 기슭에서 동네 장정들에 의해 쌓아놓은 장작더미 위에서 화장되었다. 외할머니는 가슴이 메여 볼 수 없다며 외삼촌의 소지품을 챙기지 않으려 하였다. 외삼촌 친구들이 화장터에서 소지품들을 다 태우고, 그렇게 외삼촌은 우리 곁을 떠났다.

며칠 후, 외할머니의 마음을 위로해드리려 외삼촌의 친구들이 왔다. 니글니글아저씨도 막걸리를 사들고 왔다. 아무 일도 없었던 듯이 평소처럼 김치와 반찬 몇 가지를 두고 침묵하며 술을 마셨다. 그러다가 외삼촌의 친구 한 사람이 말했다.

"아까운 놈인데, 심성도 착하고."

끌끌하며 애석해하는 말을 하여도 외할머니는 말이 없었다. 아들 친구 앞이라 점잖을 챙기려고 애쓰는 모습이 어린 나에게도 보였다. 니글니글아저씨도 이제부터 내가 아들이 되겠으니 잊으시라며 울먹였다. 억지로 울음을 참던 외할머니는 니글니글아저씨 옷소매를 어루만지며 말했다.

"우리 아들 없어도 자주 오거래이~"

할머니는 기어코 울음보를 터트렸다. 울고 있는 외할머니를 달래기 위해 니글니글아저씨는 말했다.

"양아! 이리 와봐!"

나를 무릎에 앉히더니 말했다.

"이 막걸리 한잔 먹어보련?"

외할머니 기분을 전환하기 위하여, 어색함을 메우려 나에게 술을 먹게 한 것이었다. 나는 얼김에 막걸리 한 모금 마시고 툇마루에 서서, 할머니를 위해 노래 불렀다.

"꼬~양이 그기워~어~도 모~옷카는 치~이~인체에~~."

노래를 부르다가 어지러워 툇마루에서 떨어졌다. 외할머니의 울음은 그치고 대신 내가 울어버렸다. 머리가 아팠다. 혹부리 생겼다. 외할머니는 내 머리를 쓰다듬으며 애잡겠다고 혀를 끌끌 찼다. 그런데 니글니글아저씨는 배가 아픈 듯 웃었다. 외할머니도 젖은 눈으로 빙그레 웃었다.

그런 후, 니글니글아저씨는 외삼촌이 없어 찾아올 명분도 없어졌고, 이모들도 별 관심을 보이지 않자 발길이 뜸해졌다. 어느 날, 침울한 표정으로 니글니글아저씨가 왔다. 평상시의 야전잠바도 벗고 검은 바지에 베이지색 가을 점퍼를 입고 있었다, 외할머니 손을 덥석 잡고는 잘 계시라며 눈물을 글썽였다. 마당엔 볏단이 널브러져 있는 것을 보곤 말했다.

"내가 일을 거들어드려야 하는데."

그는 고향으로 간다고 했다. 피난갔던 가족 소식을 알게 되었다며 얼굴에 웃음을 지었다. 외할머니께 굽실 절하며 아들 노릇하러 종종 오겠다며 쓸쓸한 걸음으로 떠났다. 그러나 니글니글아저씨는 그렇게 떠난 후 한번도 찾아오지 않았다.

외할머니는 국밥장사를 그만둔 대신 장날이면 동네 사람들과 어울려 술을 마셨다. 음식 솜씨가 좋은 외할머니는 별난 음식이 집에 있으면 이장과 통장을 비롯, 친분 있는 사람들을 불러 대접하면서 자주 취하였다. 그리곤 외삼촌 이름을 부르며 울었다. 그러한 할머니 마음을 할아버지는 이해하는지, 혼자 구시렁거리기는 했지만 아무 말 하지 않았다. 동네를 다 찾아다녀도 할머니가 보이지 않는다. 이모들과 엄마가 찾아다니다가 맨 나중에 행여하며 가본 곳은, 동네 앞 도랑 옆에 있는 우리 집 논 앞에 퍼질러 앉아 통곡하고 있었다.

"네가 이 논, 농사짓겠다. 했잖아! 이 논, 네 것 될 거라 좋아했잖아!"

2

말주와 말숙 이모는 엄마 밑으로 시집 안 간 여동생들이었다. 집안 생계를 도맡은 엄마는 말숙 이모에게 미용기술을 가르치고, 말주 이모는 결혼할 때도 되었거니와 그런 것에 취미가 없어 집에서 자수만 놓고 있었다.

토요일이면 말숙 이모가 대구에서 왔다. 말숙 이모만 오면 두 이모는 무슨 할 이야기가 그리 많은지 밤새워 도란도란거렸다. 나는 이모들 이야기가 궁금하여 이모들 사이에 누워 듣다가 잠이 들곤 하였다. 도시에서 살고 있는 말숙 이모는 영화 이야기 또는 남자들이 뒤따라오는 이야기들을 하였다. 시골에서 시집갈 채비로 자수와 뜨개질만 놓고 있던 말주 이모는 그것 모두 동경의 대상이었다. 말숙 이모의 말을 하나도 빼먹지 않고 들으려는 듯 말했다.

"응! 응! 그래서?"

말주 이모는 졸린 눈을 치켜뜨며 듣고 있었다.

"자? 자지 마!"

말숙 이모는 계속 얘기했다. 마치 말숙 이모는 일주일 동안 말주 이모에게 들려줄 이야깃거리들을 만들어 오는 것같이 할 말이 많았다. 어쩌다가 내가 사이에 끼어들었다.

"이모야! 그게 무슨 말이야?"

"넌 가만있어 요것아!"

한 대 콕! 박는 것이었다. 나는 크게 으앙! 하고 울어버린다. 그제야 이야기를 그치고 너 엄마 듣는다. 그만 울어! 하면서 자는 척했다. 그러면 어김없이 엄마가 소리지른다.

"말숙아! 내일 갈 거면 일찍 자라."

할머니는 술 냄새를 풍기며 세상 모르게 잠들어 있었다.

나는 뜻도 모르긴 하였지만 두 이모가 도란도란 이야기하는 것이 좋았다.

"암지야! 가지 마라. 낼 가라."

'나도 낼 갔으면 좋겠다'던 말숙 이모는 할머니가 싸준 반찬을 들고 갔다. 그러던 말숙 이모가 학원을 졸업하고 취직을 했다. 말숙 이모는 내가 보지도 못했던 빼딱구두를 신고 다녔고 당시에는 보기 힘든 미제코르셋을 입고 다녀 신기하기만 했다. 어쩌다가 두고 간 말숙 이모의 화장품이나 몸에 붙는 옷 등을 내가 입어보기도 했다.

말주 이모는 큰일이나 난 것처럼 고함쳤다. 그런 말주 이모가 미웠다. 한번 입어보고 벗어놓을 것인데 말주 이모는 왜 그러는지 몰랐다. 높은 구두를 신으면 네가 넘어지지 않느냐는 게 말주 이모의 말이지만, 나는 그게 곧이들리지 않을 만큼 시큰둥했다.

말숙 이모는 그 전만큼 자주 올 수가 없었다. 취직한 곳에서는 주일마다 쉬지 않았기 때문이다. 나는 말숙 이모가 언제 오는지 궁금하였다. 그러다 말숙 이모가 오면 미뤄두었던 방학숙제를 하면서 봐달라고 졸랐다. 말숙 이모가 내 옆에서 공부를 가르쳐주는 것이 무척 좋았다. 그 시간은 내가 말숙 이모를 독차지하기 때문이다. 그러나 말숙 이모는 대충 나에게 공부를 가르치고 말주 이모와 얘기하는 것을 더 좋아했다. 틈틈이 나는 그 이야기들을 들어두어야 했다. 취직하여 용돈에 여유가 생긴 말숙 이모는 저녁이 되면 말주 이모와 영화 구경을 가자고 약속했기 때문이었다. 그것을 듣지 못하고 얼쩡거리다가는 이모들을 놓치는 경우가 태반이기 때문이었다.

이모들이 이따가 저녁밥 먹고, 오늘 무슨 영화 한다던데 가자고 말하면 나는 이모들 뒤만 따라다녔다. 말숙 이모는 시골에 있는 말주 이모에게 영화 구경이라도 시켜주는 것이 답답한 말주 이모의 가슴을 터주는 것으로 생각하였는지 모를 일이었다. 이모들은 어쩌다가 나도 가겠다면 선뜻 데려가주었다. 그러나 대부분 내가 칭얼대며 따라가면 귀찮다고 짜증을 부렸다. 늘 함께 사는 말주 이모는 노골적으로 나에게 화를 내었다. 그러나 나는 악착같이 울며 따라갔다. 골목 어귀에서 이모들이 빠른 걸음으로 나를 따돌리면, 나는 땅바닥에 퍼질러앉아 울어버리기도 했다.

"잠이 들면 널 업고 와야 하는데."

안 된다고 하면, 나는 안 잘 거라고 맹세했다.

사실, 나는 어린 나이에 영화의 내용도 알 수 없었다. 단지 이모들이 말하는 배우들의 얼굴이 보고 싶었던 거였다. 당시 유명 배우들의 얼굴들은 그때 이모들을 따라다니면서 익힌 얼굴들이었다. 그렇게 안 갈 거라고 떼를 쓰며 오지 말라고 하는 이모의 뒤를 몰래 따라가기도 하면서, 들어간 극장에서 나는 언제나 잠이 들어버렸다.

3

말주 이모가 시집을 간다. 말주 이모는 시집을 안 가겠다고 떼를 썼다. 외할머니는 군인이면 밥걱정 없으니 좋은데 왜 그러냐며 혼인 준비를 했다. 그러나 말주 이모는 말숙 이모와 영화를 보면서, 영화 같은 러브스토리가 자신에게도 있기를 바랐다.

마음에도 없는 결혼은 죽어도 싫다고 했다. 그러나 큰이모가 잘 아는 그 군인은 큰이모의 신임을 얻었다. 말주 이모는 언니가 좋다고 나도 좋은 줄 아느냐며 결혼식 날까지도 거절하다가, 결국은 족두리를 썼다. 그러나 연지곤지에 원삼을 입은 이모 앞에 합환주를 나누는 사모관대의 주인공은 눈을 비비며 보아도 니글니글아저씨였다. 아저씨는 어떻게 다시 군인이 되었는지 알 수 없었다. 니글니글아저씨는 큰이모를 찾아갔었나보다. 먼저 큰이모의 선심을 산 뒤, 말주 이모와의 혼인을 부탁했었나보았다. 큰이모는 군인이 된 니글니글아저씨가 믿음직스럽고 책임감이 있어 보인다고 말주 이모에게 강압을 넣었을 것이다.

말주 이모는 신랑 신부 맞절을 하면서도 울더니 결국 첫날밤 합방을 거절하였다고 했다. 예복은 벗어야 하니 신방으로 들어가라는 주위의 권유에 마지못해 신방엔 들어갔으나, 첫날밤은 끝내 거절했다는 것이었다. 그러나 니글니글아저씨는 말주 이모를 좋아하였다. 시집으로 들어가지 않겠다는 말주 이모를 어쩌지 못해 한 달에 서너 번 찾아왔다. 그러나 밤중에 왔다가 다음 날 아침이면 바쁘게 돌아가는 니글니글아저씨는 예전처럼 나를 안아서 추켜주지도 않았다.

그러자 말주 이모는 밥 먹는 모습도 보기 싫다며 돌아앉았더니 어느 날 몸을 허락하였나보다. 임신이 되었다. 말주 이모는 자신에게 화가 났다. 맘에도 없는데 자식을 왜 낳느냐며 불러오는 배를 남 보기 창피스럽다며 치마끈을 조여매었다. 니글니글아저씨는 말주 이모가 더욱 사랑스러운지 싱글벙글 웃으며 더욱 자주 왔다. 만삭이 되었는데도 말주 이모는 불러오는 배가 부끄럽다며 허릿단으로 조여매는 것을 본 후, 발길이 뜸해졌다.

어느 날 나는 말주 이모에게 물었다.

"이모야! 니글니글아저씨가 왜 싫어?"

"군인이라 싫다. 니글니글아저씨 전쟁터에서 사람 죽이는 이야기 무섭지도 않던? 그 사람이 전쟁 때 그랬다잖아. 사람 죽인 거 생각하니 끔찍스럽잖아, 그라고 멋진 연애 감정도 없이 우째 사노?"

해맑은 눈으로 분노에 찬 듯 말주 이모는 말했다. 사랑이 뭔지 왜 그런 말을 하는지 나는 몰랐지만 말주 이모를 이해할 것도 같았다.

어느 날 말주 이모 방에 외할머니는 아무도 들어오지 못하게 했다. 외할머니 혼자 들어가 있었다. 나는 그 방 주위를 호기심으로 귀를 기울였지만, 말주 이모의 신음소리와 간간히 '힘주라'는 외할머니 소리도 들렸다. 호들갑스러운 외할머니의 다급한 목소리도 들렸다.

"말주야! 정신차려! 정신차려 말주야!"

다급한 외할머니 목소리와 따귀 때리는 소리도 났다. 조금 있다가 따뜻한 물이 들어가고 외할머니도 후유! 안도의 한숨을 쉬며 나왔다. 방문 앞엔 할아버지가 엮은 금줄이 걸렸다. 외할머니 얼굴은 어두웠다. 아이의 몸이 반쪽은 생기다만 미숙아라는 것이다. 나는 이해가 가지 않았다.

니글니글아저씨도 반가움에 달려왔다가, 화난 얼굴로 금방 군용 지프를 타고 가버렸다. 말주 이모도 울고 있었다. 그런 아이가 태어날 거라고는 생각하지 못하여 낙심이 들었나보았다. 외할머니는 나에겐 그 아이를 보여주지 않았다.

나는 몹시 궁금하였지만, 부정탄다며 들어가지 말라는 외할머니 만류를 거역할 수가 없었다. 금줄을 달고 다음 날, 그 아이는 결국 죽어버렸다. 냇물 따라 흘러흘러 다음 생엔 좋은 곳에서 태어나라고 외할머니는 앞 개울가에 묻었다고 하였다. 그리고 할머니는 이모를 극진히 산후조리를 해주었다.

침통한 표정으로 말주 이모는 왜 그렇게 태어났느냐며 퉁퉁 부운 얼굴로 서운해했다. 그 이후로 니글니글아저씨는 다시 오지 않았다. 말주 이모는 차라리 잘된 거라며 혼잣말처럼 중얼거렸다.

"사랑하지도 않는 남자랑 어떻게 살아."

영화 속처럼 꿈 많은 사랑을 해보지도 못하고 그렇게 말주 이모는 과부 아닌 과부가 되었다. 집안 식구들은 아무도 그 이야기를 하지 않았다.

4

　말숙 이모가 서러운 얼굴로 집으로 왔다. 배도 봉긋 불러 있었다. 할아버지는 헛기침을 연발하면서 마당을 쓸고 있었고 외할머니는 입을 딱 벌리고 다물지 못했다. 밤마다 말주 이모와 소곤대면서 남자 이야기를 했던 기억이 있는데 그 남자의 아이인 것 같았다. 배가 불러 일할 수 없으니 말숙 이모는 운영하던 미용실까지 접고 고향으로 온 것이었다. 말주 이모와 말숙 이모는 걱정이 태산 같았다. 말숙 이모는 그 남자를 무척 사랑하였나보다. 말주 이모와 마주 앉기만 하면 그 남자의 말을 하였다.

　"그놈이 딴 여자가 생겼어. 임신하였다 하니 너 알아서 하랜다. 나는 아이 낳을 거야! 그놈이 딴 년과 사는 거 나는 못 봐."

　"그래도 안 오면?"

　"나 혼자 키우지 뭐."

　말숙 이모는 결심이 단단히 선 듯하였다. 6년이나 사귀어온 그 남자가 변심한 것은 죽어도 이해할 수 없다는 마음이었다. 불러오는 배를 안고 말숙 이모는 시도 때도 없이 울었다. 때로는 부엌에서 밥을 하다가도 눈물 닦는 모습을 볼 수 있었고, 대낮 무료한 시간에 배를 옆으로 대고 드러누워 유행가를 부르다가도 울었다.

　나는 말숙 이모에게 공부를 가르쳐달라는 말도 못했다. 가족들은 말숙 이모의 눈치만 봤다. 신경이 날카로워진 말숙 이모의 자존심을 지켜만 보았다. 한 남자를 알고 지내다가 그 남자가 다른 여자가 생겼다 하여 냉큼 뒤돌아서지 않는 말숙 이모의 고집에 오히려 외할머니는 참고 기다려보자는 태도였다. 말주 이모의 결혼 실패가 더욱 가족들에겐 후회스러운 일이었기 때문이었다. 덕분에 말숙 이모의 연애를 말릴 사람이 없었다.

말숙 이모는 점점 더 배가 불러왔다. 배가 불러오는 만큼 말숙 이모의 눈물은 깊었다. 밤마다 말숙 이모의 한숨이 깊어가고 긴 편지를 그 남자에게 띄우는 것 같았지만 답장이 없었다. 그 남자가 다른 여자와 흠뻑 사랑에 빠진 상상이 더욱 말숙 이모를 괴롭혔을 것이다. 가족들도 참담한 기분이었다. 엄마는 그러다 애비 없는 자식이 될까 두렵다며 은근히 말했다. 그러지 말고 낙태를 하는 게 어떠냐고 묻기도 하였지만 막무가내였다.

말숙 이모의 마음이 초조하여 가만있을 수가 없을 즈음, 문제의 그 남자가 왔다. 말숙 이모는 샐쭉거리며 반가워하지는 않았지만 마음이 가라앉는 듯하였다. 그 남자는 하루를 지내고 돌아갔다. 가족들에게 정중한 인사를 하던 그 남자는 과연 말숙 이모가 반할 만큼 깔끔하고 잘 생겼다. 그 남자는 말숙 이모에게 뭐라하고 갔는지는 모른다. 그 후, 말숙 이모의 표정은 조금 밝아진 것 같았다. 그러나 말숙 이모의 마음은 더욱 어수선해보였다. 그러던 어느 날 말숙 이모는 짐을 챙겨 대구로 갔다. 아이를 낳더라도 그 남자 앞에서 낳겠다는 거였다.

얼마 지난 후 전보가 왔다. 말숙 이모가 딸을 낳았다고 하였다. 마침 겨울방학이라 나는 외할머니를 따라 외사촌 여동생을 첫 대면하러 갔다. 말숙 이모는 남루한 재래식 집 문간방에 조그마한 아이와

붓기로 눈도 뜨지 않는 얼굴로 누워 있었다. 부엌도 제대로 없이 아궁이만 있는 그 방은 외풍이 심해 방안에서도 말을 하면 입김이 서렸다. 벽지도 제대로 발라지지 않는 벽엔 반짝이는 성에가 끼어 있었고 뚫어진 창호지 사이로 바람이 쌩쌩 들어왔다. 만삭된 몸으로 급히 방을 구하느라 그랬으리라.

외할머니는 갓난아기를 안고 울었다. 울던 외할머니는 말숙 이모의 이부자리 밑으로 방이 따뜻한지 확인한 다음, 밥은 어찌 먹었냐고 물으며 말숙 이모를 어루만졌다. 갓난아이는 마치 이불 무덤이라도 된 듯하게 숨구멍만 틔운 채 싸여 있었다. 외할머니는 담요 하나를 꺼내어 방문과 벽에 커튼을 치듯 막았다. 그리고 칸막이도 없이 마당과 트인 아궁이에서 미역국을 끓여서 말숙 이모에게 먹기를 권했다. 마음을 가라앉힌 외할머니는 말숙 이모에게 물었다.

"그래, 그놈은 왔느냐?"

"응, 아이 안고 막 울대? 내가 잘못했다. 아빠가 잘못했다 그러대?"

자랑스러운 듯 행복감에서 이모는 말했다.

"그래도 제 자식 귀한 줄은 아나보다. "

"산후 끝나면 아기 데리고 친할머니 집에도 다녀가란다고 시어머님이 그러셨대."

"다행이다."

그제야 외할머니는 마음이 놓였는지 그 자리에 누워서 아기를 안은 채 잠이 들었다. 나도 외할머니 허리춤에서 잠이 들었다. 외할머니 인기척에 잠이 깼다. 밖은 어둑했다. 말숙 이모의 저녁을 챙겨준 외할머니와 나는 큰이모집으로 잠을 자러 갔다. 말숙 이모는 큰이모집 근처에 방을 구하였다. 외할머니와 난 걸어서 갔다. 외할머니와 길을 걸어가면서 김이 모락모락 나는 국화빵을 먹으며 추위를 달래며 갔다. 그때 사먹던 국화빵은 단팥 앙금을 꿀처럼 묽게 넣었는데, 빵틀에서 갓 구워내 꿀물처럼 달고 고소했다. 군것질을 좋아하지 않는 외할머니는 국화빵을 사양하지 않고 먹는 모습이 나는 좋았다. 외할머니는 다른 것을 사면 돈을 아끼라며 돈을 못 쓰게 하였는데, 내가 춥다며 할머니와 같이 먹기 위해 산 국화빵은 아무 말도 하지 않았다. 어떨 땐, 양아! 춥지? 하며 고쟁이 속에 돈을 꺼내어 저거 사오라고도 하였다. 나를 위한 배려였을 것이다. 나는 매일 외할머니와 그렇게 국화빵을 먹으며 길을 걷는 게 즐거웠다.

5

여섯 딸 중 셋째 이모인 큰 이모는 내가 제일 무서워하는 이모다. 나를 귀엽다고 쓰다듬으며 용돈을 주는 경우는 극히 드물었다. 할머니 말 잘 들어라, 공부 열심히 해라, 그렇게 당부만 하여 싫었다. 그리고 목소리가 커서 꼭 야단만 치는 사람 같았다. 어렸을 땐 이뻤을 것 같은 얼굴이 이젠 삶의 때가 묻어 욕심살이 붙은 듯했고 억척스러운 여장부 냄새를 풍겼다. 시골 장마다 찾아다니며 미곡상을 하던 이모는 며칠 만에 집에 왔다. 역마살이 붙어 우연히 집을 나간 이모부는 본 일이 없다. 큰이모가 집을 비우면 초등학교에 다니던 외사촌 언니가 오빠랑 밥해먹고 학교로 갔다. 어릴 적부터 그렇게 책임감이 강하게 자란 언니는 무척 영악스러웠다.

며칠 만에 큰이모가 돌아왔다. 큰이모는 할머니와 나를 반갑게 맞으며 기분이 좋았는지 용돈도 주었다. 인색하던 큰이모의 선심에 나는 내심 놀랐다. 큰이모는 새로운 동업자가 생겼는지 남자 한 사람도 데려왔다. 외할머니에게 소개하고 언니에게 술상을 보라 일렀다.

큰이모는 장사를 안 해본 것이 거의 없어서인지 호탕한 성격이었다. 낯선 객지에서 여자 몸으로 아이들과 살아내기가 힘들었는지, 장사가 바뀔 때마다 동업자도 바뀌었다. 그리고 그들은 큰이모의 장사를 도와주는 사람들이었다. 호탕하고 계산적인 큰이모의 성격을 나는 부러워하면서도 그때는 큰이모가 무서웠다. 그러한 큰이모를 이해하기엔 내 나이 사춘기가 지나서였다. 한정식을, 목재소를, 모텔업을, 산판업을 거쳐 갈 때마다 일본 글은 알아도 한글은 잘 모르는 큰이모로서는 대가를 치러주더라도 보디가드 같은 동업자가 필요하였을 것이다.

술 몇 잔 들이킨 큰이모는 노래를 불렀다. 큰이모의 노래 솜씨는 수준급이다. 술상을 두드리던 젓가락을 슬그머니 놓고, 큰이모는 할머니를 물끄러미 바라보다가 집안은 다 편하냐고 물었다. 그럴 때 외할머니는 기다렸다는 듯, 습관처럼 나오는 말이 있다.

"뭐만 차고 기어들어온 놈 비기 싫어 몬살겠다. 그놈이 뭐가 그리 좋아 데블고 사는지."

나의 어머니와 아버지를 두고 한 말이다. 외할머니는 엄마가 집안 기둥 격인데도 제일 미워한다. 돈을 벌어 집안 살림을 도맡아 외할머니께 생활비를 주는 엄마다. 그런 엄마를 외할머니는 자식 중 제일 미워한다. 온종일 사람들과 입씨름을 하고 저녁 늦게 들어오는 엄마는 신경이 날카로워져 투정이 심하였다. 집안 식구들이 먼저 저녁 식사를 끝내고 엄마가 돌아올 때까지 외할머니는 밥이 식지 않게 이불 속에다 밥을 묻어두었다. 찌개나 국 종류는 은근한 화롯불에 올려놓고는 엄마가 오면 밥을 차려주었다. 엄마는 맛있게 먹는 날도 있지만 더러는 국물이 졸아서 짜다고 짜증을 내기도했다. 엄마가 들어오면 집안은 팽팽하게 긴장이 되었다. 할머니는 엄마가 밥을 먹는 동안, 동생들과 나의 하루 일을 고해바치는데, 때로는 할머니가 고해바치는 나의 하루 일에 엄마에게 야단을 맞기도 하였다. 동생들 돌보고 할머니를 도와 집안 청소도 않고 놀기만 하였다는 것이다. 그럴 땐 할머니가 무척 원망스러웠다.

엄마의 유일한 취미는 장롱 속에 꼭꼭 숨겨두었던 돈을 꺼내어 헤아리는 것이다. 입지도 않는 고급 비단 옷감을 사놓고는 잠 오지 않을 때 꺼내어 만져보는 것과 아버지를 기다리는 것이었다. 아버지는 건축업을 하였으므로 지방에서 일하게 되면, 한 달에 두어 번 오는 적도 있어서 엄마는 늘 아버지의 정이 아쉬웠던 것 같았다.

아버지는 일제 강점기였던 어릴 적, 중국으로 건너가 건축 설계도면을 그리고 보는 법을 배웠다. 농촌에서 드물게 설계도면을 그리는 아버지를 보면 자랑스러울 때도 있었다. 건축 설계도면을 그리는 실력으로 그 당시 도지사상도 탔다지만 공사 관리는 엉망이었나보았다. 소속되어 있던 곳을 벗어나 개인사업을 하면서 맨날 공사비 때문에 엄마와 싸웠다. 엄마는 돈놀이하면서 수입을 짭짤하게 올렸다. 밤이면 동네 사람들이 엄마에게 돈을 빌리러오곤 하였다. 그런 엄마에게 아버지도 돈을 빌려가는데, 대부분 회수가 잘 안 될 때가 있는 모양이었다 언제 가져간 돈 왜 안 주느냐는 둥, 또 돈이 필요하냐는 둥, 저번에 가져간 돈은 뭐했냐는 둥 대부분 싸움의 내용이 그런 거였다. 엄마를 속상하게 하는 아버지는 나도 미웠다.

"아! 그놈 밥 먹는 것도 미워, 따끈한 밥 속에 날계란 묻어달라고 하는 꼴이란."

외할머니 말을 묵묵히 듣고 있던 큰이모는 양미간에 인상을 쓰면서 외할머니께 말하였다.

"어무이, 그러지 마소! 그래도 그 사람이 있으니 양이 에미가 정신을 차리고 있는 거요. 양이 저것 돌도 되지 않았을 때, 쟤 애비 순경으로 작전갔다가, 사람에게 쏘는 총소리 무서워 혼비백산되어 도망가서 돌아오지 않고, 양이 데리고 총각 시집 어이가겄소. 물론 첨엔 홀아비라 했다지만, 그래도 그 사람이 기둥으로 버티고 있으니 돈도 그리 남 부럽지 않게 벌고, 논도 그 좋은 땅에 사고 하는 거요."

"그거야 지가 워낙 악착스러우니까. 그래도 그놈이 맨몸으로 기어들어와서 집안일 하나 거들지 않고, 할애비 타작을 해도 지는 건들거리기만 하는데, 본처는 애들 수두룩 데리고 와서 떠들어대며 머리카락을 잡아채니, 남사시러버서 몬살겠다. 본처한테 뭔 애는 그리 까났는지 일곱인가 여덟인가 그것들은 생활비 안 주고 되나?"

"그러지 마시라니까. 그래도 어무이가 죽고 못 사는 아들 둘도 나았잖아요.*"

"내 그놈들만 아니면…"라며 말끝을 흐렸다.

외삼촌을 잃은 외할머니는 남동생들에게는 유난하였다. 몸소 물을 끓여 연유를 태워먹이고, 그것도 부족하여 밥이 끓을 때, 그릇을 얹어 고인밥물에 분유를 태워먹이기도 하였다. 사람은 곡기를 먹어야 건강하다는 게 외할머니 생각이었다. 그렇게 손자를 귀여워하는 외할머니 앞에 나는 손녀로서 쓰잘데기없는 가시나에 불과했다. 무엇이든 먹을 것은 남동생들이 우선이었다. 남동생들의 샌들도 내가 한번 신어보면 야단을 쳤고, 옷이라도 여자인 내가 타넘으면 사내아이 옷을 쓰잘데기없는 가시나가 타넘는다고 호통을 쳤다.

외할머니가 엄마와 아버지를 미워하는 것도 전처가 있기 때문만은 아니었다. 엄마에게 돈을 빌려간다는 것과 돈을 벌어 엄마를 집에 앉혔으면 그러지 않았을 것이다. 그런데도 그런 아버지를 좋아하는 엄마가 싫었을 것이다. 말주 이모와 외할머니는 앉으면 엄마와 아버지의 흉을 보았다.

큰이모는 며칠 분의 반찬을 만들기 위해 부엌으로 가고 외할머니와 나는 잠자리에 들었다. 큰이모와 할머니의 이야기를 들은 나는 잠이 오지 않았다. 엄마가 불쌍하면서도 미운 맘이 들었다. 평소에도 늘 들은 말이지만 큰이모의 말이 새삼스럽게 들렸다. 파출소를 담 하나의 경계를 둔 그 밤은 죄인들 고문당하는 소리와 신음이 끊임없이 들렸다.

6

명절이 왔다. 명절이 되면 큰이모와 말숙 이모가 왔다. 우리 집은 조상 제사가 없었다. 큰할아버지네 가족은 일본에 가서 돌아오지 않았기 때문에 제사에 참석할 수가 없었다. 할머니는 내가 살아 있는 동안이라도 지내야겠다며 외삼촌 제사만 지냈다.

음식 솜씨가 좋은 큰이모는 별난 음식을 집에서 만들어가지고 오기도 하고 음식거리를 사오기도 하였다. 외할머니는 그런 명절 때만은 제일 즐거워하였다. 위로 제일 큰이모는 의원이었던 이모부와 만주로 건너갔다고만 했을 뿐 행방을 모르고, 두 번째 큰이모는 일찍 이모부를 여의고 가난하게 산다는 자격지심에 거의 등을 지고 잘 오지 않았지만, 네 딸을 한꺼번에 볼 수 있는 게 명절 때이기 때문이었다. 명절이 가까워져오면 달력을 자주 보며 나에게 이제 몇 밤 남았나? 하곤 물었다.

후유! 하며 습관처럼 내뿜던 한숨을 그때만큼은 내뿜지 않았다. 마치 딸들을 키울 때를 연상하는 듯했다. 그러한 할머니 마음을 아랑곳하지 않는 듯 딸들은 만나면 삐걱거린다.

말숙 이모는 큰이모를 제일 싫어한다. 같이 대구에서 살면서 형제 간에도 삶의 경쟁이 있는지 큰이모만 보면 으르렁거린다. 엄마는 일 다녔을 때는 그 삐거덕거림에 제외되었다가 직장을 그만두고 집에 눌러앉게 되니 합세가 되었다. 싸움하고 싶어하는 엄마는 아니지만, 형제 중에 누가 시비를 걸어오면 곧바로 대꾸하였다. 말숙 이모가 큰이모에게 한마디 던졌다.

"히야! 히야는 살 만하면 형제들한테도 인심 좀 쓰고 살아라. 엄마 아부지 용돈도 좀 보내주고 그래라. 애들 용돈도 한번 주는 거 못 봤다. 그래 살아 뭐할래?"

"내가 살기는 뭘 살 만하냐, 객지 생활하면서 그래 안 살믄 어떻게 살아?"

"그래도 욕심 좀 그만 부리고 살아라. 형제 중에 히야! 니가 제일 낫다."

막내한테 그런 이야기를 시비조로 들으면 다혈질적인 큰이모의 심성을 건드리고 남을 일이었다. 큰이모 언성이 높아진다. 그렇게 저렇게 옥신각신하다가 누가 한 사람 또 말려든다. 특히, 엄마는 두 이모를 말린다고 한마디 하다보면 말꼬투리가 잡힌다. 불똥은 또 튄다. 그럴 때 말주 이모는 묵묵부답으로 가만 있는다. 말숙 이모의 편이기도 하려니와 꼬투리잡히기가 싫었던 거다. 그러다가 말숙 이모가 말주변이 딸리면 말주 이모도 거든다.

"쫌히! 니는 너 애들 엄마가 다 키웠는데 엄마 아부지한테는 해주는 것도 없으면서, 남자한테는 목돈 척척 잘 주나?"

"그런 소리 하지 마라. 나도 가족들 생계 다 책임졌고, 너 미용학원도 내가 시켰고, 피난갔다오니 폭격 맞은 저 아래채도 내 돈으로 지었어. 오빠 약값이랑 생활비 엄마한테 다 맡겼는데 쓰고도 남을 만큼 드렸어. 너는 뭘 그리했다고 그러냐?"

"나는 엄마 아부지한테 신세진 거 없어."

"자식은 다 같은 자식이야!"

옥신각신하다가 자신들의 울분에 결국은 울음보들이 터진다.

"내가 히야들 팔자가 그래서 나는 히야들처럼 안 살라고 이를 깨물며 산다. 애들 애비가 바람피워도 나는 일부종사해야 한다는 굳은 마음으로 살고 있다. 히야들 팔자 내사 몸서리난다."

"그래! 니는 잘 살아라. 누군들 그리 살고 싶어 사나? 여자 팔자 뒤웅박 팔자라 그런 걸 제발 니라도 팔자 좋게 일부종사하고 살아라."

큰이모가 큰소리치며 말했다. 잠시 후, 싸움은 조금 수그러들었다. 삶이 억울하고 분하니 만만한 형제들이 모이면 그렇게 한들을 풀었을까? 그렇게 딸들은 모이기만 하면 달그락거렸다. 할아버지는 명절 분위기에 정종 네 잔만 드시면 잠이 들었고, 할머니는 묵묵히 음식만 준비하였다. 고향 떠났다가 성묘 온 김에 동네 웃어른께 인사 다니는 타지에서 온 손님들과, 차례를 지낸 후, 아침밥을 먹고 좀 지나면 연장자 격인 할아버지께 동네 사람들은 명절 인사를 오기 때문에 집안 분위기는 엄숙해진다. 그렇게 인사를 다닌 사람 중에 몇몇은 집집마다 차려준 술상을 받고 얼큰하게 취하여 다시 우리 집에 왔다. 대부분 큰이모의 동창들과 할머니가 선심을 쓰던 사람들이다. 큰이모는 호탕한 성격이라 남자 동창들이 좋아하였다.

도시에서 가지고 온 큰 문어나 소갈비 같은 특별한 음식과 집에서 준비한 음식들이 차려지고, 할머니가 담근 농주를 항아리째 마시다가 그것도 모자라 말술이 배달되어 질펀하게 마신 후, 장구와 꽹과리를 가져와 마당을 빙빙 돌며 노래와 춤을 추었다. 딸들도 언제 싸움을 했느냐는 듯같이 즐거워하며 웃었다.

동네 아저씨들 젓가락 장단은 신기에 가까울 정도로 멋졌다. 큰이모의 노랫가락이 터져나오면 돌아가면서 노래를 불렀다. 그러다보면 집안일을 끝낸 동네 아줌마들도 모이기 시작했다. 해가 뉘엿해질 때까지 장구와 꾕과리 소리로 마당 한가운데나 방안에선 잔칫집이 되었다.

　나는 우두커니 서서 언제 이 놀이가 끝날지 그것만 기다려야 했다. 큰이모는 바쁘다며 이튿날이 되면 떠나고 말숙 이모는 며칠 더 있다가 어린아이와 길 나서기 힘들다며 이모부가 데리러오면 떠나갔다. 말주 이모는 전근온 어느 공무원과 영화 같은 사랑을 하여 딸 하나를 낳았으나, 그리 오래 같이 살지를 못하였다.

　조리터집 가족들은 이제 다 딸들은 저세상 사람들이 되었다. 그 형제 중 말숙이라는 딸만 생존해 있다 한다. 이제 말숙 씨는 찌그럭거릴 형제가 없어 외로울 것이다. 간간이 히야!들 얼굴도 떠올려질 것이다. 딸들은 저세상에서도 아웅다웅 싸울까? 그들의 어머니 아버지는 저세상에서 그 딸들을 어떻게 다독거리며 지내고 있을지. 왜정의 핍박을 견딜 수 없어 헐값에 전답을 팔아 일본으로 건너갔지만, 조센징이란 괄시 때문에 직장도 가질 수 없어서, 가지고 갔던 돈만 다 날리고 알거지가 된 채 해방이 되자 다시 고향으로 돌아와버린. 그래서 지지리도 가난 속으로 몰아넣게 했던 할아버지를, 할머니는 그곳에서도 원망할까? 죽어서 꼭 아들을 찾아야 한다며 빨리 죽고 싶다던, 손바닥에 아들 이름 새긴 도장 찍어주면 저세상에서 꼭 찾겠다는 유언을 남겼다던 그 할머니는 아들 찾아 아들만 바라보고 있을지. 키가 작달막하던 할머니의 호탕한 웃음소리가 어디에서 들리는 듯하다. 모처럼의 고향 방문길에 우연히 그들이 살았던 집을 지나치다가, 올 망졸망 장구치며 춤추던 아랫집 마당을 물끄러미 내려다보며 조리 터 집의 내력을 되새겨본다.

상록마녀전

상록마녀전

여자는 깔깔거리며 웃었다. 아마 그것은 오래된 습관에서 온 생활의 방어책인지도 몰랐다. 어깨를 들썩이며 고개를 뒤로 젖히고 웃는 모습은 마치 속없는 사람의 과장된 너스레 같았다. 그렇게 요란하게 웃는 게 껄끄러우면서도 나는 여자의 웃음소리에 신이 나서 농담을 멈추지 않았다. 여자의 본명을 아는 사람은 인근에서 나밖에 없었다. 사람들은 여자의 이름을 '김지영'으로 알고 있었지만 그녀의 본명은 '김여자'였다.

생활 형편이 좋지 못했던 나와 여자는, 시설이 허름한 가게에서 주인 노릇을 할 수밖에 없었다. 매출이 늘어나지 않을 때마다 우리는 둘이서 소주를 놓고 신세한탄을 했다. 늘 마주 앉으면 어떻게 살라고 이렇게 장사가 안 되느냐는 푸념에서부터, 죽느냐 사느냐 그것이 문제라는 데까지 이르렀다. 그렇게 술을 마시며 눈물과 푸념이 나오게 되고 노래까지 부르게 되었다. 여자는 노래 실력을 자랑하듯, 한꺼번에 네다섯 곡을 예약해놓고 연속으로 불렀다. 여자의 노래를 듣다가 지루해진 나는 뒤질세라 예약을 해두지만, 대부분 여자의 노래를 들어주어야 했다. 가끔 여자에게 신청곡을 청하기도 하고 따라도 불러보다가 어느 순간 여자와 노래에서 흥이 나지 못한 나는 시무룩해져 버렸다.

그러나 깔깔거리는 여자의 호들갑스러운 웃음으로 금세 마주 앉아 웃게 되었다. 분위기라도 바꾸듯 여자는 심각한 얼굴로 술잔을 들다가 혼잣말로 구시렁거렸다. 언니나 나나 사람 믿으면 안 돼. 우리 모두 사람 믿다가 이 꼴이잖아? 나는 그렇게 말하는 여자의 말에 인정할 수 없었다. 사람이 사람을 안 믿으면 누구를 믿냐? 외로워서 어떻게 살아? 여자에게 반문했다. 사람을 믿는다고 안 외로운 게 뭐가 있는데? 아직 언니는 사람한테 혼이 덜 나봐서 그래. 여자는 마치 인생 선배처럼 나무랐다. 그렇지만 나는 여자보다 언니라는 이유만으로도 지지 않으려고 그 말을 무시했다. 그래도 사람을 믿을 수밖에 없어. 아직은 착한 사람이 더 많아. 여자는 지지 않고 대답했다. 언니는 아직 인생을 덜 살았어. 더 살아보라고.

그러나 여자도 나도 남편에게 배반당하긴 마찬가지였다. 차라리 여자는 일찍 난봉꾼 같은 남편을 포기하고 아이와 단둘이 돈독하게 살고 있지만, 나는 포기하지 못하고 지지고 볶으며 남편이 죽을 때까지 끌어안을 수밖에 없었다. 아이들에게 결손가정이라는 환경은 만들어주지 말자 싶어서였지만 오히려 신경질적인 엄마가 되어갔다. 막상 남편이 죽고 나자 더 가슴 아팠던 것은 가족 나들이 한번 다정하게 가본 적이 없었다는 사실이었다. 그렇게 아옹다옹하며 산 게 오히려 아이들 정서에 불안감을 조성했을 것이다. 생계비도 거들떠보지 않았고 바람까지 피우며 속 썩이던 남편이 죽음에 다다라서야 집으로 돌아왔었지만, 죽기 전 남편은 그 여자에게로 갈 채비를 하던 중이었다.

난 여자에게 지지 않으려고 인정할 수 없다는 태도를 보였지만 나 역시 사람을 믿지 못하는 근성이 있는지도 모를 일이었다. 여자는 어느 남자에게도 사랑하면 내 마음만 다친다며 고래고래 고함질렀다. 언니는 안 돼. 그걸 자제할 능력이 아직 부족해. 그렇다고 여자의 말을 받아들일 수는 없었다. 빙신같이! 사랑은 마음을 다쳐도 사랑인 거야! 나도 여자에게 고함을 질렀다. 생각해보면 사랑다운 사랑을 해본 적이 없는 것 같았다. 그 점에서는 여자가 선배인지도 몰랐다. 남편은 바람만을 안고 살다가 바람처럼 훌쩍 떠났다. 단 한번도 내 사람이란 인식을 심어주지도 않았고 멀리서 그림자만 쳐다보듯, 그를 응시할 수밖에 없었다.

너, 보험을 몇 개 해약했다면 그런 일도 안 생겼을 거야. 여자가 병원에 입원했던 날, 나는 여자를 바라보며 놀렸다. 여자는 깔깔거리며 웃고 있었다. 그 말이 여자에게 자존심을 건드리는 건 아닐까? 여자는 아무렇지 않게 웃어주어 나는 신이 났다. 정말 나는 그런 생각이 들었다. 여자에게는 사고가 너무 자주 일어났었고 장사하는 사람으로서 입원하는 횟수도 너무 잦았다. 가게 문을 닫아두면 자연 단골들이 떨어지게 마련이고 업주로서도 자꾸만 게으름이 생겨 장사의 가속이 떨어질 수밖에 없다. 그런 내 말에 여자도 그런 재수 없는 일을 맞는 자신이 짜증난다고 했다. 그래서 나는 여자를 위로한답시고 엉뚱한 말로 여자를 웃게 만들었다.

여자는 보험을 수십 가지 들어놓고 한번 입원할 때마다 보험금이 많이 나온다며 걱정하는 나를 오히려 위로했다. 그러면서 나에게도 보험에 가입할 것을 권해 나도 여자의 단골인 보험설계사에게 몇 가지 가입했던 적이 있었다. 그러나 나는 여자에 비하면 미미했다. 웃고 있는 여자에게 난 한마디 더 했다. 너, 보험마귀가 얼마나 무서운 줄 아니? 번번이 입원해서 그렇게 보험금을 타먹으니 보험마귀가 벌 주어 걸핏하면, 교통사고에 길 가다가 삐끗하여 다리나 다치고 그러는 거야! 그러니 몇 개만 해약해.

장사해서 버는 만큼 보험금이 비례한다니까. 여자는 더욱 재미있다는 듯 깔깔거렸다. 어찌보면 천진난만하고, 어찌보면 능청스러운 여자의 표정을 보며 재미있어 더욱 언성을 높이게 되었다. 술에 어느 정도 취하고 나면 우리는 왜 술을 먹게 되었는지조차도 잊곤 했다. 손님이 오는 것도 귀찮아졌다. 꼭 뭘 먹고 있으면 손님이 온다니까? 툴툴거리는 나를 밀치고 여자가 헐레벌떡 뛰쳐나갔다. 여자는 작달막한 키에 불룩 나온 배를 내밀곤 손님에게 호들갑스럽게 안내했다. 네, 저 방으로 들어가세요. 에어컨을 틀면 아주 시원합니다. 마이크 성능도 좋아요. 여자는 격앙된 목소리로 손님을 룸으로 안내했다.

몇 년 전이었다. 나는 가게 종업원이 필요했고 생활지에 광고를 냈다. 여자는 광고를 보고 나를 찾아왔다. 여자는 한정식 요정에서 일했다는데 그곳은 사양길에 접어들어 룸주점으로 일하러 왔다고 했다. 이십대 후반이었고, 큰 가게에는 다니기가 부담스러워 내 가게를 선택했다고 말했다. 룸이 몇 개 안 되는 나의 가게는 규율이 엄하지도 않았고 그때만 해도 장사는 웬만큼 되는 편이었다.

　어린 딸아이 저녁밥을 먹여놓고 출근해야 하는 여자는 늘 출근 시간이 늦었다. 나이가 더 어린 동료 종업원들은 여자가 맨날 늦는다고 투정부리곤 했다. 그럴 때마다 난 종업원들에게 말했다. 아이가 아이를 키우니 봐줘라. 남자 종업원을 제외한 여자들끼리는 자매처럼 지내자는 게 내 철칙이었고, 가족도 없이 어린아이를 혼자 집에 두고 출근해야 하는 여자가 딱했다. 영업을 마치고 울적한 기분이 들면 같이 거리를 배회하기도 하고, 이 집 저 집 돌아다니며 허전한 속을 소주로 채우기도 했다. 여자는 술잔을 들고 늘 자신이 잘 나갈 때의 자랑과 딸의 가정교육을 상담했고, 나는 내 딸아이와의 경험을 숨김없이 풀어헤쳤다. 그러다 아이들을 학교에 보내는 시각이 다가오면 비틀거리며 서둘러 각자 집으로 향했다. 잘 가라는 말할 여유도 없이.

　여자의 키는 작달막했으나 얼굴이 예뻤다. 그때만 해도 나이가 어렸을 때라 화장을 하고 얌전하게 앉아 있으면, 뭇 남성들이 호기심을 느낄 얼굴이었다. 가게에서도 손님들은 여자를 좋아했다. 여자 역시도 경험 많은 호스티스로 제 임무에 게으르지 않으려 손님에게 친절했다. 가끔, 손님이 마음에 들면 자신 앞으로 양주 한 병을 달아놓고 서비스로 주자곤 했다. 서비스를 줄 사람이면 주인인 내가 알아서 주겠지만, 자신이 맘에 든다고 양주 한 병 서비스로 주자는 것은 나로서는 어이가 없었다. 술값을 여자에게 받을 수 있는 나도 아니었지만, 술값을 대신 치를 여자도 아닌 건 뻔했다.

　그러다가 여자는 교제하고 지내던 영감이 가게를 그만두면 생활비를 주겠다고 하여 가게를 얼마 지나지 않아 그만두었다. 그 후로 여자는 고객으로 내 가게를 몇 번 방문하더니 또 어느새 다시 아르바이트로 일하기도 했다. 그런 세월이 벌써 십여 년이 흘렀다.

고정적인 호스티스 생활을 접더니 여자는 살만 쪄가기 시작했다. 여자의 영감은 얼마 가지 않아 경기가 안 좋다는 이유로 생활비를 끊었고, 여자를 피했다. 한동안 술에 취해 영감에게 전화하고 집에도 찾아갔지만, 영감은 전화도 받지 않을 뿐더러 만나주지도 않았다. 그나마 수입원이 끊어지자 여자는 전격적인 아르바이트로 생활을 해야만 했다. 평소에 알고 지내던 노래광장이나 노래연습장을 전전하면서 벌어들이는 수입은 제법 짭짤했다. 한 집에서 손님이 오기만을 기다리기보다는 딸아이도 돌보면서 전화를 받고 그 집으로 가 일이 끝나면 다른 집의 전화를 받고 가곤 했다. 한 곳에 묶여 있지 않았으니 여자는 자유로웠다.

여자는 마음이 편해서인지 살만 쪄가기 시작했다. 그러나 업주들은 다른 도우미보다 장사에 노련한 수완으로 신경써주는 여자를 찾았고, 그만큼 신경을 써줘야 하는 부담이 여자에게는 있었다. 하지만 밥줄인 업소에서 자신을 불러주는 성의를 무시해서는 안 되었다. 어떻게 해서든 매출에 신경을 써줘야 업주들이 불러줄 것이고, 함께 살아가는 수단이었다. 나이 어린 손님에게조차도 오빠 호칭을 불러주며 친근한 척해야 했고, 여색의 취기에 물이 오른 그들에게 때로는 몸을 맡기기도 하며 수입을 챙겼다. 그나마 서로 인간적인 교류가 흐르는 손님이 있어서 편할 때도 있는가 하면, 몸에서 냄새를 풍기며 무작정 손으로 더듬는 손님들 때문에 스트레스를 받을 수밖에 없을 때도 있었다. 겉으로는 웃음을 흘렸을 테지만 속으로는 서러움이 흘렀을 것이다. 적당히 간격을 두면서 달랠 수밖에 없었을 것이다. 오빠, 우리 이따가 해장국이나 먹으러 가자. 이러지 말고. 응?

손님들은 살이 찐 도우미를 좋아하지 않았다. 어느 날부터인가 여자는 손님들에게 퇴짜를 맞기 시작했다. 어떻게 해서라도 그 자리에서 쫓겨나지 않기 위해 손님의 눈치를 살피다가 몸으로라도 울어야 했다. 그녀는 스스로 손님의 허벅지 위로 손을 먼저 갖다얹기도 했고, 장난치듯 손님에게 몸을 비볐다. 그러고는 열심히 손님의 전화번호를 얻어냈다. 삼십대 후반으로서 얼마든지 몸매만 가꾸면 인기를 유지할 수도 있었지만 살찐 몸매로는 인기를 얻는다는 건 불가능하다는 게 현실이었다. 그나마 마음이 후한 손님이 퇴짜를 놓지 않는다 더라도, 호들갑스러운 여자에게 손님들은 금방 싫증을 내버리기 일쑤였다. 여자 나름대로는 손님에게 친절을 부린다는 것이 오히려 역효과를 내는 꼴이었다. 서서히 여자도 자신감을 잃어가고 도우미 생활에 싫증이 난 듯했다.

여자는 자신이 직접 영업하면 그동안의 장사수완을 기틀로 삼아 잘할 수 있을 것 같았던 모양이었다. 손님에게 받아둔 전화번호라든가 한두 번 자신과 놀았던 단골손님들이 와준다면 장사는 그런대로 유지될 것 같았기 때문이었다.

여자는 서둘러 조그마한 카페를 냈다. 그동안 알던 손님들에게 연락해서 그런대로 장사는 유지가 되었다. 그러나 작고 제대로 된 시설을 갖추지 못한 가게에는 안면으로 다녀간 사람들 이후 새로운 단골이 이어지지 않았다. 종업원도 없이 혼자서 술 취한 남자들을 어떻게 다뤘는지는 잘 모를 일이다. 그러나 월급을 주면서까지 종업원을 두기에는 장사 형편이 원만하지 않았을 것이다. 전날 손님과 만취하도록 술 마시는 날이면 여자는 술에 이기지 못해 가게 문을 며칠씩 닫곤 했다. 심심하여 가끔 여자에게 전화를 걸면 여자는 집에서 자는 목소리로 전화를 받곤 했다. 장사하는 사람이 술도 적당히 먹고 다음 날에는 가게에서 자는 경우가 있더라도, 가게 불은 켜야 한다고 말했지만, 여자의 태도는 고쳐지지 않았다. 더구나 시설도 별다른 장점이 없는 여자의 가게는 점점 손님이 줄었다. 여자는 문을 열었다가 예고 없이 닫는 일을 반복했을 뿐만 아니라 병원에 입원하는 일도 잦았다. 길을 가다가 보도블록에서 발목을 겹질려 병원에 입원하는 일이 있더니, 멀쩡히 택시를 타고 가다가도 다른 차가 뒤에서 박아버려 입원하는 일도 생겼다.

나는 때로 여자가 부럽기도 했다. 요즈음같이 장사가 되지 않을 때 병원에서 나오는 밥이나 먹으며 쉬면 얼마나 좋을까. 큰 외상도 없는데 입원할 수 있으니 있던 병도 고칠 수 있으려니 싶었다. 여자는 낮에는 병원에 머물고 밤에는 집으로 돌아와 딸의 밥을 챙기는 듯했다. 억지로 술을 마시면서 장사를 하지 않아도 여자에게는 수입원이 생겼다. 한 달이면 수백만 원의 보험료를 지급한다지만 그 비례만큼 돈도 들어왔던 것이었다. 그것으로라도 월세를 충당할 수 있는 여자는 조금만 몸이 아프거나 컨디션이 좋지 않으면 가게를 닫고 입원했다.

그리고 퇴원하면 또 가게 문을 열었다.

입원하고 가만히 누워서도 돈이 들어오는 여자는 장사가 흥이 날리 없었다. 차츰 손님들에게도 싫증이 나기 시작했고, 또 다른 남자를 알게 되어 딸이랑 함께 쇼핑과 외식을 즐기며, 극장에나 다니는 재미가 쏠쏠한 듯했다. 장사를 나가고 나면 딸이 혼자서 집에 있어야 하는 심적 부담을 풀기라도 하려는 듯, 보약이나 음식을 정성스럽게 해먹여 딸도 여자와 함께 몸이 비대해졌다. 여자가 그렇게 딸을 에워싸는 만큼 딸은 아직 철이 덜 든 어린아이처럼 어리광을 부렸으나 여자는 행복해보였다. 그리고 고등학생이 된 딸에 대한 자랑이 늘어졌었다.

여름방학 때 여자가 술에 취했던 날이었다. 집에 빨리 오지 않는다고 딸에게서 전화가 왔다. 여자는 딸에게 네가 나를 데리러와야만 집에 가겠다고 했다. 딸은 여자를 데리러왔다. 우리는 어느 때처럼 손님도 없는 긴 시간이 지루하여 술을 먹고 있었고 여자는 취해 있었다. 딸이 데리러왔지만, 우리의 한풀이는 끝나지 않았으므로 딸은 술 안주로 시켜놓은 족발을 연신 먹으며 기다려야 했다. 딸은 족발을 집어먹느라 지루한 줄 모르다가 배가 부르자 여자에게 집에 가자고 혀 짧은 아기 말투로 졸랐다. 나는 딸의 그런 말투가 거슬렸다.

얘! 고등학생이 의젓하게 말해야지. 그러나 딸은 거리낌없이 혀 짧은 말투로 계속 칭얼거렸다. 여자가 한두 번 달랬으나 딸은 계속 징징거렸고, 자존심이 상한 여자는 화가 난 표정이었다. 그러지 말고 일어나서 딸과 함께 어서 가라고 종용했지만, 술 먹은 고집은 쉽게 꺾이지 않았다. 여자가 칭얼대는 딸에게 고함을 질렀다. 열중쉬어! 차렷! 딸은 화난 엄마를 데려가려면 어쩔 수 없다는 듯이 구령대로 움직였다. 차렷! 열중쉬어! 차렷! 여자가 구령을 부르는 대로 딸은 따라서 했다. 그러나 나는 웃음이 났다. 구령하는 엄마나 따라서 하는 딸이나, 거기서 거기라는 생각이 들었다.

나는 상황을 마무리하기 위해 딸에게 룸에 들어가서 노래라도 부르고 있으라며 시간을 넣어주었다. 눈물을 질금거리며 딸아이는 노래를 부르러 들어갔고, 조금 이어서 노랫소리가 들려오기 시작했다. 여자는 그래도 분이 가라앉지 않았는지 고개를 푹 숙이고 술잔을 꼭 쥐고 있었다. 술맛이 달아난 내가 술잔을 빼앗으며 말했다. 어미 술 먹는 자리에 딸을 오라고 한 너도 잘못이야. 오라고 해서 족발이라도 먹였으면, 딸과 일어나 가지 뭔 좋은 꼴 보일 게 있어서 안 가고 앉아 있냐. 삼십 분쯤 지나서 딸아이가 엉거주춤 나왔다. 여자가 일어나 딸이랑 서로 어깨를 걸더니 집으로 향했다.

며칠 후, 여자에게서 전화가 왔다. 딸이랑 택시를 세우고 보도블록을 내려서다가 발을 헛디디는 바람에 다쳤고, 입원했다 했다. 여자는 또 가만히 앉아서 생활비가 나오겠다는 생각을 하며 속으로 웃었다. 그리고는 여자의 이름을 크게 불렀다. 여자야, 보도블록에다 막걸리 좀 사서 부어줘! 고맙잖니? 전화를 끊으려던 여자의 웃음소리가 났다.

여자가 입원해 있는 사이 나의 가게에서 고정으로 나오던 아이가 말도 없이 출근하지 않았다. 며칠 전부터 웨이터도 나오지 않고 있던 터였다. 혼자서 가게를 지키기엔 지루한 시간들이어서 말동무 삼아 생활지에 구인광고를 내고 새로운 사람을 들였다. 나이가 사십을 갓 넘긴 종업원이라 마음이 통할 것 같아 좋았다. 그러나 젊은 사람은 나이가 든 사람은 꺼리니, 그녀의 수입이 걱정되었다. 그녀는 그것을 감수해야 했으며, 종업원으로 온 그녀는 아이 둘을 둔 이혼녀였다. 남편이 바람을 피워서 같이 맞바람 피우고 집을 나왔단다. 그러나 맞바람이 났던 그 남자와도 오래가지 못해 헤어지고 살길이 막연해 일을 나왔노라고 했다. 아이들은 남편이 데리고 있어서 걱정은 없고, 마음 편한 것이 제일이니 부담갖지 말라고 오히려 나를 위로했다. 유순한 눈웃음으로 검은 옷을 즐겨 입는 그녀는 그 전엔 카페에서 일해봤다며 의외로 손님을 친절하게 잘 다루었다. 나는 조금씩 그녀에게 정을 주기 시작했고 여자에게는 전화가 뜸했다. 나는 그녀와 장사하는 것에 재미가 났다. 내가 술 먹으면 그녀가 말렸고 그녀가 술을 많이 먹으면 내가 말렸다. 손님 중에 한 명은 우리가 닮았다며 놀렸다. 자매는 용감하였다, 뭐 그런 시리즈냐? 그녀는 빙그레 웃으며 손님에게 눈을 흘기곤 했다.

재빛 새벽이 어둠을 걷으러올 시간이면, 우리는 장사를 끝내고 해장국집에서 국밥을 먹고 헤어지곤 했다. 다음날이면 가게 문을 열고 서둘러 밥 지어놓고는 그녀를 기다리는 날이 잦아졌다. 마치 진짜로 자매라도 되는 것처럼 우리는 다정했다. 모자라는 아가씨는 보도방에 전화해 채우면 되었지만, 그녀가 나이가 많다는 이유로 퇴짜를 맞으면 나는 괜스레 손님에게 화가 났다. 퇴짜 맞고 나온 그녀가 대기실에서 TV를 보고 앉아 있으면 도우미가 부르는 노랫소리마저 그녀에게 미안했다. 그녀 역시 기분이 언짢아 괜스레 채널만 여기저기로 돌리곤 했다.

점점 손님이 줄어들자 나의 가게에서 그나마 그녀의 수입도 줄어지게 마련이었다. 나는 가게세가 몇 달이나 밀렸지만 그녀까지 힘들게 만든 것이 내 탓인 것 같아 미안했다. 나는 빈 룸에 홀로 앉아 투명한 유리잔에 얼음을 담고 술을 부었다. 입안으로 들어온 술은 썼다. 그러나 술을 먹지 않고는 고되고 외로운 밤을 이겨야 하는 시간이 지겨웠다. 마침 핸드폰 진동 소리가 느껴졌다. 액정화면을 보니 건물주 번호였다. 근엄한 목소리의 주인여자는 가게세를 올려달라 하였다.

대기실 방안에서 책을 읽고 있었다. 현관문을 열 때면 들리는 딸랑거리는 소리가 났다. 젊은 남자였다. 그는 문을 열고 들어오더니 나이가 좀 있는 여자와 놀고 싶다기에 그녀를 들였다. 그녀와 놀고 있는 손님은 술이 조금 취해 있었으나 검은 양복을 입은 모습이 단정해 보였다. 나는 술과 안주를 룸으로 넣어주고 대기실에서 읽던 잡지를 읽었다. 한참 있으니 딸랑거리는 소리가 들렸다. 손님이 들어왔나 싶어서 고개를 내밀었지만 아무도 들어오는 사람이 없었다. 나는 다시 잡지를 들여다봤다. 그녀가 룸에서 나와 호들갑스러운 목소리로 떠들었다.

언니! 손님 못 봤어? 못 봤어. 왜? 이 새끼, 도망쳤나봐! 뭐라고? 너랑 같이 있었잖아? 화장실 갔다온다기에 갔다오랬지. 이런 개새끼! 지금 화장실에도 없다니까. 화장실을 다시 가보고 밖으로 나가봤지만 젊은 남자는 어디에도 없었다. 혼자 온 손님이 화장실 간다고 하면 따라나왔어야지. 나는 그녀에게 핀잔을 주었다. 그녀는 화가 나서 얼굴을 실룩거렸고 나 역시 화가 났지만 어쩔 수 없었다.

나는 룸으로 들어가 테이블을 치웠다. 화가 난 그녀는 망연자실한 표정으로 카운터 앞에 서 있었다. 테이블 위에는 휴지가 널브러져 있었고, 주섬주섬 집어 쓰레기통으로 넣으려는데 미끈거리는 촉감이 손에 느껴졌다. 어둑했던 방의 불을 밝히며 소리를 질렀다. 무슨 짓을 한 거야? 그녀는 고개를 숙이고 룸으로 들어와 엉거주춤 서 있었다. 그놈이 치마를 들치고 강제로…. 그녀는 말끝을 흐렸다. 너무 어이가 없어 말문이 열리지 않았다.

그, 그래서? 나갈 때 카드로 팁을 두둑이 준다고 하더라고. 여전히 그녀는 말끝을 흐렸다. 기가 막혔다. 아무리 카드로 두둑이 팁을 준다고 했다지만, 그렇게 어수룩하다니. 더는 말이 나오지 않았다. 술값과 시간비를 못 받은 건 고사하고, 몸까지 빼앗긴 그녀가 더 억울할 것을 생각하니 할 말이 없었다. 그리고 그녀에게 한편으론 더욱 미안했다. 영업이 잘되었으면 그녀가 그랬을까. 가슴이 아팠다. 그러나 영업 도중에 그것도 가게에서 추행을 당하였다지만, 기분이 나빠진 그녀와 나는 서로 시무룩하였고 그날따라 손님도 없었다. 거봐, 가게에서 그런 짓이나 하니 손님이 있겠어? 그런 말들이 목구멍까지 올라왔으나 꾹 참았다. 그녀는 가만히 자는 듯 누워 있었고 나는 읽던 잡지를 바라보았지만, 글은 눈에 들어오지 않았다.

　절뚝거리며 여자가 나타났다. 여자는 발목에서 무릎 위까지 깁스를 하고 있었다. 한쪽 다리를 쭉 뻗고 앉은 여자는 깔깔거리며 소리 내어 웃다가도 다리가 아픈 듯 가끔 인상을 썼다. 시무룩한 우리에게는 불청객 같았다. 여자는 오랜만에 보는 내가 반가워하는 기색이 없자 분위기가 이상하다고 느꼈는지 무슨 일이 있었냐고 물었다. 나는 그녀의 자존심이 상할 것 같아서 아무 말도 할 수 없었다. 여자와 그녀는 초면이지만 여자는 그녀보다 나이가 조금 적었다. 여자는 바로 그녀에게 반말을 했고, 만나자마자 서열이 정해지는 순간이었다. 그녀가 고쳐앉으며 다시 말을 꺼냈다. 무슨 일이 있었냐고? 도망간 손님 때문에 언니가 열을 좀 받았어요. 손님이 왜? 내가 벌떡 일어나 앉았다. 아, 그 일은 이제 입 밖에 내지 말라니까.
　결국, 자초지종을 들은 여자의 말이 튀었다. 아이고, 이 빙신 같은 언니야! 그런 일은 무조건 선불을 받았어야지. 둘 다 대꾸가 없자 여자는 다시 말을 이었다. 그런 일로 손님이 한번 그러자면 못할 것은 또 뭐야? 뭐, 뭐라고? 내가 화를 내려고 하자 다시 여자의 말이 이어졌다. 매상을 올려야 먹고살 게 아니냐고. 그래야 언니도 돈 벌고 주인도 돈 벌지. 일을 왜 그렇게 처리하냐고. 일단 몸을 줄 듯이 꼬시면서 약을 올리고 술부터 가져오라고 해서 한잔 먹으면서 계속 작업을 걸었어야지. 작업을. 선수다운 말이었다. 술 먹은 새끼들은 무슨 짓을 할지 모르니까 철저하게 갖고 놀아야 한다니까. 그러고는 여자는 얄밉게 한마디 덧붙였다. 이 집은 아가씨도 떨떨하고 주인도 떨떨하고 장사 잘한다. 여자는 자신의 말이 너무 우습다고 생각했는지 큰소리로 깔깔거렸다.

그녀가 술이나 먹고 집에 가야겠다며 어느새 간단한 안주와 소주를 사왔다. 나 역시도 기분이 좋지 않아 술이 당겼다. 나와 여자와 그녀가 마주 앉아 술을 마시기 시작했다. 취한 여자가 그녀에게 말했다. 언니는 젊은 놈이랑 기분이라도 냈지만 주인언니는 뭐야? 술값도 못 받았잖아? 술 취한 그녀도 참지 않았다. 그 상황에 기분은 무슨 기분이냐? 술 취한 나도 거들었다. 미친것들 잘한다, 잘해! 큰언니도 잘한 거 없어! 쟤가 뭐래? 너 앞으로 한번만 더 룸에서 그래라, 가만 안 둘 테니까. 언니, 몇 번을 말해. 돈을 벌려면 그 짓도 해야 한다니까, 살살 꼬셔서. 저 미친것이 뭐래? 안 한다니까, 절대로 안 한다니까. 여자는 간간이 깔깔거리며 소리내어 웃었고, 그녀는 고개를 세게 흔들면서 안 한다, 안 준다를 반복해서 말했다. 그리고 우리가 서로 무슨 말들을 주고받았는지 기억이 나지 않았다.

그날 이후로 그녀는 다음날에도 다다음날에도 가게에 나오지 않았다. 나는 그녀에게 왜 나오지 않느냐고 전화하지 않았다. 그 대신 부동산업소 몇 곳에 가게를 내놓았다. 혼자서 적적하면 책을 읽었고 TV를 봤다. 가끔 여자가 찾아와 손님을 맞이하였고, 길 지나다가 안부가 궁금하다며 찾아오는 사람 외에는 누구도 만날 일이 없었다. 가게에는 종업원을 당분간 뽑지 않기로 마음먹었다. 그즈음엔 사람이 내 가까이 있다는 것이 거추장스럽게만 느껴졌기 때문이기도 했다.

남자 웨이터를 한 명 뽑을까도 생각해봤지만, 매달 감당해야 할 월급도 부담스러웠다. 아마 책이 없었다면 어떻게 가게에서 덩그러니 혼자 있을 수 있었을까 싶었다. 그동안 나는 많은 것을 생각할 수 있었고 많은 것을 잃었다. 혼자하는 장사에 흥이 날 리 없었고, 장사에도 태만해져갔다. 무성의한 나의 태도에 손님들은 시큰둥하였고, 처음부터 내키지 않은 인상을 풍기거나 술이 취해 혼자 오는 손님은 내보내기도 했다. 점점 나는 공황장애 환자처럼 웅크리고 반항이라도 하듯 의욕을 잃어가고 있었다. 그즈음에 건물주로부터 내용증명이 도착했다.

여자는 퇴원하고 가게 문을 며칠 여는가 싶더니, 장사가 안 된다며 저녁에 나의 가게로 찾아오곤 했다. 가끔 여자가 도우미로 룸에 들어가기라도 하면 여자는 습관처럼 손님 전화번호를 자신의 핸드폰에 저장했다. 그리곤 손님과 술 한잔하러 간다며 함께 나갔다. 어디로 가는지 나는 알 길이 없었고, 같이 가자는 말도 없었기에 신경쓸 필요도 없었지만 그래도 기분은 좋지 않았다. 그러한 내 나쁜 기분을 여자에게 설명할 근거는 없었다. 놀 만큼 논 손님이 자기가 좋아서 소주 한잔하자는데 어떻게 거절하느냐고 반박하면 난들 할 말이 없었다.

며칠 지난 후, 여자가 다시 찾아왔다. 여자와 나는 손님들도 다 나간 가게를 닫고 마주 앉았다. 여자는 내일 또 병원에 가야 한다고 말

했다. 낮에 볼일 보러가다가 또 차사고가 났다는 것이다. 나는 이제
는 노골적으로 웃었다. 여자는 쑥스러운 웃음을 흘리며 나에게 보험
을 더 들 것을 권했다. 그리고 여자는 자신의 가게를 처분하겠다는
비장한 각오를 밝혔다. 손님도 없어 맨날 혼자 지키는 가게는 지긋하
다며 차라리 어디 월급 생활로 들어갈 것이라고 했다. 나는 여자의
결심에 아무런 주도권은 없지만 그래도 한번 더 생각해보라고 말할
수밖에 없었다. 그러나 이미 가게주인에게도 그렇게 말했고, 가게주
인은 월세를 받지 않을 테니 가게가 나갈 때까지 장사해보라고 권했
으나 지긋지긋하다고 고개를 흔들었다.

언니야! 내가 이래도 요정에 다닐 때 이 도시에서 높은 사람과 파
트너는 다 해봤어. 그런데 내가 이러고 살아야겠어? 내 비록 쪼그라
져 이렇긴 하지만 울화통이 터져! 터진다고! 그러니 어떻게 하니, 현
실을 직시해야지. 누군들 옛날에 못 나가서 이러냐? 애들 아빠만 살
림 거덜내고 죽지 않았어도 이렇게 살래도 안 산다. 안 살아! 언니야!
내가 요정 다니고, 나이어려 룸살롱 나갈 때 놈들이 어땠는지 알아?
맨날 옷 사들고 오고, 수표 주면서 용돈하라고 하고, 나, 이래도 손님
들이 대기하고 있었다니까. 하룻저녁에 더블을 몇 방씩 뛴 줄 알아?
야, 내가 어떻게 아냐? 나도, 이런 장사 안 했으면 너 모르고 살 것인
데. 그 영감탱이 옛날에 내 앞에서 무릎 꿇고 울기도 했어! 저만 만나
달라고, 맨날 집 앞에서 차 대기시켜놓고 나 감시하고 그랬다니까.
이제 형편이 어렵다며 소식도 없어. 그런데 언니야! 우리는 왜 맨날
우리 둘이서 죽자 살자 아웅다웅하는 거야? 야, 세월 많이 변했으니

옛날 생각 좀 그만해! 네가 아무리 잘나갔다 해도 빠순이로 잘나간 게 무슨 자랑이냐? 이것아. 어렸을 적엔 얼굴 좀 이쁘니까 그렇다쳐도 지금은 너도 한물갔어, 여자는 깔깔거리며 대답했다. 맞아. 나도 한물갔어. 너는 보험을 몇 개라도 해약이나 해. 그래야 사고 안 난다니까! 흥! 나 입원하면 같이 놀아줄 사람 없으니까 심심해서 그러지?

귀하께서 보내신 내용증명은 잘 받아보았습니다. 밀린 월세 때문이라면 조금만 기다려주시면 입금해 드리겠습니다. 저 역시도 장사가 원만하지 않아 더 이상 미련은 없습니다만, 사 년 동안 이곳에서 그래도 추억이 있어 불명예스럽게 나가고 싶지는 않습니다. 가게를 부동산에 내놓았으니 나가게 되면 다행이고, 그렇지 않으면 곧 마련해서 드릴 수 있으니 염려하지 마십시오.

보내주신 내용증명의 답변입니다. 귀하께서는 돈이 마련되어 보내드린다지만 저희는 이제 귀하께 가게를 빌려드리고 싶지 않습니다. 그동안 계약 만료도 지났으니, 가게의 시설을 말끔히 원상복구를 한 후, 비워주셨으면 합니다. 무슨 이유냐고 귀하께서 물으셨는데 이유는 없습니다. 다만 업주를 바꾸면 가게 월세가 잘 입금될 것 같기 때문입니다. 그래도 더 있고 싶으면 보증금과 월세를 올려주고 위락시설 영업허가증도 저희 앞으로 했으면 합니다. 계약 기간도 일 년으로 할 것입니다.

말일로 가게를 비워달라는 건물주의 단호한 내용증명 때문에 이 곳에서 장사를 하는 것도 싫어졌다. 몇 번의 내용증명이 오가고 건물 주가 찾아오기도 했다. 아무리 그렇지만 그동안 내가 그 사람들에게 보내준 월세만도 만만치 않은데 치가 떨렸다. 자존심이 상하고 무기 력함으로 가게에 나가 있어도 의욕이 생기지 않았다. 누구에게든 의 논할 사람도 없는 나는 될 대로 되라 싶었다. 상가임대법에 대한 상 식을 알려고도 하지 않았다. 알고 싶지도 않았고 가게를 비우겠다고 결심했다. 대출이라도 내어 내부공사를 새로이 하려던 그 돈으로 다 른 곳으로 옮길 생각이었다. 단호한 그들의 태도에 매달린다는 것이 더욱 구차해보였다.

얼마 전만 해도 밀린 월세를 완납하고 이곳에서 돈 많이 벌라던 주 인이 왜 태도가 바뀌게 되었는지 궁금했다. 그러나 가게를 비워주는 게 문제가 아니라 가게로 들어가기 위해 쓰였던 시설비와 권리금이 문제였다. 그들이 그것을 지불해줄 리는 없을 것이고 내가 그들에게 주장할 것은 위락시설 허가증을 양도해주지 않겠다는 것 뿐이었다. 하루하루 시간이 조급했고 빨리 이곳을 나가고 싶었다. 짜증나고 불 편한 시간이 더욱 싫었다. 그들은 나에게 한 푼도 지급하지 않고 내 보내기 위해 이곳저곳을 수소문하는 눈치였다.

관리사무실 지부장이 가게 문을 열지 않고 있는 나를 찾아왔다. 그 곳에 있었던 사 년 동안 그의 사무실과 내 가게가 마주 보고 있으면 서 지나칠 때면 인사를 나누는 친분을 가졌었다. 나는 지부장이 찾아 와주는 호의가 그나마 고맙다는 생각이 들었다. 그래도 그동안 알고 지냈던 정이라 생각했다. 용기가 생겼다. 그래도 누군가가 나를 걱정해주는 사람이 있다는 것이 힘이 된 듯했다. 무슨 말을 하기 위해서 나를 찾아왔는지는 모르겠으나 현명한 의사 타진을 기대했다. 그동안 이웃 간의 정을 생각해서 어떠한 말로 나에게 위로해줄지 궁금했다.

다음날 약속 시간이 훨씬 지나서 지부장은 왔다. 나는 긴장을 풀지 않은 채 그를 만나러 나갔고 난처한 표정을 보이지 않으려 노력했다. 구차한 모습을 보인다는 건 그동안의 당당했던 내 모습에 자존심이 상하는 일이었다. 호프집에서 호프 한잔을 마시고 노가리를 질근 깨물며 비스듬히 걸터앉은 지부장이 말했다. 적당한 선에서 해결을 보세요. 적당한 선이 어떤 선인지 알 수 없었다. 그 사람들이 말하는 그 적당한 선이라는 것은 터무니없는 선이었다. 시설을 원상복구하라, 아니면 손해배상을 청구하겠다, 위락시설 허가증에 대한 수수료도 지급 않겠다는 게 결론이었다. 건물주가 부릴 수 있는 전형적인 갑질이었고, 폭력이었다.

나는 그렇게는 할 수 없다고 했다. 빈정대는 표정으로 지부장이 말했다. 그러면 얼마면 만족할 수 있어요? 내가 말했다. 위락시설 허가증에 대한 것과 간판은 내 것이 아니냐고 억지쓰듯 말했다. 그러면 그 사람들에겐 용납이 안 가는 선이 아니겠냐고 말했다. 나의 입장을 무마시키는 말에 화가 났다. 아무 말 없이 호프잔을 만지작거리며 앉아 있었다. 나를 찾아와준 지부장에게 저녁때가 된 시간에 그냥 헤어지기란 성의가 없어 보이는 것 같아 건성으로 내가 말했다. 저녁 드서야죠? 지부장이 말했다. 생각 없습니다. 지부장은 갈 곳이 있다고 자리를 털고 일어나며 잘 생각해보고 전화를 달라고 했다. 돌아서가는 뒷모습에서 예전의 호탕하게 웃던 그의 모습이 살얼음처럼 얼어가고 있었다.

무거운 걸음으로 집으로 돌아오면서 산다는 것은 참으로 피곤한 일이라고 생각했다. 더는 아니더라도 남들에게 당당하게 살고 싶었고 베풀 수 있는 선까지만 살고 싶었다. 그러나 초라한 모습으로 서 있는 것이었다. 남에게 나쁜 짓 하지 않고, 비난받지 않으며 내가 먹은 나이만큼만 숙성된 음식처럼 지그시 살고 싶었다. 집에서도 잠이 오지 않았다. 사 년 동안 이루어진 것 없이 시간만 흘렀고 빈 몸으로 홀홀 털어야 한다니. 어차피 빈 몸이 될 바에는 하루 빨리 이 순간을 넘기고도 싶었다. 그러나 털어버리더라도 바보가 되고 싶지는 않았다.

건물주는 집요했다. 젊은 아들을 내세워 유창한 말솜씨로 이제는 나에게 애원했다. 자신들은 가난한 사람들이며 병든 아버님과 아토피에 고통받는 어린 아들이 있어 살아가기 힘들다며 지부장이 말한 그 적당한 선을 요구했다. 자꾸만 마음이 약해지는 내 마음을 바로잡으며 밀린 월세를 입금하겠다는데도 왜 비우라고 하느냐고 물었다. 그러면 장사를 다시 하라고 했다. 가게를 비우고 나가면 그 가게가 언제 나갈지도 모르는 상황이니 다시 가게를 운영하면 더 좋겠다고 했다. 미안했다. 그러면 내가 다시 하겠다고 말했다.

아들의 얼굴이 변했다. 냉담한 얼굴로. 그러세요. 그리고 위락시설 허가증을 저희에게 양도해주고 월세를 두 달 이상 미루면 바로 가게를 비워주는 조건으로 공중을 써달라고 했다. 나는 속으로 불경기에 장사도 되지 않고 쉬고 싶은 차에 이제는 이 가게에 미련 없다는 오기가 치밀어올랐다. 무엇인가 새로운 것에 도전하려면 때로는 잃을 수밖에 없는 것이다. 내 마음을 감추면서 그들에게 다시 한번 생각해보겠다고 말했다. 선뜻 가게를 비워주겠다고 말하는 것이 그들에게 미안했다. 그들 말처럼 언제 나가게 될지도 모르는 가게를 두고, 내가 나가겠다는 의사를 밝히는 것에 면목이 없었다. 분명한 태도를 보이지 않고 있는 나에게, 지부장에게서 전화가 왔다. 선의적인 말투로 내 의사를 물어왔고 선의적인 말투로 솔직하게 내 뜻을 말했다.

며칠 후 나를 찾아온 모자에게 가게를 비우겠다고 했다. 그러실 줄 알았다고 말한 그들은 환하게 웃으며 가게 시설에 대한 원상복구를 요구했다. 테이블 위의 커피는 싸늘하게 식어가고 있었고 모자가 같이온 그들 앞의 난 심판대 앞에 선 죄수 같았다. 아들은 말똥한 얼굴로 나를 쳐다보며 법적으로 해도 무방하다며 나를 종용했다. 단 한번도 법무사 같은 곳에 찾아가서 상담해보지 않았던 난 무어라 말할 수 없었다. 그들과 헤어지고 혼자 걸으며 하늘을 쳐다보니 별조차 보이지 않았다. 호주머니 속으로 손을 집어넣고 한참을 걸었다. 텅 빈 허공 속에 혼자 서 있는 나 자신이 누군가가 절실히 그리운 밤이었다.

혼자서 결론을 내리고, 혼자서 결론을 맺는 현실에서 혼자라는 말은 남에게 무시당하는 이유라는 생각이 들었다. 내 주머니에서 돈으로 인심을 흘리고 다닐 때는 웃는 얼굴들이 수두룩했지만, 돈이 없어 힘들어 허덕이는 지금 내 주변에는 아무도 없었다. 땅바닥으로 고꾸

라지는 냉대와 조소 외에는 아무것도 돌아오지 않았다. 모든 것들이 나 자신에게서부터 문제가 있었는지도 모를 일이었다. 돈을 잃는다는 것보다 더 무서운 건 혼자 세상을 살고 있다는 것이었다. 새로운 일에 다시 도전하면 돈이야 벌겠지만 사람 속에서 사람에게 고립되어 있다는 것이 더 큰 두려움이었다.

며칠 후, 나는 지부장에게 전화했다. 법적으로 하겠다고 말씀 좀 전해주세요. 좋게 좋게 하려니 사람들이 가게의 짐을 빼라, 원상복구하라고만 하니 너무 하잖아요? 전해주세요. 지부장은 이제 그 일에 오해를 살 것 같아 관여하고 싶지 않으니 자신에게 그런 말은 하지 말라고 냉정하게 잘라 말했다. 나는 지부장과의 통화를 끝내고 가게 주인 아들에게 직접 전화하여 고함쳤다. 보증금 계산도 않고 어머님께서 왜 아직 짐을 빼지 않았냐고 전화가 왔었는데 그런 식으로 사람 내쫓을 거면 법으로 하라고 했다. 이후로 수십여 통화의 부재중 전화가 아들에게서 왔다. 전철 안이다. 모임이 있어 와 있는 중이다. 하여도 아랑곳않고 쉴 새 없이 전화를 해대는, 집착증이 있는 인간으로 보여 진저리가 쳐졌다. 어서 이 상황을 벗어나 자유롭고 싶었다. 함께한 동행인이 말했다. 집요하기 짝이 없으니 똥 밟았다 생각하고 잘 절충해 줘버려라. 돈은 더 좋은 곳에 가서 다시 벌면 되지 않느냐고 일렀다.

여자에게서 전화가 왔다. 여자는 무거운 말투로 운영하던 카페 건물주가 그동안 고마웠다고 말해줘서 고맙더라는 말까지 했다. 건물주 할머니도 남편 없이 혼자 살면서 가게 월세받아 애들 공부시키고 그랬는데, 가게가 나가지 않아 보증금 진작 못 빼줘서 미안하다며 눈물을 글썽이기에 나도 같이 울었어. 여자 혼자 사는 게 무슨 죄라도 돼? 잠시 침묵을 지키던 여자는 다시 호들갑스러운 목소리로 돌아갔다.

참, 언니야! 이야기 들었어? 무슨 이야기? 나는 땅으로 꺼질 것 같은 의미 없는 목소리로 대답했다. 언니 가게 옆 가게 남자가 낚아챘다는 거? 관리사무실 지부장이 그렇게 하게 주선했다더라? 그 자식이 몇 년 동안 언니가 수시로 해준 밥 잘 처먹고 뻑하면 와서 술 처먹고 해놓고, 그 보답을 그렇게 해? 남을 아프게 하면 절대 제 신상에 좋은 일 안 생겨. 그래서 지가 얻는 게 얼마였는데? 언니야! 속상해하지 마. 돈은 돌라고 있는 거야. 철벽같은 무거움이 가슴을 짓누르는 것 같아 한밤중 불도 켜지 않고, 숨도 쉴 수 없는 허탈에 빠진 나에게 여자의 호들갑스러운 음성은 별개의 나라 사람 같았다.

이웃으로 서로 의좋게 지냈던 지부장이 그런 사람이었다니 원망스러움과 분노가 치밀어올랐다. 가게를 훌훌 털고 나온 것이 누구의 계략으로 인해 쫓겨나왔다는 자신이 너무 어리석게만 느껴졌다. 그런 줄 알았다면 그 모자에게 동정심 같은 건 베풀지 않아도 되었을 텐데. 싫은소리 한마디쯤은 그자들에게 뱉을 수도 있었을 텐데. 관리비를 횡령했어도 난 지부장을 용서하지 않았던가. 경비아저씨한테 나도 들었어. 지부장에게 이사 위약금 맡기라고 건물주가 말해서, 이사했으니 맡겼던 위약금 입금해달라고 전화했더니, 전화도 안 받는다? 그래서 찾아가서 들었어. 야! 어차피 나오고 싶어했으니 잘됐잖아? 그런데 왜 피가 거꾸로 솟는지 나도 모르겠어. 그러게, 인간들 믿으면 안 된다 했잖아. 그렇지만 어떻게 그럴 수 있어. 좋게 해결할 방법도 있었을 텐데. 언니 하나 물먹이려고 모의공작들을 한 거 생각하면 웃음이 나잖아? 난 그것도 모르고 그 아들 감언이설에 내가 양보하겠다고 건방을 떨며 자기들 요구 다 들어주었으니, 얼마나 그 사람들이 후련했을까. 그걸 생각하니 바보만 된 것 같아. 지부장이 번영회 회장인 옆 가게랑 짰던 걸 생각하니, 인간한테 배신감이 들어. 주변 사람들이 나를 비웃었을 거야. 위락시설 허가증 양도해주지 말고 창고나 되게 만들 것을….

선의적인 듯 말을 꺼내던 그의 얼굴에 침이라도 뱉고 싶었다. 나는 그것도 의식하지 못한 채 그에게 내 본심을 이야기해주었고 그는 그것을 이용했다니. 오해를 살 것 같아 관여하고 싶지 않다던 그가 그들의 내통자였다니. 건물주와 옆 가게의 연결이 그가 아니었으면 있을 수 없었다는 건 그렇다치더라도, 마음이 편하지 않더라는 변명을 전해들을 바엔 듣지 않는 것이 더 좋을 뻔했다. 번영회장과 지부장은 친할 수밖에 없는 관계이지만, 번영회장이 내 가게를 인수하는 데 돈 들이지 않는 방법을 부탁했는지, 지부장이 번영회장에게 이 가게 싸게 잡으라고 건물주와 내통해주었는지 모를 일이었다. 어쨌거나 권리금 없이 나를 내쫓겠다는 궁리에 그가 앞장섰던 건 사실이었다.

나는 아무것도 할 수가 없었다. 다시 가게 자리를 알아봐야 했는데 막연히 걱정은 스쳐지나가기만 했고, 또다시 가게를 잡아 그러한 경우를 맞으면 어쩌나 두려움이 앞섰다. 생활습관이란 무서운 것인지 남아 있던 보증금 받고 가게를 나온 지 몇 달이 지났지만, 여전히 나는, 밤을 새웠고 낮에는 잠을 잤다. 아무것도 할 수 없는 무력감은 날이 갈수록 더 깊어지고 가끔 가게를 둘러보려 다니면서도 용기가 나지 않았다. 마음이 자꾸만 움츠러들고 있었다. 책이나 읽다가 잠이 오면 잠을 자고, 인터넷을 여기저기 기웃거리다가 지치면 잠을 자는 그것이 내 일과의 전부였다.

좀 바짝 붙여봐! 앞차가 후진하면 부딪힐 수 있게. 그리고 시동을 걸어! 전진하는 척하다가 멈추란 말야. 그러면 뒤차가 와서 접촉할 거잖아! 그래, 이 정도면 되겠어. 순진해보이는 애인에게 여자는 짜증을 내고 있었다. 남자가 그까짓 용기도 없다는 것은 사회성도 없을 것이라는 생각이 들었다. 몇 번을 가르쳤는데도 남자는 떨고 있었다. 잔뜩 긴장한 얼굴로 앞을 바라보며 핸들을 꽉 잡은 채 웅크리고 있는 것이었다. 퇴근 시간이라 차들은 도로를 메우고 있고 길은 막혔다. 여자는 차들이 많아 길이 막힐 때가 적격이라 생각했다. 급한 사람들은 서로 갈 길이 바쁘다는 듯 여기저기서 경적을 눌러대었다. 이번만 사고를 쳐주고 다시는 안 하리라 남자는 다짐했지만 여자를 지극히 사랑한 것이 잘못이었다. 여자가 될 대로 되라는 느긋한 표정으로 고개를 뒤로 젖히고 눈을 감았다. 너, 보험을 몇 개만 해약하면 그런 일이 안 생길걸? 하던 말이 생각나 여자는 빙그레 웃었다. 쿵! 여자가 타고 있는 차가 쿨럭거렸다.

그리고, 삼 년이 지난 후, 나는 쫓겨나다시피 했던 가게 근처에서 또다시 노래광장을 열어 성업 중이다. 본격적으로 성심을 다해 영업에 임하고 있다. 그들이 얼마나 잘 사나 지켜보려고 멀리 떠나지도 않았다. 소문은 쉴 새 없이 날아왔다. 내게 찰거머리처럼 집착부렸던 건물주 아들은 다니던 직장에서 명퇴당했고, 그의 아버지이자 건물주는 뇌졸중에 몸을 못 쓰고 누워만 있다더니 결국 죽었다고 했다. 번영회장으로 내 가게를 탐욕스럽게 삼킨 그는 한동안 거드름을 피우며 다니더니, 빚내어서 한 땅투기가 사기 맞았다더니, 실장으로 있던 여인과도 재혼했다가 이혼했으며, 가게도 빚으로 빼앗기고 뇌경색으로 쓰러져 종합병원에 입원 중이라고 했다. 지부장이란 사람 역시 한밤중 퇴근길에 무단횡단하다가 뺑소니에 치여 즉사했다. 나는 지부장 부하 직원의 권유로 찾아간 영안실 빈소에서 사진을 빠히 쳐다봤다. 무엇 때문에 나한테 그랬냐고 미소 짓는 영정 사진 앞에서 물었으나, 대답 대신 넋을 놓고 앉아 있던 노모가 슬프게 소리내어 울었다. 나는 전혀 감정에 휩쓸리지 않았고, 일부러라도 울지 않았다. 그러다 빈소에 앉아 있는 사람들이 중얼거리는 소리를 들었다. 어, 상록마녀가 여길 어떻게 왔지? 언제부턴가 사람들이 나를 상록마녀라 부르고 있다는 것을…. 실감했다.
　밖으로 나오자 그제야 이 악물고 참아왔던 분노의 눈물이 왈칵 솟아올랐다.

욕망과 '유다의 창'으로 본 세상

— 신단향 소설집 『여자의 시간』

신승철/ 소설가

1. 늦깎이의 문학정신과 '상록객잔'

시인 신단향이 소설 쓰기를 선택한 것은 매우 잘한 일이라는 생각이 든다. 감흥이나 생각을 함축적이고 운율적인 언어로 표현하는 시의 세계에서 서사의 세계로 옮기는 일은 결코 쉬운 일이 아니다. 신단향의 소설은 일반 서민의 아픔을 집요하게 관찰하면서 스피드한 문장, 이야기를 끝까지 밀고 가는 힘, 촘촘하게 정리된 구성력을 보여 놀라웠다. 더군다나 늦깎이로서 소설 작품집까지 묶겠다는 의지를 묵묵히 실행한 것을 보면 그의 문학정신과 더불어 노익장이라는 말이 자연스럽게 떠오른다. 소리꾼이자 국악 연주가 장사익과 성악가 마틴 하겐스가 떠오르는 대목이다.

1949년생인 장사익은 1994년에 〈장사익소리판 하늘가는 길〉로 정식 데뷔한다. 45세의 나이였다. 40대 중반까지 직장을 15군데나 전전하다가 친구이자 피아니스트인 임동창의 권유로 데뷔하게 되었다고 한다. 그러니 어렸을 때부터 체계적인 음악 공부를 했을 리 없다. 그의 노래는 국악과 대중가요의 요소가 절묘하게 맞아떨어져 세상 어디에도 없는 독창적인 음악이라는 평가를 받고 있다. 〈찔레꽃〉이 가장 많이 알려진 곡이며 〈꽃구경〉도 좋은 곡으로 평가를 받고 있다.

1953년 출생의 네덜란드사람 마틴 하겐스. 어릴 적 오페라 가수를 꿈꾸었던 그는 35년 동안 빵을 구웠으나 어느 날 직장을 잃고 거리의 가수로 노래를 시작했다고 한다. 2010년 아내와 딸의 간곡한 부탁을 받고 유명 경연대회에 출전하여 우승하며 그는 어릴 적 꿈이던 음악 인생을 다시 시작한다. 그의 나이 57세였다. 그의 직업은 제빵사에서 거리의 가수로, 다시 세계적인 성악가의 탄생으로 이어졌다. 유튜브에는 그가 거리에서 〈You Raise me Up〉과 〈Ave Maria〉를 부르는 동영상이 여전히 폭발적인 인기를 끌고 있다.

신단향은 시로 늦게 데뷔한 늦깎이였다. 아울러 그의 소설창작은 오랫동안 이어졌고, 그 미덕은 결코 노익장에만 있지 않다. 놀랍게도 신단향은 이야기꾼이었다. 그의 소설들을 읽어보면 어느 날 갑자기 쏟아낸 서사가 아니라 꽤 오랫동안 대장간에서 낫과 호미를 벼리듯 만든 이야기라는 것을 알 수 있다. 따라서 신단향의 소설들은 '날것 그대로의 욕망과 여성적 유다의 창으로 본 세상'으로 요약할 수 있다. 가난한 보통 사람들의 익숙한 이야기를 기둥 줄거리로 삼고 있으면서 주로 여성 시각에서 부조리를 살핀다. 다시 말해서 간수가 죄수의 행동을 엿볼 수 있도록 설치한 구멍이 '유다의 창'이라고 한다면 간수, 혹은 상처 입은 여성 관찰자의 시선으로 세상의 부조리를 경험과 운명으로서 간파한다.

안산시 상록구 전철역 인근에 거주하는 고단한 주민들의 삶이 고스란히 담긴 신단향 소설집은 여타의 성공적인 연작소설들과 같은 길을 걷는다. 1970년대 대한민국 도시 빈민층의 삶의 좌절과 애환을 다룬 조세희의 연작소설 『난쟁이가 쏘아올린 작은 공』이나, 1980년대 양귀자의 연작소설 『원미동 사람들』에서 보았던 부천시 원미구 원미동에 사는 소시민들의 삶이 중첩되기 때문이다. 2020년대 신단향의 연작소설을 관류하고 있는 정서 중의 하나는 술이 있는 곳이라면 그 어느 장소나 '상록객잔'이라는 점이다. 그 상록객잔의 주인은 수많은 상처를 입은 '상록마녀'라는 것도 기억해야 한다. 결국, 마녀는 욕망에 시달리기 시작하고 소설도 그 궤적을 따른다.

2. 날것 그대로의 욕망과 화해의 방식

신단향 소설의 핵심 주제는 확실히 욕망이고, 화자들은 끊임없이 주변 인물들과 불화한다. 가족의 고단한 이면사를 그린 「장사꾼일기초」에서 화자 제희는 술장사를 시작하면서 남편과 아들과 딸, 그리고 손님들과 늘 시시비비를 가리는 것이 일상이다. 생계를 홀로 짊어진 제희는 가족 구성원들의 욕망 때문에 상처받고 불화한다.

사회 조직의 부조리에 상처를 입은 여성사를 담은 「케이크를 품다」에서 나는 반월공단 회사 동료였던 정연과 공장을 벗어나 제과점을 동업하면서 새로운 갈등에 접어든다. 나와 정연은 상사들로부터 성폭행과 농락을 당했다는 고통을 공유하면서도 술집에서 만난 남자들이나 개인의 욕망 앞에서는 불화한다.

트랜스젠더의 일상을 관찰한「여자의 시간」에서도 주인공 혜준과 종업원 세라는 헤어숍 손님이었던 윤홍과의 관계 때문에 갈등하고 주변 이웃들과도 불화한다. 상수와 숙희의 이중시점으로 이야기를 끌고 가는「상록객잔」에서도 등장인물들은 각자의 욕망에 시달린다. 고향 방문기를 그린「머리꽃 미소」에서 이혼의 경력이 있는 나는 정신이 온전하지 못해 사라졌던 꽃분이로 빙의되어 마을 사람들과의 갈등과 불화를 체험한다.

남편의 죽음을 겪은 여성의 욕망기를 그린「구름 속의 얼굴」의 화자는 분열적 관계로 치닫는다. 죽은 남편의 여자, 그리고 새롭게 만난 석중의 여자, 심지어 우발적 채팅에 의해 강릉에서 만난 남자와도 불화한다. 조립터집 사람들의 이야기를 담은「딸들의 반란」에서 양이는 가족과 인척, 그리고 지인들과의 복합적인 관계들 속에서 겪은 욕망의 발전과 몰락, 그리고 희망을 관찰한다. 남편들에게 배신당한 여성들의 비루한 생활기를 그린「상록마녀전」에서 나와 김여자, 그리고 이혼녀는 룸 주점이라는 공간에서 만나 각자의 방식으로 갈등하고 욕망한다.

욕망은 '사랑'의 왜곡된 이름이기는 하지만, 신단향의 소설 속 주인공들은 욕망과 사랑을 키우지 않는다면 평범한 늙은이가 될 뿐이라는 점을 상기시키는 것 같다. 파스칼은 다음과 같은 명제를 남겼다.

이 정념情念은 지나치지 않으면 아름답지 않다. 사람은 지나친 사랑을 하지 않을 때는 충분히 사랑하지 않은 것이다.

사랑은 지독한 것이고, 지독하지 않은 사랑은 아름답지 않다는 의미로 읽힌다. 결국, 신단향의 소설에 등장하는 인물들은 정도를 넘어선 사랑은 어느덧 욕망으로, 혹은 증오로 왜곡된다. 사실, 신단향의 소설에서 등장하는 인물들의 화해나 치유 방식은 하나의 공식을 따른다.

「구름 속의 얼굴」에 그 단서가 있다. 화자는 죽은 남편을 원망하면서 남편과 바람을 피웠던 여자를 증오하며 새로 만난 석중을 욕망한다. 아울러 석중과 바람을 피운 여자에 대해 증오하며 채팅으로 유혹하는 강릉의 남자를 만나러 먼 길을 떠난다. 강릉에서 만난 남자도 가정이 있는 사람이다. 화자는 자신의 욕망하는 법, 혹은 사랑의 치유법을 다음과 같이 진술한다.

이 남자가 누구인지 나를 어떻게 생각하는지 알 바 없다. 한 사람을 잊으려면, 다른 한 사람으로 치유할 수밖에 없는 공식을 응용할 뿐이다.

—「구름 속의 얼굴」 중에서

죽은 남편의 바람과 새로운 연인 석중의 바람에 대항하는 화자의 방식은 맞바람이다. 새롭게 욕망을 키우는 것은 사랑했던 사람을 잊는 공식에 불과한 것이다.

유일하게 남성의 시각에서 관찰한 「상록객잔」에서 주인공 상수는 공식처럼 다음과 같이 진술한다.

> 떨치고 온 자식새끼도 보고 싶고, 마누라 입이 쩍 벌어지게 돈다발도 안겨다주고 싶고, 이러고 있는 내 신세도 한심스럽고요. 그러나 난 아직 젊어요. 힘이 있어요. 살 겁니다. 다시 일어설 겁니다. 이대로 앉아 죽을 순 절대 없습니다.
>
> ─「상록객잔」 중에서

또한 「상록마녀전」에서 여성들은 욕망하는 남성, 술 취한 남성들에 대한 경각심을 다음과 같이 강조하기도 한다.

> 술 먹은 새끼들은 무슨 짓을 할지 모르니까 철저하게 갖고 놀아야 한다니까. 그러고는 여자는 얄밉게 한마디 덧붙였다. 이 집은 아가씨도 떨떨하고 주인도 떨떨하고 장사 잘한다. 여자는 자신의 말이 너무 우습다고 생각했는지 큰소리로 깔깔거렸다.
>
> ─「상록마녀전」 중에서

술 먹은 남성들은 누구라도 경계의 대상이며 철저하게 갖고 놀아야 한다는 주장이다. 그러나 신단향의 소설 속 주인공들의 화해의 방식은 주인공들의 의식과는 다르게 적극적이라기보다는 소극적이고, 동물성이라기보다는 식물성이며, 개혁적이라기보다는 운명적이다. 아울러 폭압적인 현실 속에서 상처를 입은 여성 주인공들은 언제나 안온했던 과거로 달려갈 뿐이다. 소설 속에서 화자는 하나같이 그 욕망을 채우지 못하고 운명처럼 방황할 뿐이고, 작가도 극적인 반전이나 화해를 시도하지도 않는다. 날것 그대로의 욕망과 그에 따른 문제점만 리얼하게 드러낼 뿐 섣불리 대안을 제시하지 않는 것이 신단향 소설의 전략으로 보인다.

3. 리얼리즘 소설과 신단향 작가의 방향성

작가는 일상에서 드러나는 인간의 비루함을 때로는 진솔하게 때로는 과장을 통해 낱낱이 드러낸다. 그러한 작가의 서술과 묘사와 대화는 단순한 넋두리에 머물지 않고 삶의 의미나 위안, 그리고 재미까지도 끌어내기도 하며 시대의 부조리를 극명하게 포착해내기도 한다.

앞서 강조한 바가 있지만, 신단향의 소설은 상처받은 여성의 생채기를 집요하게 관찰하면서도 스피드한 문장, 이야기를 끝까지 밀고 가는 힘, 촘촘하게 정리된 구성력 등을 선보인다. 스피드한 현재형 문장이 압도하는가 하면 서술과 묘사와 대화가 함께 엉킨다. 꾸준히 그리고 긴 시간 써본 솜씨다.

가령, 신단향 소설의 첫 문장에 주목할 필요가 있다. 소설의 첫 문장은 백번을 강조해도 지나치지 않는다. 소설의 첫 문장은 첫인상의 역할이고, 이야기의 핵심을 찌르며 끝까지 진군할 때 활용하는 도구이기 때문이다.

「장사꾼일기초」의 첫 문장은 "남편은 난초를 무척 좋아한다"로 12글자다. 남편의 생활 속 무능과 한가로움을 보여준다. 「케이크를 품다」의 첫 문장은 "술은 자각을 둔하게 한다"로 10글자인데 등장인물들이 술에 기대어 현실 속의 방황을 암시한다. 「머리꽃 미소」의 첫 문장은 "늦은 밤, 고향에 도착했다"로 10글자인데 이야기 전체의 배경을 노출하고 있다. 「상록마녀전」의 첫 문장은 "여자는 깔깔거리며 웃었다"로 11글자인데 중요한 등장인물들의 성격을 그대로 드러낸다. 「구름 속의 얼굴」의 첫 문장은 "강릉행 버스가 서서히 움직이기 시작한다"로 17글자인데 등장인물의 상황과 의식의 흐름을 보여준다.

또한 「여자의 시간」의 첫 문장은 "또각또각. 혜준은 구두 소리를 내며 걸어가고 있다"로 4~20글자인데 트레스젠더의 일상과 향후의 사건을 암시한다. 「상록객잔」의 첫 문장은 "낚싯대 끝에 걸린 찌는 몇 시간째 아무런 움직임이 없었다"로 23자인데 주인공 상수의 무료하고 개선되지 않은 생활을 드러낸다. 「딸들의 반란」의 첫 문장은 "내가 니글니글아저씨라고 부르던 남자는 항상 군 야전복 차림으로 다녔다"로 30글자인데 이야기의 전체적인 배경을 상징적으로 관찰한 결과다. 이야기의 흐름을 가속시키려면 첫 문장에 강한 인상과 흡입력을 동반해야 하는데 그 점을 만족시키려면 짧은 문장이 필수적이다. 신단향은 그러한 스킬을 알게 모르게 터득하고 있는 셈이다.

물론 신단향 소설의 방향성은 장담할 수 없다. 기존의 리얼리즘적 연작소설들이 주로 남성 관점이나 사건을 많이 다뤄 편향된 측면이 있었기 때문이다. 만일 신단향의 소설들이 '상록객잔'에서 얻어진 체험과 그 사유들을 '유다의 창', 혹은 상처 입은 여성적 관찰자의 시선으로 세상의 부조리를 지속적으로 명징하게 간파해낸다면 문학적 운신의 폭은 매우 넓어질 것이라고 믿는다. 오랜만에 지독한 소설을 읽었다. 일독을 권한다.

신단향 소설집
여자의 시간

지은이_ 신단향
펴낸이_ 조현석
펴낸곳_ 북인
디자인_ 푸른영토

1판 1쇄_ 2024년 11월 03일
출판등록번호_ 313 - 2004 - 000111
주소_ 121 - 842 서울 마포구 서교동 460 - 34, 501호
전화_ 02 - 323 - 7767
팩스_ 02 - 323 - 7845

ISBN 979-11-6512-099-3   03810
ⓒ신단향, 2024